WOODEN FISH SONGS
Ruthanne Lum McCunn

吉林出版集团有限责任公司

亚／华裔美国文学译丛

木鱼歌

冯品佳 译

【美】 林露德 著

WOODEN FISH SONGS
by Ruthanne Lum McCunn
Copyright © 1995 by Ruthanne Lum McCunn
Simplified Chinese translation copyright © 2011
by Beijing Jiban Book Co.,Ltd.
Published by arrangement with Curtis Brown Ltd.
through Bardon-Chinese Media Agency
ALL RIGHTS RESERVED

吉林省版权局著作权合同登记 图字：07-2010-2793号

图书在版编目(CIP)数据

　　木鱼歌 / (美) 林露德著；冯品佳译. —长春：
吉林出版集团有限责任公司, 2012.4
　　（亚、华裔美国文学译丛）
　　书名原文：Wooden Fish Songs
　　ISBN 978-7-5463-5392-0

　　Ⅰ. ①木… Ⅱ. ①林… ②冯… Ⅲ. ①传记小说－美
国－现代 Ⅳ. ①I712.45

中国版本图书馆CIP数据核字(2011)第086576号

木鱼歌

作　　者	[美] 林露德	
译　　者	冯品佳	
出 品 人	刘丛星	
创　　意	吉林出版集团·北京汉阅传播	
策划编辑	武　学	
责任编辑	周海莉　杨　洋　曹文静	
封面设计	未　氓	
开　　本	650mm×960mm　　1/16	
印　　张	26	
版　　次	2012年4月第1版	
印　　次	2018年8月第2次印刷	
出　　版	吉林出版集团有限责任公司	
发　　行	北京吉版图书有限责任公司	
地　　址	北京市宣武区椿树园15—18号底商A222	
	邮编：100052	
电　　话	总编办：010—63106492-1104	
	发行部：010—63104979	
网　　址	http://www.beijinghanyue.com/	
邮　　箱	jlpg-bj@vip.sina.com	
印　　刷	北京航天伟业印刷有限公司	

ISBN　978-7-5463-5392-0　　　　　定价　56.80元

译者序

虽然研究英美文学已经超过四分之一世纪,《木鱼歌》却只是我第二本小说译作。六年前第一次投身翻译就挑战莫莉生(Toni Morrison)的小说Love,在繁忙的行政工作之余闭关一个月,完成了我人生的第一本翻译小说,也让我体会到翻译工作之艰难,因此当时暗自下定决心绝不再涉足译界。但是吴冰老师与张子清老师两位前辈推广华裔美国文学的热情令我深深感动,因此在两位老师的召唤之下,我放下手边的研究工作,义无反顾地投入了另一个翻译计划,利用半年的时间完成《木鱼歌》的翻译。

如果莫莉生充满诗意与黑人文化精神的文本对于译者而言是一大挑战,《木鱼歌》三种不同的女性叙事声音更加让人绞尽脑汁。这来自三个不同的种族、文化与社会背景的三位女性,各自拥有不同的"声音"。对于译者而言,如何能够有效呈现她们独特的个性,难度极高。然而我也意识到这是作者林露德的巧思,在这本历史小说里借由三位原本沉默无声的女性,共同建构出一个被官方历史所遗忘的华裔美国男性角色,不仅要为华裔美国发声,也延续了作者对于女性叙事一贯的关切。

虽然吕金功是个造就了佛罗里达州柑橘产业的传奇人物,《木鱼歌》对我而言不是歌功颂德、而是个创伤故事。小说中三位女性叙事者都遭受到不同的父权文化体制所箝制,再现了不同种族女性的生命创伤:心珠饱受命运折磨的故事代表了传统中国农村女性的劳苦;作为虔诚的教徒,芬妮终身生活在父亲的阴影之下,而她充满文化优越感与自我欲求的声音也揭露了以基督教立国的白人美国之基本矛盾;作为南方黑奴后裔的喜芭,她坎坷的人生则帮助读者连结到另一个历史时空,让我们意识到灭绝人性的奴隶制度在美国社会是如何留下难以抹灭的伤痕。透过她们交替涌现的叙事,我们得以接近另一个受创的男性角色:吕金功生前死后都是个沉默的人物,即使在这本以他为主的《木鱼歌》中依然没有第一人称的声音。但是,这样刻意将他消音的叙事策略也格外突显出吕金功所遭遇的不公不义。

长年研究族裔文学的经验让我深刻体认文学蕴含了不可磨灭的政治性,最好的文学作品也往往最能够发出正义之声。《木鱼歌》就是这样的作品。经由我的努力使得华语世界的读者也能阅读到这样优质的文本,这让作为译者的我深感荣幸。虽然在台湾译作并不列入学术成果,然而我不后悔将我休假的时光贡献给了这个计划。

同时,此次翻译计划绝非我个人之力可成。我要感谢林露德与蔡女良女士多次提供各种译名的协助,也要谢谢我的两位助理颜佑蓉与邹惠瑛小姐协助校稿,更要感谢吴冰与张子清老师的邀约,让我有机会进行这样有意义的工作,也让我认识了另一群险些遭到历史洪流湮没的人物，更让我对于美国历史有了更深一层的了解。期望《木鱼歌》的读者也能透过我的翻译分享这些的丰富经验。

2011年7月16日于风城新竹

献给

我离散在世上或是已过世的香港家人

还要献给

唐

他几乎从一开始

就是我在美国生命的中心

作者小记

　　这本小说里所描写的人物得以重现于世，乃是因为我在谢辞中所提到的许多人士以及机构慷慨相助。但是对于所发掘的事实所作的诠释，完全是我个人的看法，就像在任何一本历史小说一样，事实与虚构是紧密交织的。

　　我曾经写过两篇吕金功的真实人物素描，在《华裔美国画像》(旧金山：年代出版社，1988年) 与《华裔美国：历史与观点》(旧金山：美国华裔历史学会，1989年) 里可以找到。但是我认为吕金功生命更深层的神秘处与真实面是藏在这《木鱼歌》里，在与他最亲近的女性的故事里。

"历史是已经有人活过的小说。"

——埃德蒙与朱尔斯·德贡卡尔

"谁有权力为别人代言？"

——安娜·德维业·史密斯

心珠

中国，台山

1842—1870

　　我七岁冬天那一年被鬼魂打上了印记。一个鬼魂。我爷爷的鬼魂。

　　早在我出生之前，他就因为年纪大与吐血病卧病在床。从我会爬开始，我就成了他的腿。我跟在他的烟草后面，替他填满长长的竹烟筒上的烟锅头，因为觉得自己很重要而扬扬自得。当他抱怨太热的时候，我替他扇风。他觉得太冷，我爬到棉被下面替他搓手脚取暖。他咳得面色发紫，暴露、跳动的青筋仿佛要从皮肤里蹦出来，我握着小拳头替他捶背。他叫我心珠，心里的珍珠。

　　每年秋天，河那边吹来的风越来越锐利的时候，他就咳得更厉害；他那像陈年象牙一般的皮肤因为高烧而涨红。我娘说那是因为从砖墙透过来的风，偷偷跑到他身体里去了：一定要逼他发汗，这样风才会从他的毛孔中排出来。

有三天三夜，她把我们所有的棉被和冬衣堆在他身上。她喂他喝姜蒜熬的汤。慢慢地，他烧退了。他的眼神不再失魂。等他叫我替他拿烟筒，我听到烟锅头敲在被烟熏黑的墙上发出熟悉的喀喀声响时，我知道我爷爷又回过神来了。

我七岁时，他一过中秋就开始发烧。那年收成特别好，地方上最大的地主雇了个戏班子和特技杂耍来庆祝。大家都去看表演，就连爷爷也去了。因为他走不动，他坐在椅子上去的。大我六岁的哥哥快跟我爹一般高壮，他和我爹合力扛着椅子。锣声响起、英雄高高站在台上的时候，我爷爷咧嘴笑了，露出没牙的牙龈。我最爱的是杂耍，接下来好几天我在爷爷的棉被上翻来滚去，歪歪倒倒地学他们倒立和翻筋斗。

我年纪太小，不知道爷爷比以前病得更重。即便他眼白变黄，额头冒着油亮的汗珠，我都不怕。我们家的水牛不也是看起来更严重，嘴里滴着成串透明又长又黏的口水？整个冬天它喘大气的声响让整个村子都睡不着，可是一到春天它又上田去了，被我娘的汤药给医好了。

我娘的草药百试百灵，我也不清楚人去世之前的仪式，所以我娘替爷爷换上新衣服的时候我特别高兴。我爹和我哥拿了半打木板，放在主屋的两个高架上，离爷爷的床不远，在祖宗供桌和前门之间。然后他们把爷爷放在木板上。虽然他发着微弱的声响很困难地呼吸着，我还是以为他一定很快就会要他的烟筒了。

就在那天我在河边的野草堆里发现了一窝小野猫。它们戏耍的样子让我觉得好笑，我想跟爷爷分享。我小心翼翼地抓了一只藏在我的外衣里头带回家去。

我一头闯进家门，我娘就说："嘘！爷爷长眠了。"我还是没发觉有什么不寻常；爷爷经常在白天一会儿睡、一会儿醒。我心里只想着这个惊喜，我不理我娘跑向爷爷。我一到他身边，小猫从我外衣里钻出来，跳到他胸膛上。爷爷突然直挺挺地坐起来。铜钱掉在地上清脆作响。

我娘倒抽了一口气，把爷爷推回去。"原谅心珠，"她喊着，"这丫头不知道小猫会把您的魂魄叫回来。"

我太惊讶了，说不出话也动不了，愣愣地瞧着我娘从地上捡回两个铜钱，放在爷爷的眼睛上，压住合着的眼睑，然后拉紧他从下巴绑到额头的布条上打的结。不过当她从角落揪出躲着的猫，扔到屋子另一边的时候，它惊吓的叫声唤醒了我，我追了过去。

我娘抓住我的衣领。她把猫踢出门外，骂着说，"你难道不知道猫有邪术、是很危险的东西？"

我一如往常扯着嗓子叫爷爷帮我。我娘打了我一耳光。"祖宗啊！可怜可怜这个没脑筋的孩子吧！"我娘哀求着。

她一把把我拉到供桌前，往我身上洒圣水，点起一把香，押着我跪下。一次、两次、三次，她按着我在泥地上磕头，还一直喊着，"祖宗啊！领着爷爷的魂魄下黄泉吧！"

我的鼻子喷出血。"爷爷，"我哭着，"我要爷爷。"

　　我娘的脸涨红了又变惨白,拖着我到爷爷身边。一阵风从门口吹过来,凉飕飕的。但是他没有咳嗽不止。他连个哆嗦都没打。他没气了,动也不动。

　　"你没看到爷爷死了吗?"我娘问道。她的声音、触摸都突然温柔了。

　　我唯一看过的尸体是炎热的夏夜里被我打死的蚊子、苍蝇,节庆前被宰的猪和鸡。谁敢杀死爷爷?为什么杀他?我更怕更糊涂了,哭得更大声。

　　我娘蹲下身,捏住我的鼻子,直到血止住。她用内衣的衣角擦干净我的脸,紧紧抱着我,直到我从哭泣变成小声啜泣。然后,她伸直了双臂紧抓着我的肩膀。"你爹跟你哥一会儿就带着棺材回来了。你绝对不可以告诉他们小猫打断了爷爷的黄泉之旅。"

　　我娘的警告让我很疑惑,但是我不敢再贸然发作。所以我没说什么。她叹着气继续说,"刚刚往生的前几个时辰很重要,因为魂魄不愿离去。我们活着的人要鼓励魂魄离开,帮忙魂魄去阴间。不然这个人就没法子再轮回投胎。"

　　她越抓越紧,她的眼睛穿透过我的双眼。"那只猫的生命力把爷爷的魂魄带了回来。现在他的魂魄可能会迷路,如果找不到黄泉,他会像失魂落魄的鬼一样飘飘荡荡,给我们大家找麻烦。安静点就没人知道是你的错。"她轻轻地摇摇我。"你懂吗?"

　　我不懂。但是她摇得更用力,再问我一次,我点头说是。

　　我爹和哥哥把爷爷放入棺木中。他们在屋顶放了一只纸鹤，把他的魂魄载入黄泉。他们把贴在门两边褪色的红色对联撕下来，贴上白纸。他们点燃一盏归天灯及一对白烛。我娘在供桌上披上没有漂白的麻布；她也分给我们罩在外套和裤子外面的麻布。

　　在等待村里的庙祝看黄历选出殡的好日子这段期间，我们打开铺盖卷，在棺木旁守灵。没有爷爷吃力的呼吸声和阵阵咳嗽，屋子似乎异常安静。白烛烛光如豆，因为从屋子缝隙穿透的风而摇摇晃晃，投下鬼魅的阴影。供桌前的棺木像一条龙盘踞着，伺机而动。

　　我想到爷爷在棺木里。我娘已经取下他头上绑的布。但是他的脸异常僵硬严厉，阴森而不吉。是因为他的魂魄已经离开了吗？小猫曾经让他回魂。如果我打开棺木爬进去，可以把他的魂魄带回来吗？

　　在纸鹤下面，庙祝放了一张纸，上面是引导爷爷魂魄到黄泉的详细指示。我们供奉米饭、鸡肉、水果和茶水让魂魄在路上享用。我们也烧了纸衣、纸屋、纸钱、纸佣人给他，让他到了黄泉可以享福。所以或许太迟了。但是即使他的魂魄已经离开，他的手脚难道不需要我来帮忙取暖吗？

　　我想从铺盖上爬起来。我娘把我拉回来，从她对我前胸所用的手劲，我可以感受到她之前大发脾气时的火气。我怕了，安静下来。最后我终于睡了。但随之而来的是梦。有关爷爷被屠杀、被四眼狗破肚挖肠、口中没有舌头的恐怖噩梦。

爷爷在地狱里,被丢上刀山。

爷爷平躺在冰湖上,阎王往他喉咙灌滚烫的铜汁……

尖锐的叫声、喊声吵醒了我。我还没回过神来,我娘就一把抱住我。

"继续睡。"她告诉我哥。

"怎么了?"我爹坚持要问。

"没事,"我娘说,紧紧抱着我,让我说不出话来。

我那时才知道是我在哀叫,我爹和我哥在喊叫,我想到哭喊的原因,不禁打起哆嗦。醒着的时候,爷爷在阎王殿可怕的模样更叫我害怕。即使我娘死命搂着我,我全身颤抖到牙齿都咯咯作响,我大滴沉默的泪水让她的衣裳都湿透了。

七七里的每一天,我爹都烧金锭银纸贿赂地府的大官小官,希望爷爷少受点罪。每晚在我梦里,爷爷都遭受全新而且越来越可怕的酷刑。我受不了看他受折磨,开始不愿睡觉。我的头沉甸甸地挂着。我的眼睛又红又肿。嘴巴周围密密麻麻地长着疹子。我没有胃口,也无法吞咽。

我消瘦又苍白,但心里还是寄望爷爷会回来。他下葬时我连这个指望都没有了,我失去了知觉。之后,我娘告诉我,我紧紧抱住棺木,她试着要把我拉开,我的劲道之大显然已经不是我在反抗了。大把大把黄土倒下,封住了他坟墓的时候，我像疯了似的尖叫，晚上我就因为高烧而胡言乱语。

"你已经不能自主了。有别的东西在主宰你。爷爷被小猫搞混了，还不清楚他已经死了。他的魂魄飘飘荡荡在找他的身体。找不到的时候，他就上了你的身。"

我娘隐藏了我真正的问题，瞒过我爹、我哥、街坊邻居和整个村子，想方设法地安抚我爷爷，发誓如果他在阴间好好过日子，不再附在我身上，就在他坟旁盖个小庙。既然上天有好生之德、不爱杀生，她向大慈大悲的观音菩萨发愿我们俩人终身吃素。然后，因为她不敢告诉庙祝她心里怕的是什么，但是又不识字，不知道该烧哪一道符才好帮我，她把整本黄历都烧了，把灰混着水给我喝了。

我依稀记得口很干渴，好像嘴唇和舌头都要裂开了，接着感到减轻痛苦的甘露，然后像爷爷一样突然直挺挺地坐起来。"后来你的烧就渐渐退了，"我娘说，"我知道你恢复正常了。不过你一定要小心，不要告诉任何人你曾经被鬼打上了印记，不然媒婆就永远没法替你找个婆家。"

我爹像爷爷一样爱抽烟筒。有时候当他点了烟，我会闭上眼睛，假装我听到的是爷爷在抽烟筒。但是我假装也没有用，就像竹筛子盛不了水。一切都变了。

爷爷去世之前，整个家都围着他转，因为我是他生活的中心，所以也围着我转。我娘抱怨因为我爷爷比较疼我而不是我哥，颠倒了天地。他们老年要靠我哥养活，往生后魂魄也要靠他，而不是我；我是属于夫家的。"你一定要知道你真正的地位，"我娘告诉我，"开始训练女人该做的工作。"

虽然爷爷只喝一点汤及粥，他总是在我的饭碗里放一小片咸鱼或是皮蛋。每逢节庆吃饭的时候，他会把鸡背两边珍珠般的嫩肉放在我的碗里，笑着说，"珍珠给我的心珠吃。"现在我只能在爹娘和哥哥吃过之后才能吃。在少数几次全家人一起吃饭的时候，如果我傻傻地想要夹一块好肉，我娘会很快地用筷子敲我的手腕，强迫我放下。

我替爷爷做的那些小事比较像是游戏、不太像工作。他却非常会夸奖我，打赏也很大方：甜甜舌头的梅干，一把香脆的花生或是莲子，搔搔痒逗我，讲个故事。我替娘做事的时候，耳朵听到的净是她的吼叫："唉呀！你这没有用的饭桶，死小孩，笨手笨脚的糊涂虫。"

她的舌头好像永远不会停。教我怎么用纺锤和纺轮的时候，她的声音比那枯燥、有韵律的织机声更高亢，"穿衣的时候要记得织布的辛劳。"告诉我怎样照顾幼苗、接枝与修剪时，她会说，"吃饭的时候要记得种田的辛苦。"工作时不准休息。"即使现在不需要也要先做好准备。不要临渴掘井。"

她怕我不小心泄漏我真正的病因，一直把我留在身边。我有时候做梦会叫唤，她就在她和爹睡的床旁边替我凑合加了一张床。这样她就可以在我还没出卖我自己之前先伸手掩住我的口。但是我太想爷爷了，因此开始梦游到他的床边。

我娘把我的双腿绑在床板下的锯马上。"你如果梦游的时候惊醒过来，身体跟魂魄连结的那条线可能会断掉。"

我挣扎着不愿被绑住，哭了出来。她的指甲划过我的脸庞，轻轻抚摸了我一下。我惊讶地连眼泪都止住了。"从前有个姑娘跟你一样会梦游，"她开始说，"只是她梦游走出了家门和村子，一直走进一个有着闪闪发光的白毛皮和火红眼睛的狐狸精巢穴里去。"

"如果发生在我身上的话，我会吐口水"，我打断她的话，"爷爷说鬼魂怕口水，一看到就跑。"

她帮我把棉被盖好，"那个姑娘也吐了口水。但是狐狸精可没那么容易被吓到。"

"那我回找巨人钟馗帮忙。爷爷说他一顿早饭要吃三千个鬼！"

"钟馗太远了，听不到姑娘的哭声。所以她大叫父亲，'爸爸！爸爸！'她爹就来赶狐狸。'放开我的女儿！'他命令狐狸精。狐狸精很快地转过身，用那狠毒的眼光穿透他爹，然后消失了。"

"我爹也会救我，"我松了一口气。

我娘悲伤地摇摇头。"狐狸精不能伤害强壮的男人。它的毒穿过了父亲，进了女儿身体里。她气血枯竭而死。"

***

最后我终于说服我娘让我试着不绑着脚睡。刚开始的几个晚上我用尽意志力不睡着，这样我就不会梦游。当我床边惨白的蚊帐随风飘起，我把拳头塞到嘴巴里才没有叫喊出来。慢慢地，我从短短的浅眠到越睡越长，我娘也把绑腿布收起来。我那时候以为我心上的大石头也会消失，但是它却随着岁月越来越重。

让我变成女人的小红妹妹来的时候，我们村子闹天花。酷热难忍，蚊蝇成群结队地飞来飞去，有如雷鸣。我娘用可以祛病的干草熏屋子。她在阴暗的角落和我们床下洒石灰粉。

她每天都检查我哥和我，看看有没有水泡般的痘子，没有发现就烧香谢天。那年很多人病死；活着的人身上满是黄豆大小的痘疤。我娘指着那些姑娘叹气，"她们能找到什么婆家哟！"

"至少她们的婆婆知道娶到的是怎样的媳妇，"我想这么说，"不像我，没有人能怪那些姑娘隐瞒事实。她们不用担心她们的印记会给家里带来疾病、发疯、贫穷、失败或是其他可怕的噩运。她们是自由的。"

不过那时候我早已经学会要保持沉默，所以没有说出口。我只是遵照我娘的指示烧香感谢诸神祖先保佑，在心中默念希望他们保佑我不会伤害别人，还有暗中感谢他们让我照顾家中果园时心情能够稍微轻松。

我们村子里男人下稻田，女人种橘园。我娘种的果子比最有钱的地主都来得又好又大，她也把这秘密教给我，好增加我作为新娘的本钱。不过我很快地发现，照顾幼苗长成细嫩枝条，再把枝条移植到湿润、温暖的土地里，或是选择适当的树枝作嫁接、修剪，可以让我沉醉在工作里，有时一个早上，有时一整天都可以忘记身上的鬼印记所带来的负担。

我娘却不行。但是她把忧虑掩饰得很好，在媒婆老婶面前像卖菜的那样说得天花乱坠。"您瞧！"她把我的手凑到那个近视眼的老太太面前，"这手多有力。这双手不但很会缝衣烧饭，种果子也很在行。"

放下我的手，她又说到我的脸没有痘疤，我的屁股大。"她可以生很多孩子，也很容易怀上孩子。她会是个孝顺的好媳妇。她很听话。从不道人长短。她从七岁开始就没吃过肉。这样的德行一定会给夫家带来鸿运，就像给我们家好运一样。你也知道我们一家都没得天花。"

我们单独在一起的时候，我娘会担心我那看不见却很可怕的印记。"村里每一家人都比番薯长的眼来得多。就连他们的夜壶也长耳朵。任何人都可能知道你的秘密，只是在等最伤人的时机下手。"她在我衣领缝上一小块一小块红布保平安，为我的命运，到底老婶能不能找到适合的新郎或是任何新郎而忐忑不安。

老婶带来消息，说是有一个吕氏宗亲的好人家里有个很好的年轻人，我娘不相信新郎家的媒人说的话。她替我说的好话不也是夸大其辞？老婶说服她，发誓她是亲眼所见而不是道听途说，我娘又担心新郎跟我的八字不合。等到合过八字，她又为聘礼要多少而忧心，最后终于决定是八十八斤米、十二斤咸鱼、六只鸡、两头猪、一对喜烛和两瓶上等的药酒五加皮。

接下来的三天我娘大气都不敢喘,仔细观察有没有这门亲事会被取消的兆头。直到家里没有打破东西,鸡也没死,她和我爹才收下聘礼,烧尽了三炷香,定下了这桩婚事。

三炷香最后的灰烬落下时,激起我的一丝希望。或许我娘跟老婶说的话是真的。或许我的鬼印记已经没关系了。

但是这希望并没有也不能持久。那天晚上我梦到卖猪仔的贩子。把人当猪仔卖的贩子。他们要抓我的未婚夫。

我第一次听到卖猪仔这个生意的时候年纪很小、刚脱下开裆裤没一两年。村子里几乎每一家都在院子里养猪,我坐在河边看人家把上好的猪运到省城的市场[1]。每只猪都躺在大小刚好的竹笼里,猪鼻子从一边伸出来,另一边是尾巴。我爹和我哥把笼子走跳板搬上船;我家邻居秃子和鱼眼把笼子堆在甲板上。我听着猪叫声,可以感受到它们的惊恐,下面的猪被上面的压得又喘不过气而且又痛苦,我大声说出心里的疑虑,不知道它们活不活得过这段航程。

"哼!别花精神同情猪了,"秃子轻蔑地说,"洋鬼子的大船货舱里也是这样装满我们的人。"

"为什么?"

"替他们在世界另外一边的鬼子农场做工,"秃子说。

---

[1]　此处的省城即广州,感谢蔡女良女士提供译名。——译注

"那地方比省城还远吗？"

大家都笑了。我哥捏了捏我的腮帮子。"是啊，小妹。远多了。"

"那么那些人不会死吗？"

"当然会死，"我爹说，"有时候死好几百个呢。"

"有时候是自杀的。"鱼眼阴森森地补上这句话。

"怎么做？"我哥问。

"在船舱里，找得到锋利木头的人就戳死自己。到甲板上透气的时候，他们就从船边跳下去。"

我吓死了，倒抽一口气地问，"为什么？"

鱼眼跳上岸，抓起一个空竹笼，丢到我身上。他还没把笼子扣上、把我扔上肩膀走上船板，我就吓到开始哭。他把我放在猪上面的时候，我大声尖叫。

秃子很快放了我，但是我还是一直哭。我在自己哭号声中听见秃子责备鱼眼这样吓我。

"她应该知道为什么被当猪仔卖的人会自杀。"鱼眼说。

我爹从秃子手上把我接过去。"海里都是他们饥饿的亡魂。"

"是啊！"秃子同意，"那些没死的被逼着没日没夜地在洋鬼子的农场上做工。他们又被鞭打又挨饿。这样活着有什么意思？"

虽然我爹温柔地拍我摇我，我还是停不下来。最后他不耐烦我一直哭，要我哥背我回家。

回到爷爷身边，我的哭泣慢慢变成啜泣，然后停下来，我陷入无梦的沉睡。

我醒来的时候，再次感到那短暂被关时的恐怖。因为我是个小丫头，鱼眼很容易就捉住我。秃子说猪仔是大人。那他们是怎么被抓的？

我问爷爷。

"他们是自愿的。"爷爷说。

我很惊讶，冲口而出问，"为什么？"

爷爷伸手拿起他的烟筒。他装上烟草，我从床上跳下来，借着供桌的香点燃纸媒拿给他。他深深吸了口烟，开始咳嗽。我很快地爬到他身后替他捶背。等他的咳嗽停下来，我又爬下床替他从包布篮子里的茶壶倒一杯热水。爷爷放下烟筒，双手捧着烟锅头。他把烟锅头凑到嘴边，又停了下来。

"你瞧！"他朝着那杯水点点头。"我们种茶。但是等到官老爷抽走一部分茶叶去付我们那一亩三分地的税，地主又收走我们付地租的一份，然后替我们卖茶的中间商也来分一杯羹，我们最后连干茶叶的碎屑都保不住。我们只有喝水。

"我们大部分的人都差不多这样，有的更糟。无论我们再怎么辛苦工作，我们能过好日子的机会就跟瞎子抓到鳗鱼一样。所以我们很容易上当。"

他闭上眼睛，心事重重地小口喝着水。喝完时他把杯子放在烟筒旁。"我有一次看到捕鸟人抓鹤。他用双眼缝死、双脚绑在网子里的诱饵。洋鬼子也是一样，承诺好薪水来引诱我们。不过人会说话，不像鸟。洋鬼子说的话靠不住已经传开来了。他们很快就找不到人装船了。"

就像爷爷预测的一样，我们的人不会永远上当。但是当他们拒绝自愿走，洋鬼子就雇用海盗攻击沿海的村庄来抓他们。任何抵抗就像风中的灰烬一样无用。村里的人逃不掉，像是瓮中之鳖。很快地敌对的宗族或家族开始互相攻击，像切西瓜那样不在意地砍倒敌人，再把俘虏卖给洋鬼子。成群的盗贼沿河而上，从店铺和田里抓走年轻人。

我们住的相当内陆，所以很安全。但是我的未婚夫吕学仪就不是这样了[1]。所以我梦到他被卖猪仔的贩子追，虽然直到有一天老婶深夜来敲我家的门我才知道这个情形。

她是个像饺子似的矮胖女人，跌跌撞撞地进了门，却上气不接下气地说不出话来，不过只有遇上大麻烦她才会三更出门。我娘一面想掩遮她的恐惧，一面絮絮叨叨地饶舌和拿热水给老婶。我爹也很担心，要我跟我哥替她扇风。

最后老婶深深吸了一口气，开始说话。"就是那天，定亲的那一天，学仪的爹派他送他们家的水牛去隔壁村子。因为有个表亲要借牛做春耕嘛。那只有半天的脚程，学仪很早就出门了，但是牛不知为何逃走了，学仪去追它，所以星星都出来了他还在路上。那晚是新月，你记得吧？现在也只是弦月，没有

---

[1]　感谢作者林露德女士提供吕氏家谱资料，对于校正中国角色的中文译名有莫大帮助。——译注

什么亮光。不过他路熟，所以不怕。

"然后，他突然看到不远的地方有火把在黑暗中出没，等到他们聚在一起、火光围成一圈就突然亮起来。狗开始叫，从那之后的吼声和尖叫，学仪知道有人攻击他表亲的村子，狗的警报太迟了。他把水牛绑住树上，转身就跑回自己的村子去警告大家。"

老婶一个劲地说，我看到我娘脸色苍白，两眼无光。我自己的头也发昏。学仪和他的家人安全吗？老婶特别强调是我们定亲的那一天，是不是因为她猜到我才是给学仪带来麻烦的祸因？她是来退婚的吗？

"学仪的村子没被攻击。不是那天晚上。还没有。不过那些龟孙子抓走了他的表亲。如果下次他们抓走学仪怎么办？天老爷哦！还有他的兄弟也可能被抓。他们家还没有孙子呢！所以你们能够了解为什么他们不想再等三四年，等心珠到一般出嫁的年纪。庙祝从黄历上找到的第一个好日子，他们就要在那天办喜事。"

"她才十三岁啊！"我爹说。

老婶送出个色迷迷的眼神。"她已经是女人了。她的未婚夫十六岁，是个男人了。"

我娘把我爹拉到一边。"我们不能拒绝吕家。"

"为什么？"

"如果我们不给他们有孙子的机会，老天爷或许也会不给我们孙子。"

　　庙祝选了三月三日办喜事，我娘跟我只有两个月时间可以缝我要带到新家的被褥和衣服。

　　她每缝一针就叮嘱我一句。"要顺从公婆、丈夫和小叔大伯。别让你爹丢脸。"

　　在厨房剥笋子的时候，她指出来每剥一层下面还有一层，每一层都紧紧跟上一层连在一起。"你的未婚夫是个养子。他大哥成亲四年，但是他老婆一直没生儿子。他还有两个弟弟，他们也都会成亲。这样的大家庭就跟笋子一样一层又一层，你举手投足要小心。"

　　即使是在成亲的前一晚，老婶把我姑娘的发辫梳成已婚女人的髻，帮我穿上红嫁衣，我娘的叮嘱都没停过。但是等到媒婆扣好我锦缎外衣的最后一颗扣子，我娘突然住口了。

　　这么多年来我一直祈祷有这个安静的时刻。但是我发现这种不寻常的安静让我胆怯；当老婶退后一步欣赏她的成果时，我瞧了瞧我娘。她故意转身离开房间。我的眼泪突然蹦了出来，流下我的双颊。老婶不在意，继续替我打扮，帮我披上红盖头，把凤冠戴牢，把我从爹娘的房间带到大厅的供桌前。

眼泪和盖头弄得我看不见路，我绊倒了。老婶扶稳我，引导着我拜谢天地、告别祖先和爹娘。然后她带我出门，把我塞到轿子里，把门关紧，锁上。

轿子没有窗户。我困在令人窒息的黑暗里，鱼眼把我关在猪笼时的那种恐慌让我难以克制，越哭越大声。但是这一次没人来开门。没人安慰我。他们也不能安慰我，因为按照习俗新娘要大哭，表示不愿意离开娘家。本来就应该哭。不，一定得要哭。

我一面摸索着找我的手帕，抬轿的人一面把我的轿子转了三圈，然后在一阵炮竹声中往龙安村出发。轿子像船一样地前后摆动，我想到那些被猪仔贩子抓到、塞到洋鬼子货舱里的人。我的命运跟他们有何不同呢？

虽然我不是漂洋过海，但是我要跟陌生人一起生活。我观察过我们村子的家家户户，媳妇通常像奴才一样做苦工。坏脾气的婆婆比比皆是。俗话说得好，一百个婆婆里面九十九个都不好。打老婆的丈夫也很常见。所以，为了表示我跟丈夫可以白头偕老，我带了一双鞋子跟他交换。但是每个新娘都遵照这个习俗，我还是可能被打。

我突然了解到我一直靠着娘保我平安。爷爷的魂魄附上我身的时候，她说服他离开。她让我没得天花，替我保守秘密而且好好教导，帮我找了一个丈夫。就在前天，她不顾我爹的反对，宰了我们最好的猪烤好，好让人把这头猪扛在我出嫁的队伍前面，在锣鼓手之前，好喂饱任何可能会伤害我的饿鬼。没有了她，我就像是没有强壮的大树保护的芦草一般地无助。

我的凤冠弄得我脖子很疼。我用手肘撑着轿子两边，好移动一下凤冠，减少一点压力。我的头盖滑了下来，黏在我泪湿的面颊上，快闷死我了。我在雾气蒙蒙的黑暗中挣扎呼吸，了解到为什么有时候新娘和猪仔到目的地的时候已经变成鬼魂。

鬼魂。我们要入夜才能到龙安。如果我还没到村子就被攻击了呢？如果学仪被抓走，我就要跟他的替身拜堂。如果他被杀了，我会被迫冥婚。他们家一定会怪我害死了他，这样想说不定也是对的，我会受到很残酷的待遇。

我的恐惧像恼人的精灵那样折腾我。我觉得好像沉到肮脏的池塘里，我的头被等着我做替身的水鬼给压在水面下。我一面觉得快窒息了，一面想到我娘因为有鬼魂会经过我们村子而关窗闭户。

所以只要我们坐在屋里不出声，鬼魂就不知道我们在不在。整个村子都静悄悄的。鸡犬无声。然后，过了一会儿，我们听到有特别法力的赶尸人稳定节奏的沉重脚步，带着死人走了。

我想象在出嫁队伍前面扛着烤猪的人是个赶尸人。我听到的脚步声是洋鬼子离开我们国家，回到他们在世界另一边的家。老婶要把我从笼子里放出来，因为我的未婚夫已经没有危险了……

　　我听到一连串的炮竹声从好像很远的地方传过来，手指节敲到木头的尖锐声响，门锁打开。我感到一阵新鲜的空气，一线灯光来自高挂的灯笼。

　　我一面因为突如其来的光线眯起眼睛，一面贪婪地大口吸空气。一个女人的脸凑上来。她熟练地扶正我的凤冠，把我拉到冷冽的夜色中，一把扛起了我。透过我的鞋跟，我感到炭火猛烈、炙热的热气……

　　我那时知道在到达龙安村之前，我的魂魄一定是走丢了，那为了要摧毁任何新娘会带来的邪气而在新郎家门槛前燃烧的温温炭火，让我还了魂。

　　老婶把我从她背上放下让我站起来的时候，我完全清醒了。"跪下，"她悄悄说，"向你的夫婿叩拜。"

　　透过我雾蒙蒙的红色盖头，我看到一个男人的外形坐在高椅子上。我双膝跪在他脚边，磕了头。老婶抓住我的手肘，扶我起来。那个男人伸出手来。我本能地退后。老婶紧紧抓住我，强迫我不要动。我的双眼低垂，感觉到那个男人掀开我的盖头，我双颊羞红，还好有凤冠前面的珠串像珠帘一样遮住了我。

　　在老婶的指引下，我们拜了堂。我们跪拜天地还有他的祖先和父母，现在也是我的祖先和父母。我们从红线绑起的杯子喝了蜂蜜与酒。我们各自吃了一口糖糕和一些干果。

　　我的眼睛一直不敢从地上往上看。即使并肩坐在新房的床上，我还是低着头。宾客挤在眼前，大声评论我的脚、耳朵、鼻子生得怎么样。他们命令我替丈夫倒茶好试探我的脾气，要我猜荤腥的谜语。

在家的时候，我也曾因为看到新娘被逗得坐立难安而觉得好笑。现在，我在被捏、被冒犯时还要努力保持笑容，实在想不起来那时有什么可笑的，而且我觉得宾客永远不会离开。

但是，当最后一个客人离开关上了门，我得咬紧嘴唇，才能忍着不叫他们回来。

大家都知道一个人即使再有钱，只要没有孩子，就不算富有；有孩子而没有钱的人也不算贫穷。是的，爸和妈，我的公婆希望我种植的技术可以增加他们的财富。在我陪嫁的箱子里，我娘也装了她保存下来最香甜的橘子种子；我把这些种子种在爸租给我做果园的那块地上。不过，爸妈最希望我们带给他们孙子，好在他们过世之后可以奉养他们的鬼魂。

我像所有的新娘一样，在跟丈夫共享的床褥上绣了吉祥的图案：荷花间栖息的鸳鸯，背负着娃娃的凤凰和独角兽，赐给人儿孙的神仙。妈在我们的床上和整个房间贴上红色的对联，希望我们有百子千孙。不过我就像任何一个好人家的新娘一样，对于这些事一无所知。

从学仪笨拙的摸索可知他知道的也不比我多。但是他的温柔善良让我心里充满温暖。要不了多久，他就发现怎样能让那些温暖的感觉变成熊熊火焰。我也学会怎样取悦他，我们夜夜享受鱼水之欢，销魂天上。不过我的小红妹妹还是照常到来。

我可以看到大嫂看我洗染血的衣服时松了一口气，她跟大哥成亲了四年还没生孩子。妈很失望，只是她心肠太软不会骂人。她默默地替大嫂和我煮冰糖莲心。"儿子会一个接一个来，"她鼓励我们，"我们一定要有耐心。"但是龙安附近为了摧毁入侵者的掩护以及防止奇袭而烧得焦黑的山坡，让她的话难以置信，她的眼睛里也充满忧虑的阴影。

爸公开地表示很困惑。我丈夫的龅牙代表他是个有福之人。在收养他之前，妈过了十年流产的日子，只生了一个儿子，就连这个孩子在八岁时也差点死于霍乱。爸收养学仪好确保有个后代。之后三年，妈连生了两个儿子，虽然她已经过了生育的年龄。显然是学仪替他们带来这些儿子。他为什么不会带来孙子？

我在家里和庙里都向神明、学仪和我的祖先捻香祝祷。

我在王母娘娘面前跪拜。

我向神仙献供。

我向观音菩萨祈求他大发慈悲，在神像脚前放一只小鞋，代表我相信他会给我一个孩子。

我斋戒。

我研究我的梦，寻找征兆。

中秋节刚过，我的小红妹妹就停了。新年时我就可以感觉到我肚子里的生命。

妈因为记得她自己没孩子时的痛苦，所以很小心不会对我特别好。但是大嫂照样吃醋。她怎么会不吃醋？几乎有五年她的肚子一次都没有大过。她连个女儿都没有生，妈找来看我的算命仙还预测我会生男孩。

妈在下午休息时，大嫂会命令我替她端草药，把药汤放在一边等到冷。然后她说药根本不能喝，把药汤洒在我身上，要我再盛一碗。吃早饭和晚饭时，她会很狡猾地给我吃锅底刮下来的锅巴。她找机会来撞我，捏我的手脚。

但我也不是软壳蛋。我娘早就训练我了。唉呀！大嫂残忍的小伎俩就像妈替我挽面时针刺般的小痛那样根本奈何不了我。事实上，我可怜她。

我的丈夫魁梧强壮，有着像陈年茶那样的褐色皮肤；大哥骨瘦如柴又皮肤蜡黄，无时无刻不在搔头搓脚，像只掉毛的鸡。学仪进门以前一定会把衣服上从田里带来的灰拍掉；大哥则总是灰头土脸，脚上都是干掉的水肥。学仪端正的脸上总是挂着笑容。我替他做任何的小事他都会谢我，还会在市场上替我买芝麻糕、甜炒花生和香脆的栗子，他会摘香花插在我的发髻上。大哥那张消瘦的长脸则总是皱着眉头。他对大嫂像是地主那样高傲，他给她的礼物就是鼻青脸肿。

她很漂亮，有着玲珑曲线，白皙皮肤，黛眉和新月般的小脚。她更是纺织和缝纫的高手。但是大哥会一面打她一面吼着，"你像块木头一样没用！你连待宰的猪都比不上！"

没有人阻止他。大嫂也从不吭声。她知道她错在没能给他生个儿子。所以她折磨我的时候我也不多话。俗话说得好，自己有肉的时候就该给人家一点骨头。

足十月的孩子最好。我儿子在满七个月的时候就挣扎着要来人世。妈在床前的柱子上绑了可以带来男丁的彩球穗带。

"用力推。"她教我。

我的手指因为疼痛而握起拳头，深吸了一口气然后用力推，挺起肚子，从床上弓身而起好迎接我的儿子。

"再用力一些，"妈催促我，"你一定要再用力一些。"

我使劲又试了一次。

一次，两次，一次又一次，我感觉到我用力挤的时候我儿子也在向前冲——但是我一喘气他又缩了回去。我汗如雨下。但是我仍旧强撑着再推，直到失败的折磨和难忍的痛楚让我衰弱不堪，因而倒下来哭泣。

"别哭，"妈恳求着，把符纸贴在我的肚皮上，"这些符会减轻你的痛，给我带孙子来。"

但是这些也没用。

一张张的符从我的肚皮掉到床上，在我无助地痛得打滚时搅烂了。我的鼻子里都是血的腥臭味，我的血。我不能呼吸。大汗淋漓，又冰冷又发着高烧，我的哭喊越来越弱，变成抽泣，我的喘息变成微弱的呼气。

妈因为害怕而面色如铅，捡起床上七零八落破碎沾血的符咒。"有时候天意太过头了，"她喃喃说道，"但是我们也不能抱怨。"

大嫂拉着她坐在房间角落的椅子上。"坐一会儿，妈，先歇着。我会照顾心珠。"

她粗鲁地用热毛巾抹我的脸，弯腰轻蔑地耳语，"你就要沉到血湖里去了。所有难产而死的母亲的魂魄都被那泥泞的沼泽给吞了。"

"不要，"我低泣，感到血腥，"不要。"

大嫂假装安慰我，"闭嘴。我来替你换衣服。"

她脱下我脏污的外衣，换上干净衣服时，故意又扭又拉我的手臂。我虚弱地摇晃着。大嫂眯起了眼，嘴唇神秘地笑开来，一把推倒我。

我看到她尖尖的牙齿、狐狸颜色的眼睛，手上和脸上长满细毛时已经太迟了。我认出大嫂是狐狸精化成女人形时已经太迟了。

不。不会太迟。我娘不是说过强壮的男人可以抵抗狐狸精的毒液吗？所以大哥可以制伏她、打她。学仪当然也可以。

但是生产的时候男人绝对不在场。不，就连丈夫也不在。

不过学仪是月老替我牵了红线的人。他是就算我死了也会从血湖里救我的人。我为什么不能叫他来救我？我为何不叫他来救他的儿子？

"学仪，"我哭着使出最后的力气。"学仪！"

我听见门外面起了争执的声音。

大嫂窃笑。"学仪不会来的。爸不会让他来。"

我试着再叫一次。但是大嫂用一块破布蒙住我的脸,掩盖过我已经很微弱的声音,让我无法呼吸。

门突然打开,学仪冲了进来。大嫂从我脸上拿走了布,退了下去。同时妈从椅子上跳了起来。

我以为她是要阻止学仪,不让他再多走进房间一步。但是她朝我跑过来。"有一只手,对了,有一只手臂出来了。"她转向大嫂,命令她,"拿些饭来。"

大嫂离开时,学仪伸出手,把我从血湖里拉出来,紧抱着我。

妈拿了大嫂带来的饭,放了几粒在我儿子的小手上。念念有词,"来,小子,吃吧!"妈温柔地把他的手推回我的子宫里,勉强伸手进去帮他转过身。

然后她一把将孙子拉扯到了人世,我的伤口撕裂得很厉害,而她在悲叹,"唉!孩子,你是吹到什么邪风?"

妈从我肚子里拉出来的小东西像皮蛋一样黄黄黑黑的，只有学仪的巴掌大小。他的小脸蛋像乌龟一样缩在肩膀里，布满皱纹又很哀愁，一副已经了无生趣的样子。但是我下定决心一定要他活下去。

他的皮肤太细嫩了，连洗过很多次的布都穿不上身，所以我撕开自己的棉衣，拉出里面的棉絮，做成毛茸茸的茧包住他。他吃奶又没力时间又短，得不到充足的养分，所以我把奶挤到碗里，从公鸡尾巴上拔下羽毛，在他睡觉的时候用羽毛一滴一滴喂他。

年底的时候，我儿子长到像小猪的长度，不过没有小猪那么胖。他的耳朵像桃花瓣那样娇嫩粉红，手指像春笋尖那样纤细。爸给他取名维灼，保卫光明。学仪替他做了一张小小的竹椅子，前面有块板子可以拉开合上，又可以给他放玩具，又可以保护他的安全。

维灼坐在他的小宝座上，对玩具没兴趣，一直看我点燃炉火，煮饭，或是从灶里面清出灰烬作肥料。我缝衣服的时候，他像灯笼一样亮的眼睛，跟着针线上上下下。我如果纺纱，他的头也会转。然后等我从棉线卷里面抽出一根细线卷到线轴上的时候，那有规律的声音会慢慢让他入睡，就像牵牛花到了下午一样低下头。

大哥说维灼像一团软饭。大嫂嘲笑他细细的发丝，费力吞气的样子，他又不会说话，连妈妈都不会叫。但是我只关心他还活着。

大嫂和我都怀孕了。

我们同一天生产。我的第二个儿子维燃像个小老虎似的从我肚子里跳出来。我把他放在胸前，他吃奶的力量大到震撼我的灵魂。我很快地给他的左耳穿耳洞戴上耳环，这样嫉妒心重的天神会以为他是姑娘。真希望我也知道怎样保护他不被嫉妒心重的狐狸精所害。

大嫂的儿子脖子缠到脐带，是个死胎。大哥像是一只摩拳擦掌的好斗公鸡，大骂他老婆。大嫂说是妈把两个孩子掉包了。

那个死的孩子毫无疑问是大嫂的。但是妈要我把维燃给她。"爸已经决定了。他也告诉了学仪。"

我的心都撕裂了，紧紧抱住我的儿子。

"你还有维灼，老天也会给你更多儿子的。大嫂没孩子。她伤心得快发疯了。刚才大哥踢她的时候，她扑上去把他的脸都抓花了。"我那时候应该说出来的，让大家知道大嫂是狐狸精。但是那些话卡在我的喉咙里：大嫂可能知道我的秘密，我说出她的秘密，她一定会泄漏我的秘密。

爸会很生气老婶骗了他。他不但付了一大笔聘金买个瑕疵品，我还会给这个家带来灾祸。他一定会把我退还给我爹，我那被娘和我瞒住根本不知道鬼印记的爹，那个可以拒绝让我回去的爹。

如果我被赶出去，我丈夫是不是会跟我一起走呢？是啊，他以前曾经为了我顶撞他爸。虽然大哥把他对我的好变成村子里的笑话，我丈夫依然对我很温柔。但是如果他知道我的鬼印记，他对我的深情会不变吗？他会不顾吕氏家族吗？

还有我们的儿子。爸会允许我们带走他的孙子吗？

我可能会失去两个儿子，而不是一个。还会失去我的丈夫和家人。不。我可能会失去的东西太多了。我不能说。

但是如果学仪没有在我叫他来的时候摧毁大嫂的毒，她本来要杀了维灼和我。因为她认为那孩子活不到成年，所以漠视他。我的肚子因为怀了维燃越来越大的时候她也没作怪，因为她自己的肚子大得像小山。我怎么能把我的儿子给这样一个女人、一个狐狸精？

妈叫来学仪。他跪在我身边说，"如果我们要留下维燃，大嫂一定会害他。如果她是他的娘就会保护他。"

我知道他说的是真的。但是我还是舍不得儿子。

学仪温柔但是坚决地把孩子从我的双臂里拉过去。"我们一定要大方，"他说，"像我娘一样，把我给了妈。"

　　我在果园里寻求安慰。前一年我把娘给我的橘苗移植过去。现在我切下枝条嫁接到砧木上，很小心地不要把它们绑得太紧或是太松、太高或是太低。

　　我以前工作时一直背着维灼，这样强盗来的时候才来得及逃走。不过有一阵子听说洋鬼子在他们的土地上找到黄金，脚一碰到地黄金就会从土里蹦出来。那些以前逃避卖猪仔的男人现在挤在港口哀求要坐船过去。没有人再来攻击村子，维灼可以安全地在我脚边玩耍。

　　学仪把一个大鸭蛋吸空，放进几粒豌豆，把开口用饭封好，替他做了一个拨浪鼓。维灼把豆子拿出来种的时候，我还以为他是不小心打破了蛋壳，不小心把豆子压进泥巴里。但是当学仪又做了一个新的拨浪鼓时，我看到维灼故意打破蛋壳，一粒一粒地种豌豆。

　　是啊，维灼很聪明。他是我心中的支柱，一天比一天有力、健壮。大嫂娇纵维燃，是个再温柔不过的母亲。但是当她给他哺乳时，我的奶水会滴下来。老实说，看着她抚养我的二儿子，我就像是只饥饿的杂种狗，被架在鸡饲料上的木箱给戏弄了，这种木箱的空隙大小刚好够鸡吃饲料，狗只能在一边看。

　　我什么也没跟学仪说。我不想让他知道我这么小心眼。但是他了解。"我会请爸给我自己住的地方。"

　　龙安村有六排屋子，被五条巷子隔开。爸的屋子在最靠近水井的那条巷子的中间，跟其他屋子没两样。屋子中央有一间吃饭的房间，晚上三弟和四弟打开铺盖卷就睡在那儿。饭厅两边各有一间卧房，爸把其中一间隔起来给大哥和大嫂、学仪和我，他和妈用另一间。替三弟准备成亲时，爸在最后一条巷子靠近庙的地方租了第二间屋子给学仪、维灼和我，让三弟和他的新娘住进我们原来的卧房。

　　自从大嫂抢走我的维燃之后，大哥就不再打她。这两个人开始一起惹是生非。我煮饭的时候只要一转身，大嫂会故意再多加一些盐，甚至一把灰尘。我在院子里把米摊开来晒的时候，她会放一只鸡进来把米粒弄得四散纷飞。然后她会用蜜糖似的声音怪我说，"心珠，你应该要更小心才是。"

　　爸的火气自然会上来，然后会痛骂我。然后大哥会说，"爸，您的健康太重要了，不要这样生气。冷静一点。"然后大嫂会赶快泡一种特别的茶来给爸润嗓子。

　　我以为大哥大嫂会反对爸给学仪和我房子，他们自己也会要一间。但是他们反而大声赞美爸慷慨大方,还帮我们搬仅有的那几件东西。

学仪没有上当。"他们要留在最容易影响爸的地方。"

我们太年轻了,不知道这会给我们带来多大的苦难。

虽然我们现在分开住,全家人还是一起吃饭工作。学仪跟他爸和兄弟耕田,我种果园。有一阵子妈要三弟的新娘来帮我。她倒是性情很好也很愿意做事,但是不到四岁的维灼都比她更懂土性,更了解我们照顾的果树。事实上,三弟妹犯了很多愚蠢的错误,所以等她生下一对龙凤胎,必须待在家的时候,我松了一口气。

一等到果树长到三尺高,我就很小心地把它们拔起来,切开最粗的直根。维灼帮忙重新种植。我把一棵棵树扶直,他就在根下面放一片瓦。然后我们一起把手伸进一堆堆学仪从河里搬回来的冰冷泥土中,让根的周围紧紧包裹在肥沃的土壤中。

果树长得很茂盛,在我到龙安的第七年开始长果实,生产很多又大又甜的果子。学仪和他的弟弟收成了果子。爸和大哥把橘子带到市场去卖了很好的价钱。

但是我们还没来得及享受好收成的喜悦,地主派人来说我种果树的那块地不再续约。爸希望地主收回另一块地。他拒绝了,爸答应除了租金之外,还会把下一次收成分一大份给地主。地主还是拒绝:当然了,因为他想要全部。

爸气坏了。但是我们除了低头继续工作还能怎样？俗话说，水往低处流，人就是坏，欺负弱小。

我们那里的地主都是一个样，就像苍蝇见到血一样爱钱。如果我在另一块租来的地上重新开始另一个果园，那也只会又一次被抢走。但是我们没有足够的银子买一块适合的地，放债的罗渔夫也是个吸血鬼。

哼！人家叫他渔夫是因为跟他借钱的人很少能摆脱他，就像鱼一上钩就逃不了：他收高利贷，每一笔账都登记得清清楚楚，从不接受任何不付钱的理由。所以爸宁可租地也不借钱。他不想上钩。

"让我去金山，"四弟哀求，"只要一下船就可以装满一袋袋的黄金。"大哥大嫂因为有致富的可能非常兴奋，不但鼓励那小子，还帮着他一起求爸。

爸不听他们的请求。要替四弟付船票钱，他就必须要向罗渔夫借钱。而且虽然大家说住在金山的洋鬼子跟卖猪仔的贩子不一样，我们知道他们也可能很残酷。隔壁村的兴贵在金山待一阵子回来的时候，只剩下两节残肢，他的脚指头和大部分的腿都被洋鬼子倒的碱水给腐蚀了，他就像绑了小脚的女人一样无助，连走一小段路都需要别人帮忙。

然后疤脸回乡了。疤脸是这一带最早一群去追逐洋鬼子黄金的人之一，为了买船票暂时做奴才。他们家太穷了，他娘连替他做一条好裤子的布料都凑不到，所以他离家时虽然已经年过二十却穿的是小孩的短裤。

　　他回乡时像个乡绅：拖着长长的丝袍，坐在四人高高抬着的轿子上。而且他邀请这一带所有的人都来吃有九道菜的酒席！光是架桌子就要雇用一打的人工作一整天：男人席摆满了九块田地，女人和小孩席占了十二块田。

　　疤脸的客人在享用酥脆的烤猪、滑嫩的燕窝汤以及其他珍馐时，他得意扬扬地从这一桌走到另一桌。他提到以前有多穷，年轻的时候因为太饿了，连抬一桶晚上拉的粪尿去灌溉田地都做不到，连个老婆都娶不到。然后他把一把把铜钱撒到潮湿的田里，看到连没牙的老头子都跟其他男人一起跪在泥巴地上、在庄稼收成过后的残根中爬着找铜钱就哈哈大笑。他摸着让左脸歪斜的皱疤皮肉，大胆地抚摸年轻姑娘光滑的面颊。他色迷迷地命令媒人替他找最漂亮的给他。

　　他盖的那栋上等蓝砖红釉屋瓦的房子是这一带最大、最豪华的。屋子四角防御用的楼塔让人家想到屋子里不知有多少财宝。疤脸的成功令人炫目，家里面没有儿子或丈夫在金山的逼着他们去。大哥大嫂终于说服爸孤注一掷。

　　“我们生活得很舒服，”妈恳求爸，“我们一天吃两顿。过年还可以有新衣，可以拜神祭祖。我们知足就好了吧！”

　　但是爸太想要替儿孙盖大房，虽然他腰杆还直、胸膛还挺，他年纪还是大了。他害怕没有其他机会了，所以向罗渔夫借钱替四弟买了船票。

　　在饯别宴上，妈替四弟夹了每一盘里最嫩、最好吃的菜。她的声音因为强忍泪水而嘶哑，一面提醒着，“小心别着凉。

好好吃。要好好照顾自己，赶快回来。"

"不要赌博，"爸告诫他，"希望老天赐给你很多福气。"

大嫂疼惜地捏捏四弟的耳朵，"赶快寄鹰洋金币回家来。"

　　下一年的端午节我生下了老三。爸给他取名金功，有加倍光明之意。对我来说，五年没有生孩子了，金功真的是闪闪光明；爸取这个名字代表希望四弟在金山成功。

　　这些希望其实没有什么实现的可能。四弟已经知道金子不会从地上跳出来，洋鬼子也已经立下法律让我们的人很难去挖金子。他在不同的城镇流浪，尽量找工作。他的家书里没有寄钱，我们家欠的债则越来越多。

　　老天爷很仁慈，该播种的时候没有旱灾，该收成的时候没有水灾，果园里没有虫害，我们每一季收成都很好。但是罗渔夫收的高利贷太不合理了，付钱给他之后，我们如果不再多借一点根本撑不到下次收成的时候。

　　爸每次去找那个放高利贷的人，他第一次借钱时吞下的钩就刺得越来越深、越来越利。但是他很固执，坚持说我们不用担心。他甚至替维燃交钱去上村里的学堂，因为大哥大嫂说服爸有一天这孩子会成为学者，替我们家族带来功名荣耀，就像四弟会带来财富。

　　我当然很高兴维燃有这个机会。他不也是我的儿子吗？但是我另外的两个儿子呢？三弟的孩子呢？还有大嫂那个比金功小几个月的女儿呢？

　　哼！这么多年以来，我一直害怕大哥大嫂如果生了自己的孩子会让维燃过得很惨。虽然我丈夫绝口不提对于他是养子这件事的感觉，就像我掩藏我的鬼印记一样，但是三弟告诉我大哥是怎么一面打学仪，一面吼着："我才是真正的儿子。你是抱来的。我骂你打你是应该的。"我也亲眼看到学仪总是让他的兄弟，他们有时候可以不听父母之命，但是学仪永远不能不听话。

　　不过因为大哥大嫂的孩子是个女儿，他们还是一样宠爱维燃。爸妈也最疼这孩子。他们从来没指望维灼可以活下去，所以没有对他付出感情。后来维灼又跟我们一起搬走了。

　　维燃是妈第一个抱在怀里、唱着催眠曲哄睡的孙子。他是爸长子的长子。"爸，您瞧维燃的前额突出，多像您，"大嫂会谄媚地说，"他会像爷爷一样聪明。"所以虽然那孩子从没做过一点事，他在爸的心目中排第一有什么奇怪的？

　　吃早饭以前，维灼早就在田里除完了草。三弟的儿子也把水牛牵出去吃过草。维燃却刚起床，睡眼惺忪地上了饭桌。但是爸在市场里只会替他买糖，当我们都在吃煮红薯喝稀饭那些闹饥荒的伙食的时候，也只有他还在吃肉。

　　学仪和我都很清楚，只要有一点厄运发生，不管是逃走的水牛践踏我们的秧苗、小偷拔走了我们的嫩枝，还是雨水太多或太少，我们就连吃的都没了。但是爸还是不理会，像赶走讨厌的苍蝇一样拒绝听我们的担忧。"忍耐下去，这些苦难都会过去。老四会让我们过得舒舒服服的。"

我们却无法如此轻易地安心。是啊，有些在金山的人会寄钱回家，有几个致富归来，不过没有一个像疤脸那样有钱。大部分的人都不见了；有的一去就是十年。更糟的是像老吕的儿子，变成一坛骨灰，有的死了都尸骨无存。这些亡者没有人让他们安息，礼敬他们的魂魄，或是提供他们在阴间的所需，现在成了饿鬼。他们又寂寞又苦闷，在人间飘来荡去想要报仇。如果他们回龙安了怎么办？

当然，伯公和伯婆，住在庙旁边古榕树里的好神仙，会想办法赶走他们。田间曲折的小径也会让想要穿过的恶灵搞不清楚方向。还有，每年春天村里每一家都会捐钱给庙祝，在清明节的时候安抚恶鬼。爸过去捐很多钱。但是过去两年他几乎都没有捐钱。那些鬼魂会因为这样的怠慢而惩罚我们吗？他们会伤害四弟，让他无法成功吗？

还有那些洋鬼子呢？学仪去县城新宁时见过一个。那个鬼子站在街角大叫，"福音！快来听福音！"学仪很好奇，跟其他人一起挤在他身边。

他很高大，学仪虽然站在后面都能很清楚地看到他的脸，像武圣关公那样是红脸，他毛茸茸的头发和胡子火红，他的眼睛像绿帽子那样绿。学仪很高兴他没有站得太近。站得离洋鬼子最近的人抱怨说他一身发臭。

"唉呀！他没有一个地方不恶心，"学仪告诉我。"特别是他要传的福音。刚开始我以为听错了，因为他说起我们的话很古怪。他不可能是在那里喊，'上帝杀死他的儿子，以他的鲜血来洗净你'这种话。然后他开始发这个被杀的儿子的画片。你瞧！"

那个儿子忧伤又毛茸茸的脸下面惨白的胸膛是切开来的，交缠的荆棘穿透了他滴着血的心。四弟跟这种洋鬼子在一起还能逃得过吗？这些鬼子崇拜杀了自己儿子的神，又要用他的血来洗我们。还叫这个是福音。

哼！我们又怎么能逃得过罗渔夫？我们附近的邻居付不出他们欠罗渔夫的利息，那个放高利贷的就抢了他们的田地，还有快收成的庄稼。然后他逼这一家人把最大的儿子小萝卜卖身给他抵债。他让小萝卜做好多苦工，又不给他好好吃，等到那孩子病了，他又逼那一家卖掉女儿去买另一个工人顶替小萝卜。最后，他们家两个女儿都卖掉了，小萝卜死了，罗渔夫把那一家剩下的人都两手空空地赶了出去，露宿街头。

我们也可能发生这种事。在爸还没有被疤脸给蛊惑之前，我卖掉了嫁妆里的手环和发簪，帮爸买了一小块地当做新果园，一心想让家人不要上罗渔夫的钩。后来爸把妈、大嫂和三弟妹的嫁妆首饰、房子、田地、农具、水牛、猪甚至还有鸡都当做担保押出去。他已经没有剩下任何可以抵押借钱的东西了。只要他有一次付不出钱，罗渔夫就会收网。

　　我们不能靠四弟救我们，只能自救。学仪和我一唱一和地想出一个办法：我们白天替大地主做工，晚上再种自己的地。

　　爸妈太老了，自然无法去做雇工。大哥则是太骄傲，他那狐狸精老婆喜欢假装她的小脚是少奶奶的三寸金莲；她从来没下过田，即使在收成需要额外人手的时候也没有。又高又壮的维燃是个读书人，不是工人。维灼又太瘦太弱。三弟的儿子年纪太轻。三弟和他老婆都很愿意，但是三弟妹太过于笨手笨脚，没人要雇用她。

　　只有三弟、学仪和我三个人出去做雇工。我们赚的钱不可能付清债务。但是至少我们能有饭吃，还能比较有把握付利息给罗渔夫。

　　但是爸必须要同意这办法才行得通。所以学仪在吃过晚饭以后、爸最好说话的时候提出这个想法。

　　"不需要，"爸暴躁地说，"老四很快就会寄钱回来。"

　　"我们现在就要付罗渔夫利息了。"妈提醒他。

　　爸一下站起来，把椅子都打翻了。"我告诉你不需要。"

爸每次一跺脚就像打雷一样。但是妈也一如往常并不退却。"我们很可能会一无所有。"她安静地说。

爸把椅子踢到一边，从供桌踱步到前门，一直像和尚念经一样，坚持说不用出去做雇工，四弟很快就会寄钱这些话。不过大哥大嫂这次没说话，妈也不让步，很有耐心、很坚定地跟他耗下去。

最后爸不情不愿地答应了。我感觉到坐在我对面的学仪轻轻踢我的脚一下：现在我们家、我们儿子有机会逃出罗渔夫的魔掌。

爸突然转身面对我，"你不准替别人工作。我不要任何地主用你的手艺赚钱。"

我吓了一跳，结结巴巴地说，"我们需要三个人都工作才能付钱给罗渔夫。"

"那维灼呢？"大嫂建议，声音里充满恶意。

我的肠子都纠结起来。"他不行。你知道地主都会要工人做苦工。你自己也说他骨瘦如柴又衰弱。"

大嫂的脸上迅速地挂上假笑。"他很有精神。他比我们想象的有力气。"

"他比维燃还要矮，"学仪跟她辩，"又体弱多病。"

"只有小时候是这样，"大哥说，"现在他可以像大人一样动锄头。对不对，爸？"

"对，他是个好工人。随便哪个地主都愿意雇用他。"爸从供桌上拿了一根燃着的香，点燃他的烟筒。"就这样。让维灼代替他娘。"

学仪涨红了脸,大胆地回嘴,"难道这个家要用我儿子的命来救吗?"

爸猛然把烟筒丢在桌子,火热的灰烬和尚未点燃的烟草四散纷飞。"还要我提醒你一个人的儿子是属于他父亲的吗?维灼是我的。"他大吼。

好一会儿都没有人敢说话。老实说,我的胸口紧到几乎无法呼吸。然后大嫂捡起烟斗,把烟锅头填满烟草,再递给爸一个火引子点烟。

"四弟很快就会寄钱了,"她一面安慰着,爸一面喷出一串辛辣的黑烟,"我们在这时候也同样要牺牲。所以大哥跟我要卖掉女儿。"

大哥显然很惊讶,喉咙里发出低声的抱怨。

"她长得还不错,可以卖点钱给家里,"大嫂继续说,"我们可以不用钱就抱一个婴儿回来。我会把她抚养长大做维燃的老婆。"

大哥听懂了,他的脸亮了起来。卖女儿赚不了多少钱,但是等到维燃要娶媳妇的时候可以省下一大笔聘金。即使家里穷下去,维燃还是有个老婆。他微笑地说,"这个办法太好了。"

大嫂的眉头很轻地皱了一下,大哥立刻把脸拉长了,假装很伤心。她转向三弟,"你是不是也愿意做同样的牺牲呢?"

三弟和他老婆脸色苍白。他们很珍爱女儿,不像大哥大嫂。但是他们就像学仪和我一样,不是那狡猾的狐狸精的对手。一个月之内爸把家里的女儿都卖了，找到两个适合做童养媳的婴儿；他让学仪、三弟和维灼出去做雇工。

爸再也没办法蹲下身去种田或是动锄头镰刀。三弟六岁的儿子能做的更少。大哥只有在命令我的时候才会用力气。

我一个人把甘蔗砍成小段，把有枝节的地方浸在水里，直到新芽长出来，然后把枝条种成长长几排。

我一个人把红薯藤种好。

我一个人种稻子，把田里灌好水准备移植，随着稻子的成长调整水位。

不，不是一个人。不完全是。

不论施肥、浇水、除草或是收成，我都带着最小的孩子一起，就像维灼婴儿的时候我带他去果园一样。不过金功不像他哥哥那样会安静地坐着，我一不注意他就溜了，在田埂、菜圃间爬来爬去，或是爬上茶树丛的小山坡。

有一天他在水田边玩水的时候掉了进去。田里的水不深，但是他一定是头先掉进软泥里，因为他没有喊救命。我也没有听见他掉进去。老实说，如果不是田里的鸟突然飞起来，还有鸭子害怕地呱呱叫和拍打水，我根本不会及时转身救了他。因为这件事，他吓得发高烧，他的脸烧得像猪肝那样红，他的皮肤烫到我几乎都不能碰。

快四更时，他陷入神志不清的状态，发出微小哽咽的抽泣声。那时我知道想淹死他的饿鬼要偷走他的魂魄。吃早饭时，金功都快要走了。

学仪立刻当了我们的棉袄换成金纸好拜神和祖先。然后我们到院子里。我把金功的外衣向四方高举，叫着，"金功，回家了。"

"我回来了，"学仪替他回答。

"金功，不要怕，"我向他保证，"你的爸妈都在这儿。"

"我不怕。我要回家了。现在回家了。"

我连忙跑回房，用外衣包住金功，轻轻摇着他。我的手僵硬酸痛时，学仪抱他。然后等他累了，又换我抱那孩子。

最后，那天下午，我们儿子的魂魄终于游回家了，他终于慢慢睡着了。

"让我替你照顾金功吧。"妈说。

"我们会很小心照顾他的。"三弟妹保证。

"是啊。"大嫂笑着。

但是我注意到三弟的儿子有意避开他大妈，那两个童养媳一看到她走近就抽泣，虽然都是大嫂在喂她们奶。除了维燃，没有人可以逃得过大嫂的恶意。我不能冒险把金功留在她有机会害他的地方。但是我又该怎么做才不会让他在田里受伤呢？

我试着用一块软布把他绑在我腿上。但是他一直抗拒被绑住，看到他的挣扎我也想起我娘把我绑在床上时我有多难过。然后我试着用背带把他绑在我背上。他都几乎快穿不下开裆裤了，他长得太大、太重，不能再像婴儿一样背他。那块方布巾因为他的重量而下垂；带子深陷进我的双肩和我胸部上下的嫩肉。天气转热时，我身上开始长疹子，很快就抓到皮开肉绽，非常疼痛。但是他没有哭。他也很安全，不会被狐狸精害。

但是我的老大就不一样了。

哼！哪一个地主不会想尽办法榨干劳工的每一分力气、每一滴血汗呢？维灼是个矮小的十岁孩子，整桶水对他而言太重了，所以他都挑半桶，每次从井边挑水到屋里或是河边到田里都必须多跑一趟。为了弥补时间的不足，别人走的时候他用跑的。到了晚上他的腿衰弱得颤抖，几乎站不起来。他爹和三叔也没办法帮他，因为他们都是帮不同的地主做工。

没有孝心的孩子早就因为身体不行而放弃了。但是维灼从未抱怨，也没有要求他爷爷让他休息。他反而做得更拼命。但是他的主人就是对他不满意，他回家时不是两耳红肿，就是手脚上处处淤青。

我每天晚上在他淤青的地方贴膏药，用筋骨药替他按摩双腿。我到处在山坡上采药，熬成药汤给他增强体力。然而他每天醒来都还是很累。身上原本的一点肉都没了。只有老天爷才能救他不会重蹈小萝卜的覆辙，我只有求观音娘娘大发慈悲。

　　即使我们那么努力, 爸也只能刚好付得起我们欠的利息。从来不会多出一个铜板可以存起来付原来的债款。就算是我种的第二个果园开始收成也改变不了什么。对, 果树收成很好。但是我的嫁妆首饰太少了, 爸存的钱也太少, 所以他买的地就只有一小块, 利润根本不够我们逃过罗渔夫的魔爪。

　　那我们是怎么逃过的呢? 金山的洋鬼子救了我们。对, 洋鬼子。他们决定要建一条越过河川山林的长铁路。这得要搭桥、挖隧道和砍树, 洋鬼子找我们的人去做工。因为四弟已经在金山了, 所以是第一批被雇用的。他没有忘记我们。

　　用他寄回来的第一笔钱, 我们拜谢天神祖先, 维灼也可以回家好好调养身子。第二年我们可以留下一头猪不卖, 给家人打牙祭。然后, 四弟跟一些人合伙开店, 学仪和三弟也不用做雇工了。爸付清了罗渔夫的债, 甚至买了几亩地。

　　"瞧吧! 我就说老四会让我们轻松富足。"

　　是富足了。但倒不一定轻松。四弟并没有变成第二个疤脸, 我们还是要种田和橘子园。我也不觉得有什么不好。老实说，我很高兴。虽然现在我老了，还是闲不下来。何况那时候我年轻力壮。

但是，在我们田里工作的那几年，我发现大哥比最坏的地主都要来得刻薄严厉。所以我为了保护维灼和金功，我说服爸我需要他们两个帮我才能种更多的树，才能让我们的果园更好。

我教他们怎样从强壮挺直、有成年人拇指那般粗细的树枝截取插枝用的枝条，然后插入芋头里一起种；如何拿一把刷子把一棵树的花粉传到那一棵稍微不同品种的树上。维灼总是乖乖听我的话绝不发问，金功因为从未被严厉的主人打得鼻青脸肿过，经常我行我素。

哼！那孩子什么事情都有自己的想法。村里每个人都会拿石头扔偷东西的狗；金功却会去摸它们。维灼和他的朋友会设陷阱抓鸟，用短树枝撑起大大的筛子，底下撒一些谷子；金功会偷偷等着破坏他们的陷阱。他的行为交不到朋友，但是他好像也不在乎。他不跟其他孩子玩，而是跟花玩。

他还背在我背上时，我给他一朵花、几片叶子就可以让他高兴一个早上。他的小手指抓着花或是叶子，很严肃地看着，然后问我一大堆问题。梗里流出黏黏的东西是什么？花瓣为什么是尖的或是弯起来的？这朵花跟那朵为何香味不同？为何一片叶子又厚又光滑而另一片毛茸茸的？

他一从我背上下来，就试着种不同的种子，用老燕子巢的泥巴当做土壤。他把种子塞到母鸡的身体下面好让它们快点发芽。他把嫩芽种在破盆子里好限制根的生长，让树不会长大。

　　只有不能种田的老人才有时间光种花，金功会跟他们要插枝的枝条。不过他们把花和蔬菜分开来种，金功把新年的水仙花跟白菜苗种在同一盆里，在泥土上面铺一点烧焦的木头，那样木炭的黑色让白菜的白和水仙翠绿的梗显得更加突出。他把我们家灰色的砖墙变成爬满花和扁豆藤蔓的灿烂屏幕。他安排好种植的时间，所以一种花还没有谢另一种花就开了，我们家的院子每一个季节都像春天。

　　他就像是个溺爱的父亲那样宠他的花，每天都把掉落的花瓣和叶子扫干净，浇水时又跟每棵植物轮流说话，用泥巴把折到的树枝包好。如果有暴风雨，他会把种在盆子里的植物搬进来，全都塞在厨房里。如果太阳太烈，他用花洒给花浇水。如果我不小心用热水浇到菊花害死了花，他会哭得像大嫂抱走我儿子时那样悲伤。

　　金功那一大堆五颜六色的花发出的花香，像蜜一样又浓又香甜，掩盖住我们茅坑发出的臭气。在温暖的夜晚我们习惯待在院子里，河边也会吹来凉风。田里有蝉鸣。偶尔会有藏在高高的芦苇里的鸭子或是水鸟呱呱叫，或是狗叫。邻居互相打招呼。会有小孩尖锐的笑声。家里的水牛一动，身子下面垫着的干草就沙沙作响。晚上关起来的鸡用爪子抓饲料。学仪抽烟筒，我补衣裳，金功照顾他的花草，维灼修锄头的把手或是磨镰刀，享受家人在一起的宁静。

　　我们的老大很会修工具，就像我们小儿子很会种花。我们还欠罗渔夫钱的时候，我们的犁评也就是改变犁田深度的侧栓把手在春耕时弄坏了，爸和大哥都没办法做一个新的木栓。学仪和三弟或许可以，但是地主让他们过度操劳，根本没有机会可以尝试。

当维灼说他可以修好犁时，大哥嗤之以鼻。爸如果不是急着想要赶快耕好田，他也会嘲笑维灼。他老大不情愿地答应让维灼削一个新的犁评。结果做得刚刚好。自从那次之后，爸就派维灼保养和修理所有的工具，在我看来那孩子的手好像从来就没停过。

老实说，已经不能再叫他是小孩了。矮小、窄胸但是很结实的维灼，已经十五岁了，比我当年生他时候的年纪都大，只比学仪把我娶到龙安来的时候小一岁。

这么多年以来，我丈夫的脸经过风吹日晒，已经不像年轻时那样光滑。我自己的脸也是一样。不过他越来越瘦，我的腰身却越来越粗。他身上闻起来是炭火和烟草味，而他一直摘回来插在我发髻上的鲜花，则让我带着花香。

我们床四周的帏帐已经洗得褪色，刺绣上的颜色都混到一起去了，所以那一对鸳鸯看起来只有一只。学仪和我一起享受了那么多的鱼水之欢，我觉得我们好像也成了一体。

　　我无法保护维燃不落入大哥大嫂的魔掌，也无法保护维灼不受到他们恶意的侵害。现在金功也受他们之害。因为他爱花又对动物很和善，大哥让他变成全村的笑柄。大嫂让他在学校里惹上麻烦。

　　我们一心希望维灼和金功能和维燃一起上学，学仪也终于说服爸付钱给老师教导他们。对于维灼来说这机会来得太迟了。他不耐烦一天到晚待在室内，也不高兴现在他几乎是成人了还被当成小孩，他只待了一下子，学会写自己的名字。不过金功背书时，那些词句他一下就滚瓜烂熟，就像别的小孩吃糖一样，他很快就成了老师的最宠爱的学生。

　　我知道老师喜爱金功，对大嫂来说一定就像是肚子上插了一把刀那么难过。但是她把真正的感觉藏起来，装得很慈祥，要大哥不要再嘲笑"我们的小圣人"，还假装对那孩子的花有兴趣。

　　她来我们的院子，很专心地听金功解释他为什么把水萍和水蓼种在一起，怎样让花早点开，怎样让树长不大。

"你对花草知道得真多。"大嫂阿谀他。

他很高兴，很骄傲地说出心里的话，"妈妈说这个花园很漂亮，连神都会从天上走下来看。"

"他们是怎么走下来的？"

他用一只手遮住眼睛不被夕阳的光芒照到，用另一只手指向屋顶，告诉他大妈她早就知道的事情。"你看到那些屋角是翘起来的吧？他们是天神下来的路。"

"你在这儿看过他们吗？"

他摇摇头。

"那么住在田边亭子里的土地公和他老婆呢？你看过他们走路吗？"

"没有。"他说。他的声音突然变得小声又不安。

"我们就在他们面前拜拜，"我指出这一点。"他们何必要走路？"

"我们只是愚蠢的女人，"大嫂假笑，"金功，你何不请老师解释呢？"

"老师不许发问，连功课都不许问。"

学仪出来清他烟筒里的灰，说道，"当然了！大家都知道五经是一切行为的根本。一定要把它们背熟，不能问问题。"

有学仪在院子里，大嫂就不多说什么，我也被她的沉默给骗了。等到以后来不及弥补的时候，我才发现她私底下跟金功保证，"老师很喜欢问题。但是他年纪大了听不清楚。你一定要大声问。如果他不回答，你就要叫得更大声。"

金功本来就爱发问,也很大声、不停地问问题,直到老师骂他是捣蛋鬼,不准他再去上学。

"真丢人!"爸骂道。

"别担心,"大嫂很高兴地安慰着,"维燃会重振家声。"

金功深受伤害,又很困惑,不知道大妈为什么要骗他,为什么她不再甜言蜜语,为什么大伯又开始嘲笑他。我要怎么解释大妈是个狐狸精?又怎么解释他受苦我也有错,因为我的鬼印记?

我的脑筋日夜打转,像一卷线一样不停缠过来绕过去,想要找出一个方法让我最小的儿子不受伤害。出乎意料地四弟带来了答案,他回来娶亲和休息几个月之后就会回到金山的店里去。

打从一开始金功就跟他叔叔很好,好像徒弟跟着师父一样,四弟说的故事他照单全收。

"我的店开在大埠,"四弟说,"那里每天都像在过节,每晚都像有庆典。" 他形容有好高的大楼,房子有厨房可以随意取水,有即使屋子外面寒风刺骨也可以让屋子里像春天一样温暖的炉子。他告诉我们他帮忙建造的铁路穿过高耸云霄的松树林;吃火的车子发出吼声跑上山岭,不用人兽拖拉。

金功的眼睛瞪得像汤勺那样又圆又大,恳求着,"带我一起回去,叔叔。"

四弟拉拉那孩子的辫子,"我店里是需要个帮手,有个可以信赖的家人在也很不错。但是你还乳臭未干呢！"

金功从他蹲着的地方一下跳了起来，挺直了身体，抬起了胸膛，"我十岁了。"

四弟笑了，"你不怕洋鬼子吗？你不怕那些野蛮人，他们用尖尖的铁叉子叉肉吃，行为又不检点，男男女女公开坐在一起，还像鱼喝水那样亲嘴？"

"我要看他们。我全都要看。"

"你的花园呢？"

金功迟疑了好一会儿。然后他说，"妈妈会照顾花园，直到我回来。"

我娘教我如何嫁接果树，她用小锯子切下离地一尺高的直根，然后劈开树皮，然后塞一节插枝到根里，一面警告我，"如果你切的太深，或是没有把插枝和根接好，会害死整棵树。"我看得出来，到金山旅居同样危险。对，自己和家人的生活会变好。但也可能会被害死。洋鬼子跟我们这么不同，当然会如此。

所以让金功去金山冒险，不是我或是我丈夫心甘情愿替我们儿子所作的选择。不过虽然我们很怕儿子会被洋鬼子欺负，更怕大嫂会害他害得更惨。何况四弟对付金山的危险很有一套，就像很久以前那个书生聪明到可以骗过鬼。

那个书生腰间带着弓箭，在北方骑马穿过森林，看到十一二个披头散发的人在空地赌博。因为是晚上，又没有月光或火光，视线不到几尺，所以他知道那些人是鬼。他大胆地靠近，拉开弓，然后向他们射箭。

他们立即消失，留下一堆冥纸和一个丢骰子的玉碗。书生一碰到钱，钱就粉碎了。但是那个碗是阳间之物，让他变成富翁。同样的，四弟的大胆让他赢得了财富，这笔财富也让大嫂无法害他。

她对四弟带回家的洋货大为失望：一打开盖子就有音乐的盒，一个用滴答声计算洋鬼子时间的机器，上面还有一个铃早上叫人醒来。我们有公鸡，干吗要铃？我们干吗要洋鬼子的时间？还有那个没用的盒子，他为什么不多带一些鹰洋？不过大嫂咽下她的不满：如果她侮辱、惹恼四弟或者让他生气，以后都不会有金币了。金功回来时，大嫂也一样不敢冒犯他。

四弟和金功出发的那天早上，学仪告诉我们儿子："你还是个孩子。有些坏事你都不知道。凡事都要听你叔叔的，好好培养德性。不要让吕家蒙羞。"

我无法言语，只是默默地给金功戴上一个小红布袋保他平安，里面装着雷公庙香炉的香灰。那孩子急着要走，根本停不下来。

他一踏上离开村子的小路就再也没有回头。我一直看着他的背影，直到他消失在天边的云里。

　　学仪和我原本希望把维燃给了大哥大嫂就可以保他平安。但是天不从人愿。

　　维燃的脾气坏我们也不能全怪大哥大嫂。他也很可能遗传到他爷爷。不过爸可是个勤劳的人，他吃完晚饭以后还会回田里去修剪防风林、加固田埂或是修理围篱。维燃像大哥大嫂一样懒惰。他也跟他们一样傲慢残忍。他会皱起鼻子，像个将军一样趾高气扬地走来走去。不然他会去追赶鸡或是他的童养媳碧云。

　　那孩子受到维燃和大嫂夹攻，没有一刻安宁。她不是喂猪或喂鸡，就是从河边提水，在山坡上捡草做扫帚，洗衣或是缝衣服。即使她只是休息片刻，只要给大嫂看到，她就会叫，"给爸端茶"或是"给我端一盆水"不然就是"帮维燃磨墨"。

　　妈会一面塞冰糖给碧云，好带走一些她受的苦，一面说，"你一定是在偿还上辈子造的孽。"或许她是如此。不过维燃一定是在偿还我造的孽，我的鬼印记：他受到娇宠溺爱，变得像是没有带鼻环的牛犊子，而大嫂则习惯用鸦片安抚他。

爸本来可以制止她的。但是大嫂很小心,只在她房里点烟筒,还烧香遮掩那甜腻腻的味道,所以他没有注意到。妈也不让我们告诉爸。他经常生病,她不想冒险让他因为大发脾气而病情加重。

我很不安的时候,妈会安慰我,"大嫂说只让维燃抽一两口。等他长大可以讲理的时候,她就不会再给他抽了。"

回到我们家,我哭了,"维燃不是孩子了。现在可以、也一定要好好教他。"

"既然维燃会读书,他总会有讲理的时候,"学仪安慰我,"我们要有耐心。"

金功去金山时,维燃已经跟老师读了十年书了,比村里任何一个孩子都来得长,他也有着读书人白白的皮肤和细嫩的手。他读四弟从金山寄回来的信给家里的人听;爸的回信也是他写的。金功寄第一封回来时,大嫂把信放在维燃前面,得意扬扬地说,"我们自己家有读信的人,省了不知道多少钱!"

维燃拿起信。他像公鸡梳理羽毛一样,卷起袖子,清清嗓子,然后开始念,"'敬书爷爷膝下,恳请勿念。收信可知无恙。敬愿家人身强体壮,平安如意。随信附上金洋三枚。祈察收并任意使用'。

"'在船上……'"维燃皱着眉停了下来。他把眼睛眯起来。他用袖子擦着脸。

突然间,他把信捏成一团,丢得远远的,大吼,"我读不下去了。金功错误连篇。"

大嫂摇摇头，"帮金功交学费真是浪费钱。"

爸咬了咬每个金功寄回来的金币。确认全都是真的时候，他开心地笑着。"没有浪费。不全是浪费了。这孩子很孝顺。"

我们离开时，维灼偷偷走到信掉下的角落，捡起了信。然后在我们走回家时，他把信弄平整，交给学仪，"也许老师会读。"

老师很轻易就读了信。"是维燃的问题，"老师叹着气说，"那孩子从不努力，几乎不识字。"

"可是四弟的信都是他读的，"学仪说，"金功的信他也读了一些。"

"他可以应付约定俗成的用语，就是替四弟写信的人用的那些词句，也是金功的信一开始的用语。但是等到金功开始描写旅程还有四弟在大埔的店铺时，他就不那么俗套，用了维燃不懂的字。"

老师又深深叹了一口气，"我一再告诉你大哥他儿子不成材，我觉得收你爹的钱好像是做贼一样。但是他一直替维燃苦苦哀求，所以我总是又继续收维燃做学生。"

我们没有告诉爸妈。他们都老了，我们不想让他们失望。但是我不能也不愿意再对大嫂闭上嘴巴。

"维燃太年轻了。不要再给他鸦片，好好管教他，这样他还有可能成功。"

大嫂的目光喷火。"你儿子的错你还敢怪我儿子？难道你忘记维燃抓周的时候发生的事情？爸把笔、钱、算盘和稻子堆在盘子上给他选的时候，他抓了笔。他命中注定要做读书人。" 她歪歪嘴露出满意的笑容，"你该担心的是金功。"

难道大嫂是对的吗？不过她说维燃是天生的读书料子不是真的。我看到她把盘子斜摆，所以笔几乎是滚进维燃手中。但是妈把盘子放在维灼面前时，他完全不看，只喜欢玩在我们床底下找到的锁，所以他对工具很在行。金功什么都想抓，反而打翻盘子，东西全都掉了。是不是因为这样他才看不见他大妈的狡猾和他老师的愤怒，因此失去读书的机会？或许那是他的命运？

我们透过老师提醒金功凡事要听他叔叔的话，要避开洋鬼子，要努力工作。

然而金功在信里还是抱怨：四叔答应我会看到各种奇观，但是我在金山像瞎子一样什么都看不到。

四弟也有抱怨：这孩子没有一点生意头脑。他不理贼也不管顾客，就连傻子都可以骗倒他。

我们当然要求老师教导我们儿子一定要忍住失望的心情。但是金功去应征在金山另外一边的洋鬼子鞋工厂。虽然四弟不准他去，金功把自己想要的看得比家人的期望重要，逃走了。

四弟当然很生气。爸气得病倒在床。学仪和我很担心。金功只是个孩子，那个工厂在冰天雪地里。没有四弟，谁替我们儿子准备祛寒的汤药？谁能保护他不被洋鬼子欺负？

　　那时一对洋鬼子在台城开了礼拜堂。如果学仪和我去见他们，我们是不是能找到保护他的方法呢？爸生病时妈代替爸做主，准许我们去试试。

　　去城里那段长长的路上，道路两旁都是田，一片片灰色的砖房看起来跟龙安的差不多。不过那是我做新娘到龙安以来第一次走出村子，我虽然关心金功，也感觉到过年早上的那种兴奋。

　　金功信里说金山的大埠里留给我们的人住的地方很像台城。街道上和店铺里就像他所描写的到处是人、吵闹声和味道。

　　整个市场像是放鞭炮一样热闹滚滚。我很习惯看到小贩挑着扁担卖东西。在那时候，经常一整月都没有这样的小贩经过我们村子。一次顶多也只来一两个。他们担子上竹子做的拨浪鼓发出喀拉喀拉的声响，引起狗儿和小孩一阵狂吠与吵闹。哼，小贩还没来得及叫卖，整个村子就都已经把他包围了，全神贯注地听他要卖什么。

　　在台城我的头像是小孩的陀螺似的左顾右盼，还是来不及看所有店铺里面摆出来的锅碗瓢盆、玩具和布匹。但是我必须亲眼见见洋鬼子，这样我才知道怎么保护金功不被金山的洋鬼子欺负，所以我不能流连市集。我急忙跟着学仪，我们一路没停地穿过拥挤的街道，直到我们到了礼拜堂。

　　洋鬼子是一个像巨人一样的男人和一个块头很大的女人，跟我预期的差不多，不过他们的行为比我想的更野蛮。那男鬼子站上一个高台，要大家安静，然后他又吼又叫，猛力地两臂乱飞而且身子乱扭，使得他那不健康的白皮肤很快都泛出红斑。他汗如雨下。但是他竟然不知道要脱掉外衣，或是松开那条奇奇怪怪地绑在脖子上而不是腰上的带子。

我一点也不惊讶。从他破烂的中文，我知道他是在诋毁我们的神明，连慈悲的观音也不放过，在赞美洋鬼子的神，那个谋杀自己儿子的神。显然那个男鬼子疯了。那金功跟他们住在一起，是不是也疯了？

然后，那男鬼子就跟他之前开始鬼吼鬼叫一样突然地安静下来，朝那女鬼子点了点头。她马上用手指和脚开始敲打踩压一个盒子一样的乐器，发出奇怪的音乐。她的嘴巴在动，所以我想她是在唱歌，但是我听不到声音。

"大声点。"有人叫。

"她怎么能唱大声点？"我旁边的女人嘲笑地说，"她的腰绑得这么紧，能呼吸都很神奇了，更别提唱歌了。"

"对啊，"我听到另外一个说，"她到哪里都像裹小脚的女人一样要坐轿子。"

"可是她丈夫说反对裹小脚。"

"哪个丈夫？"

"当然就是那个男鬼子啊。难道还有别人吗？"

我听着周围闹哄哄的人群，知道他们很多人都不是第一次来礼拜堂，有的还来过不只一次。

"看这些鬼子就好像在看戏一样。"我背后的女人笑着说。

不过戏里面演员脸上画的颜色可以很清楚地辨认忠奸。从我听到的七嘴八舌的议论，像坏蛋一样白的洋鬼子很叫人摸不清楚。虽然他们来我们这里住，却仍然穿他们的衣服和保持他们的习俗，还很不礼貌地说我们的不好。然而他们也开了一间免费的学校，而且定期送药给病人。

那他们是不是有一点疯、但仍然诚心地做善事？还是他们是恶魔，心怀不轨？因为搞不清楚他们，等到他们做完礼拜走近时，做娘的会把小婴儿的脸盖住，再命令小孩躲起来。

真希望学仪和我也可以这么轻易地就保护我们的儿子。但是我们跟金功相隔千山万水，我们没有办法把他藏起来。而他也拒绝回四弟那儿去或是回家来。

芬妮
北亚当斯，麻省
1870—1875

我的故事是从吕金功抵达北亚当斯开始，这是我故事的核心，也是我的心。

我永远忘不了那一天。我姐姐菲比刚刚离开，和朋友一起到海岸去度一个筹划多时的假期，让我照顾父亲的起居。我派女仆布丽洁去买一些父亲特别喜爱的小牛肝。她空手而归，万分兴奋，嚷着，"支那佬！山普森先生带支那佬来解决他皮鞋工厂的罢工！"

一个月以前，山普森先生从北布克菲尔得引进了四十五位工人。他工厂里的三百五十个工人全都到车站去等火车到来。他们口里喊着"人渣！"，一面将一些新来的工人扔到河里，把另一些人的肋骨打断，剩下的则被吓得落荒而逃。

山普森先生对于这次的溃败大为愤怒，誓言要粉碎制鞋工人工会，也就是魁斯平骑士秘密会。他雇了木匠在工厂周围建起了高高的木围篱，然后跟父亲以及其他商人会面。不久之后，密闭的篷车开始送货，工厂后面也传出锯木声和锤击声。

谣言四起。但是那些山普森先生信赖之人对于别人的询问却全然保持缄默。我追问父亲时，他说，"你是想让我背叛朋友吗？"我羞愧离去。

现在秘密揭晓了。布丽洁说是被记者给暴露了，据说山普森先生和他的支那佬——总共七十五个——会搭乘下午的火车。我很想见识中国人是什么样子，急忙穿戴帽子披肩，前往主街另一边的车站。

车站挤满了魁斯平会派来的罢工工人，他们口出粗言与咒骂的噪音，以及在密闭、陈腐的空气中的酒臭令人难以忍受。然后棉织厂、印刷厂和鞋靴厂的尖锐汽笛声宣布下班，男女老少的工人有如洪流般一拥而入，支持罢工。挤不进来的人聚集在车周围的街道，一直往前推压，紧抓着打开的窗户。说真的，如果不是因为父亲拥有布克郡最大的商场所以我能坐在月台上方的站长室观看，我可能会逃走。

站长室很小，里面拥挤的程度不亚于楼下，闷热的情形更糟糕。但是因为只有女士在，没有刺鼻的臭味，也没有廉价烟草令人窒息的烟雾。而且陪伴其中一些女士前来的强壮男士们，坚守着我们跟那些喧闹的暴民之间的楼梯。

那些暴民里面有很多人在上教堂时坐在我的旁边，在父亲的店里会向我举帽行礼，点头致意，或是羞涩地微笑。但是今天他们憔悴、苍白的脸上充满恨意，我内心的焦虑油然而生，好像我还是一个小女孩，而非将近中年。

结实的本城警察和本州岛巡官手臂相连而立，形成一道人肉封锁线，阻隔了月台上和轨道上的人。在这些警卫的正前方，魁斯平会的首领，一个高大、面色严厉的法裔加拿大人，有如将军指挥军队作战一样向他的手下喊话，以腔调浓重的英语警告大家，如果山普森先生找来薪水低微的支那佬，其他的制造业者也会跟进，让薪水变得更低。他提醒大家上次曾经打败过山普森先生，然后总结，"我们要打败破坏罢工的人渣。黄种的人渣也会被我们赶走！"

群众大声欢呼，异口同声地说，"赶走黄色人渣！"

他们的声音透露出我和菲比在他们住处发送食物救助篮时相同的绝望，我突然感到一股热流，能够认同他们的动机。然后他们的首领举起了拳头，他们向前推挤，用力压向人肉封锁线。有几位巡官显然觉得受到威胁，放开相连的手臂，拿出他们的警棍向四周挥舞。但是这样只是让冲撞更加猛烈，等到口号变成丑陋邪恶的吼声，夹杂着"炸掉车站"的叫声，我的同情心在一波恐惧的寒意中消散。

"我们祈祷吧！"牧师太太一面挤向离门最远的角落，一面建议着。

同时，五点十五分从特洛伊来的班车刺耳的汽笛声穿透了疯狂的吼叫声，很诡异地让一切静止下来。火车刹车发出最后的哀鸣，费力地进了站，蒸汽四射，在我看来所有的人——

巡官、魁斯平会党人，我周遭和楼下的人——都一致转向最后一节的"移民"车厢。

有人使劲推开门。山普森先生踏出车门，容光焕发的脸涨得通红。他虽然矮却很结实，站得笔直，瞪着挤在车站里的那一堆人，让他们低头。他的外衣很奇怪地鼓起来。

我身后有个声音低语，"手枪！"

牧师太太很快地尖声向全能的主祈求站长室可以作为我们——他的子民——的庇护所，"我们以耶稣之名祈祷。"

"阿门。"我们异口同声地说。

楼下的人群仍然保持缄默，但是我注意到有人伸手握住挂在脖子上的十字架，另外一个用手画十字架，还有念珠沙沙的轻响。显然他们也在祷告。

"让开，"山普森先生大声说，"我雇用这些人替我工作，现在我要带他们下车。"

没有人动。也没有人说话。

山普森先生的脸由红转成可怕的绛紫。他眯起了眼睛，扫过群众。他浆过的衣领上露出的颈部肌肉鼓起。他把下巴向前，很坚定地说，"我要把这些人带到我的工厂去。让路。"

"把那些异教徒送回家去！"魁斯平会的首领大吼。

火车到站的魔咒突然消失了，群众中很多人爆出野蛮的口号，"送他们回去，不然我们会打断他们的脊梁骨！"

山普森先生掀开大衣，握住吊挂在腰际的手枪。警官和巡官们也迅速地拔枪，然后魁斯平会的首领闭上嘴巴，口号也逐渐消失。

山普森先生跳下台阶，用没有握枪的手轻拍魁斯平会的首领。"让开，"他又说一次，"我要带我的人过去。"

在他身后，支那佬一个个走下火车。第一个穿靴子、西装和美国制的帽子，其他人则穿着厚底的布鞋、直筒筒的裤子和宽松的外套，外套是用蓝棉布做的，上面有盘扣或是亮晶晶的铜钮扣。他们的前额剃得很干净，背后留了乌黑的辫子，几乎快碰到地。因为他们脸上没有长胡子，所以这些大概只是十二三岁的男孩。每个人都肩扛着一个包袱或是袋子。当他们鱼贯走出、占满月台时，我有一种不知所措的感觉，好像看到青花餐具上画的人物从盘子上跳出来，进行大逃亡。

魁斯平会的首领让开路。群众像是红海为了摩西而分开。支那佬被警察和巡官包夹，穿着他们安静无声有如拖鞋一样的鞋子走过让出来的路。虽然他们个子小又瘦弱，但是他们很倔犟，散发出一种力量，他们脚步坚定，使得别人无法误会他们的优雅很女性化。

因为眼睛狭长，好像半闭着，他们的脸上看不出对于这种充满敌意的迎接阵仗有任何沮丧或是恐惧。但是我也很擅长掩饰自己的感情，所以很难相信这些人真的不怕，虽然他们是下等的异教徒。多年之后，阿吕证实了我当时的怀疑：支那佬吓坏了。

雇用他们的旧金山中介在广告上或是面谈时都从未提到罢工之事。直到火车接近北亚当斯，山普森先生上了车之后，他们才知道自己是被雇用来解决罢工的。那时已经太迟了，无法回头：他们已经签了三年的合约，而山普森先生坚决拒绝解约。

阿吕试着安慰自己和同伴，说起在奥马哈时，作为工头也是翻译的辛查理是如何不畏枪的威胁，赶走一个强要上他们车厢的爱尔兰佬。查理用左手抓住那家伙握枪的手，推得远远的让他无法伤人，然后用右手拔出他自己的左轮枪。那个爱尔兰佬吓到说不出话，安安静静地离开车厢。然而阿吕在说这些故事时，也想到查理对付的只有一个人，还是个醉汉。他们很可能面对的是一群暴民。

在车站山普森先生虽然成功地让群众安静下来，阿吕的恐惧依然无法消除。他以为是另一个诡计。在谩骂的群众夹道之下走过街道时，阿吕真的是既害怕武装的护卫，也怕那些叫喊的人，还有些人大胆地丢石头或是泥巴。他也相信工厂那高高的木板墙——新到他都还可以闻到原木的味道——不是为了保护他以及其他中国人，而是建来防止他们逃走的。

那天在车站，我根本没想到会跟其中一个支那佬那么熟，或是他会永远改变了我的生命。同样的，我十岁父亲失去工厂时，我也不知道他的破产会让我满足衷心的愿望，甚至带来了我的救赎。

我最早的记忆是躲在餐桌下面，母亲正在教大我两岁的菲比字母。母亲答应我的请求让我一起上课的那一天我好快乐。但是每天早上半个小时的课程并不能满足我，只是让我求知欲更加强烈。

我请母亲让我到我们去市场路上经过的那家学校注册上学，她说，"你父亲薪水的每一分钱都有一定的用处。而且，你要学习在家里帮忙。"

在母亲的教导之下，菲比做的果酱有如琥珀一般灿烂，她做的刺绣小品美得无与伦比。比我小四岁的辛西亚烘烤的小面包膨松又层次分明。我则连一杯牛奶都不会热，也无法做出一条传统图型的拼花棉被。

母亲一面刷洗另一个被我烤焦的平底锅，或是把我的针线成品丢到她的碎布篮，一面紧闭双唇，就像是她的手提袋收口那么紧。"芬妮，你不爱耶稣。否则，你就会更努力一点。"

我羞愧地涨红了脸，我会低下头请求母亲原谅。她示范的时候我会更仔细地聆听和观看，但是我编织的袜子依然在应该宽的地方太窄，我做的面包也发不起来。直到父亲把客厅改成有一名工人的小型缎子工厂，我才真正能够帮忙，因为我计算起原料的成本和积欠的工资与可能的利润之间的比较比父亲都来得快。

我来算账，父亲就可以全力操作机器与监督工人。他逐渐增加旗下机器与工人的数量，把他们搬到我们菜园另一边的小木屋里。

这样就有钱可以付学费了。但是父亲拒绝我的请求。"你学到的数学已经够你数你的孩子，学到的地理够你找到家里不同的房间在哪里。你不足的地方是在厨房。"

我做的布丁却还是四分五裂，我腌的黄瓜又软又黄。所以我压抑上学的梦想，沉醉在读书的乐趣之中，直到因病卧床。

然后父亲的工厂在金融恐慌时节倒闭。母亲很勇敢地承受这个损失，"我们结婚时你是工人，我们曾经一起建立的事业，可以一起再建立起来。"她安慰父亲。

父亲颓然坐在靠近后窗的椅子上，瞪着曾经是工厂的小木屋，"不，完了。全都完了。"

辛西亚爬坐在他大腿上，抚平他前额焦虑的皱纹，想要振奋他的精神。菲比咏唱他最喜爱的圣诗。我绞尽脑汁想要找回他亏损的钱，或是说会让他笑的打油诗或是谜语。但是父亲太沮丧了，完全不注意我们的努力。

等到父亲的眼睛里一点认识周遭事物的光芒都没有时，母亲为了全心帮助父亲康复，把我们送到她弟弟在乔治亚州卡路丹的家。

回顾我们跟约翰舅舅一家居住六年的时光，我看到在烈日下一望无际的棉花田，挂着一串串空气草的高大橡树。我闻到色泽鲜艳的热带花朵的香气。我感觉到无条件付出的感情、做对事获得的赞许以及心智受到挑战的兴奋所带来的温暖。

在约翰舅舅的生命中，教育是最重要的事业。他和他太太茱莉亚舅妈建立了一所孩子们由游戏中学习的学校：将历史战役搬上舞台，撰写以及演出复杂的戏剧，在夜空中寻找星座。

对我而言所有的知识都有如饮食一般重要，不过有关自然的学习是我最大的乐趣。约翰舅舅在写一本有关南方各州生物学的参考书。茱莉亚舅妈既是作家又是艺术家，帮助舅舅写书。我想应该没有任何他们认不出来或叫不出名字的树木或花草。然而他们很少直接回答问题。"你只能接受你自己的理智与才智的产物。" 约翰舅舅会这么说。

他教我如何解剖一棵植物，如何画出各种部位并且正确地辨认它们。当我因为喘不过气来而无法到树林去寻找这些植物时，他把我的束腰给丢了，我也把绑住我长长褐色头发的发带与发簪给扔了。

　　我在北亚当斯时经常生病,在卡路丹却没生过一天病。我也没有任何不快乐的时刻。我承认我的确很少想到我父母所必须忍受的遭遇。当约翰舅舅告诉我母亲因为照顾父亲而病倒,得了肺病,我惊讶到几乎无法了解他在说什么;父亲的精神疾病已经完全康复,他要菲比和我回家去替他管理家务及照顾母亲,抚养一个快要出生的小婴儿;菲比从学校毕业的第二天早晨我们就要离开。

　　在替别人工作两年之后,父亲买了一间小百货店。他逐渐增加店里的货品,还要卖五金、碾磨场的设备以及建筑材料。

　　菲比建议他雇用一个记账的人,好让我回到约翰舅舅的学校。但是母亲解释这是不可能的:失掉工厂的损失让他负债累累。因为是别人的倒闭造成他的破产,在法律上他不需要偿还这些债务,然而他认为还债是他的道德责任,因此父亲发誓直到他能赔偿所有债主的本金与利息为止,我们家就要像一贫如洗那般节俭生活。

　　母亲赞美父亲个性坚定,做人又极为诚信,完全支持他的立场,虽然是他的诚信毁了她的健康。我应当也乐于相助才对。不过那时我还不了解很大的牺牲会收获更大的回报,因此在我写给约翰舅舅的信里一味倾诉我渴望回到卡路丹完成学业,然后担任教职。

　　舅舅提醒我,他以前的教育也因为外公去世而中断,因为他必须负起照顾家庭的责任。"所以我白天在布料洗整工厂里做工，晚上读书。即使在机器旁边，我的书本总是翻开的，只要一有空闲就读。你也可以这样。"

扫地、铺床、洗衣、添加灯油及生火顾火时，当然没有地方可以放打开的书本。所以我在烘焙时演算数学问题来训练脑力；我在做清洁工作时练习做拉丁文语尾词性的变化。但是我的面包从烤炉出来时又酸又硬；我会打翻洗地板的水桶，或是全身沾满炉子的煤灰。后来我试着走快捷方式好挤出多余的时间。父亲——他善良又好脾气，除非有人惹他生气——批评我把家务弄得一团糟，煮的食物更令人难以下咽。

约翰舅舅在工厂时每周还有半天的自由时间，我每周结束时还要勉强去烘焙星期六、星期天的食物。菲比也无法帮我。她不是给母亲服用可以咳痰的药水、可以让喉咙比较舒服的糖浆，或是退烧的仙人掌茶，就是念书给母亲听，设法让她高兴。再不然她就做芥末乳浆促进母亲的食欲，清炖鸡汤或西米粥增加营养，泡薄荷茶增进消化。

华特曼医师每次来替母亲放血时，都会保证她生产之后就会恢复健康。但是她死劫难逃，在生下茱莉亚不到两周之后就去了耶稣的天国。我承认很羡慕母亲能够解脱。

因为父亲不愿意雇用奶妈，菲比和我尝试用奶瓶来养大我们的小妹。但是她无法消化加了糖的牛奶，又不愿意喝西米、树薯或木薯粉所冲泡的食物。每次喂食要花掉一个小时哄骗她。然后她会把所有喝下去的几乎都吐出来。即使很饥饿，她还是会拒绝喝奶，或是用力吸到鹅毛做的乳头都扁掉，让乳汁流不出来。因为营养不良，她既瘦弱又毛躁，经常生病，需要我们不断地照顾。

我饱受挫折，因此请求山德勒牧师出面解围，要父亲雇用奶妈。他劝我向天父祈祷。"你难道看不出来，他是因为爱你所以故意在你的舌头上放盐。这样你才会渴望他。"

我十七岁生日前夕，誓言效忠万王之王、众君之君的耶稣。山德勒牧师率领教会品德崇高的圣者和我从第一浸信会教堂来到河边。我们身着白袍，树木则带着秋季的红与金。一阵温柔的轻风吹散了天上的几片云，太阳露出灿烂，温暖了我们。

"让我们一起歌唱《耶稣恩友》，接着唱《以爱相连》，"山德勒牧师大声喊着。

在圣者向上帝高声歌唱时，我跟随山德勒牧师走进水中。冰冷的水让我吓了一跳。然而我依然勇往直前，咬紧牙关以免牙齿打战，让我自己狂跳的心沉静下来。

虽然我的袍子下摆缝了固定用的重物，还是一度漂浮了起来。然后袍子下垂、黏着、拖住我的脚踝和我的腿。我仍然继续前进。一步。又一步。再一步。

当水到了山德勒牧师的腰际，他转过身来，做手势要我留在原地不动。水已经到了我的胸部，所以我很高兴地停下来，看他伸出手来。但是他一只手抓住我的肩膀，另一只手放在我头顶，用力把我压下去。

冰冷的水在我周遭打转，我的双臂在恐慌中向上伸出。他把我抓得更紧，让我无法摆脱，然后他强迫我越来越深陷在河水令人窒息的黑暗之中，直到我感觉我的肺部会涨破而我会死掉。

突然间，耶稣出现在我眼前，虽然我双眼紧闭。

"要有信心，"他说，"我会拯救你。"

他微笑地拥我入怀。哦！他的拥抱带来难以言喻的甜美、狂喜！闪电穿透了我，将我的灵魂带至乐园。当他强大的力量将我从水中拉起，我喊出我的喜悦，我对他的爱，我对他赐予恩典的感激。

我的心因为对于上主的爱而着火，我的生命步调也加速了。如果不是因为挫败受阻的欲望将我紧紧绑住，我或许可以让耶稣满足我所有的愿望，因为我理当感受如此。但是尽管我每天、甚至每个小时都在祷告，我的内心依然燃烧着做大事的渴望，而不只是在家中劳动。很快地我会因为阵阵的头痛与紧张的哭泣而心情低落。

"病痛与眼泪是必要的规范训练之一，使我们在主的手中更加温驯，"山德勒牧师好心地说，"信心会使你坚强。"

他的话让我想起上主在把我从冰冷的水中拉起时的承诺所带来的慰藉。"要有信心。我会拯救你。"我也想起我在卡路丹的第一年。

高年级的住校生里有一个圣灵派的教徒，她说只要我们有足够的信心，我们可以双手各用一只手指就把一个女孩从地上拉起来, 而且抬到我们头顶上。我们也办到了。刚开始几次不成功, 但是后来圣灵派教徒淘汰了几个嬉笑因而显示缺乏信心的女孩。

我也是遭到圣灵派教徒指名淘汰的女孩里面的一个, 但是我苦苦哀求她再给我一次机会, 所以她让我留下来。上主比她更加宽大。随着枯燥的生活日复一日, 年复一年, 甚至延续了几十年, 我的信心太薄弱因而无法抵抗诱惑, 变得依赖鸦片酊的安慰减轻痛苦, 来感受他的拥抱的温暖, 而不是靠着祷告。然而, 在我生命第四十二年的那个夏天, 他送给我阿吕。

　　我是经由我们镇上牧师为工厂的支那佬宿舍所组织的主日学认识阿吕的。

　　在一次特别聚会中，山德勒牧师解释即使浸信会的教义禁止在安息日教授俗世课程，这个主日学会先教授一小时的英文，紧接着做一小时的礼拜——英文课是把支那佬一网打尽的必要之网。山普森先生的中国工头辛查理就是在旧金山地区类似的主日学找到耶稣的，除了他的辫子之外，他已经完全变成一个文明的基督徒了。

　　山德勒牧师敲着讲道台，声如洪钟地说，"我们有机会——不，有义务——再多把七十四个异教徒从黑暗的迷信中引导出来，走向真理的荣光。记住，博爱善行是基督教的核心，我们拯救了这些异教徒，也会因此坚定了我们的信仰。"

　　当他征召老师时，我立刻加入。德不孤，必有邻。从三个教堂总共有九位先生、四个孩童以及五十三位女士志愿参加。

　　志愿者中没有一位是工人或来自工人家庭。工会领袖们印制、发放了传单，宣称以契约方式进口苦力是现代版本的奴隶买卖，指控山普森先生与劳工的关系就像是杰弗逊·戴维斯与黑奴之间的关系一样。所有工厂的操作员都出走罢工，以示同仇敌忾。魁斯平会在我们家花园正对面的大街街头，以火炬大会及施放烟火来庆祝这次的胜利。

父亲粗浓、雪白的眉毛与鬓角因为愤怒而抽动着，骂道，"他们怎么知道雇主的负担？他们又怎么会在乎？"

我知道他发脾气的原因是担心他的店铺因为罢工而损失生意，因为父亲越成功就似乎越害怕再度失去一切。无论如何，他的怒气敲击着我的太阳穴。

如果菲比在家，她可以用几句好听的话来让他分心，或是一个祷告来安抚他。我没有她让父亲恢复正常的本领，但是至少我可以，而且也真的把我们家的窗户关上，以免听到演说者大声疾呼以及工人们的口号："立刻阻止山普森和他的支那混混！"

当我关上最后一扇窗户时，我的前额抵着玻璃，感觉冷静下来。火箭烟火，然后是罗马烟火筒与轮转焰火诡异地升上天空，并照亮了下面的人山人海。夜空中的云层像火焰一般闪闪发光。我很快地把窗帘拉上，以免父亲看到。

关在山普森先生工厂里的支那佬应该看不到大会的光景。但是他们一定听到群众的怒吼以及爆炸声。我心想不知道他们是否会以为那些烟火是弹药。他们会不会害怕呢？或者他们是像父亲和魁斯平会的人一样，又生气又绝望？

山普森先生亲自陪伴牧师们与主日学会的老师们坐着门窗紧闭的马车到工厂。我们在大门内下车时，他指着那一队在围墙内巡逻的警卫，保证我们很安全。然后辛查理出列欢迎我们。

这是我第一次近看支那佬，我紧盯着他的扁鼻子、大牙齿和黝黑的皮肤。查理好像不在意。天啊！有一个小女孩大声批评说他脸上无毛的时候，他笑着说，"美国男人有胡须，支那佬有辫子。"

他摘下帽子，把他的辫子从头顶放下，像标本一样拿起来给我们观察，"瞧，我们都会给毛发上油及梳理，只是我们养在不同的地方。"

他再次大笑，而且我们跟着他从石子路走到主屋背后的一路上，他的脸上始终带着笑意，一面赞美宽广的场地与现代化的建筑，"瞧瞧山普森先生的工厂有多少窗户。里面又光亮空气又好。山普森先生给我们工作的好地方是一流的。"

他引导我们上楼到支那佬的宿舍时，赞美我们自愿无酬教书。"学习英文以及接受耶稣对支那佬非常好，非常好。"他滔滔不绝地说。

但是我们要跟学生见面的餐厅是空的。我们不确定下一步该怎么办，很尴尬地聚集在门口。我的喉咙被辛辣的烟味呛到。像枪声一样又尖锐又短促的爆炸声刺痛我的耳朵，让我脑海里涌现一大堆狂野的幻想。

"请进，"查理催促着。他大手一挥指向桌子，桌上铺着干净到令人讶异的雪白桌布、奇特的茶壶和小杯子。"瞧,一切都准备好了。"

我的眼睛小心翼翼地跟着他挥手的方向,看到屋子的尽头摆着一个看似异教徒供桌的东西,有画得五颜六色的木头人偶,一对很粗的红蜡烛,还有一把线香,我意识到让我喉咙不舒服的就是这线香的刺鼻味。突然间,靠近供桌的门打开来了。我突然紧张起来——也不知道是为了什么原因。

突然进出一阵像是乌鸦尖叫的嘈杂之声。查理叫喊了一连串毫无意义的声音。那奇怪的尖叫声立刻停息。一个高个子的支那佬穿着又长又肮脏的围裙悄悄走进来,大剌剌地把供桌上烧尽的线香残枝换上新的香,再把它们点燃。

查理又发出更多咿咿呀呀的声音。他脸上还是带着笑,但是他的脸上有些木然,他的语调有些粗暴。如果他是在斥责他的部下,那个高个儿支那佬并不在意。他慢条斯理地向偶像鞠躬,然后转身,伸手拿了一个茶壶,就着壶嘴喝了一口,使得志愿者发出一波波又恐惧又反感的低语。

查理不再假装一切都没事,发出一定是命令的吼声。那个高个儿支那佬退下,一堆支那佬小心翼翼地走进来。山德勒牧师的双手张开,摆出传统的友好姿势,走向他们。他们像是要昏倒的小女孩一样脸色发白,躲到柱子后面,退回到我猜想是他们卧房的地方。

他们的恐惧让我大胆,几乎要跟上去。但是线香发出的烟雾越来越浓,我一直咳嗽不停。

有人轻轻拉我的衣袖。我很讶异地转身，发现自己正面对着一个支那佬，一个十一二岁的小孩。他手上拿着一杯热茶，很害羞地做手势要我喝。

我伸手要接过来时，山德勒牧师警告我说，"他是从那个支那佬喝过的茶壶倒的茶。"

我的胃一阵恶心，喉咙一紧，放下了手。我为了停止咳嗽很困难地干咽着，却几乎呛到窒息。情急之下我抓住那杯茶，放在嘴边，尽可能地小口喝着。

那茶比美国一般餐桌上喝到的更顺口、细致，茶水流下我的喉咙，带来舒缓。天啊！真是惊人的好喝，我因为衷心的快感以及感激而微笑。

我清清喉咙，指着那浅绿色的液体。"茶。"

那个孩子迟疑了一下。"茶？"

我点点头，用手指轻轻敲着杯沿。"杯。"

"包？"

"杯。"我重复了一次。

他很努力地动用下唇以及舌头，模仿出正确的声音。我点点头，指着自己。"芬妮·柏林格姆小姐。"

"粉妮笑姐。"他说。

我摇摇头，"小姐。芬妮小姐。"

"小姐粉妮小姐。"

我再次摇头，"芬妮小姐。"

他漆黑的眼睛闪耀出了解的光芒，"芬妮小姐。"

我笑着表示赞许，指着他问，"你的名字呢？"

他叽哩呱啦发出一串的声音。我只抓到第一个声音。"路易？"我问。

他非常欣然地点头，我还以为我说对了，但是他的名字其实是金功，意思是双倍光明。我叫的是他的姓。而且我还念错了。等到他觉得熟识到可以纠正我的时候，我已经习惯叫他路易。更何况，无论我如何尝试，都没有办法卷起舌头模仿他的姓或是名字的发音。最后，他很宽大地表示他不介意"美国方式"，所以他成了阿吕，发音成路易。

　　现在回想起来，几乎难以置信我有好几个星期都无法分辨阿吕跟其他的支那佬有何不同。不过，那些少数拒绝参加主日学的二三十岁青年，跟那些做我们学生的十几岁孩子看起来都一模一样。那些孩子也分不出来谁是他们自己的老师，一直到他们在指定的松木桌子坐下之后才弄得清楚。只有阿吕从一开始就毫无困难地可以认出我，我必须承认他跑来招呼我的样子让我觉得很骄傲。

　　阿吕刚好比我小三十岁，却跟我一样高。他的辫子比我盘在头上的棕色发辫还要长，他黄褐色的面容让我显得格外苍白，几乎像鬼一样。我无法叫出他的名字，他相对地却很能模仿。我们见面的第一个钟头，他就学会餐厅里所有东西的单词，甚至包括那个异教徒供桌与线香。我们下次见面时，他正确地背出所有的单词，然后拉着我到支那佬的卧房，问我那些排成四排的上下睡铺，还有梯子及被褥怎么说。那些睡铺排得就像《哈泼周报》有关移民船廉价客舱的插图一样。等到他把这些都记住了，他还想带我去厨房，但是我们初访时那个非常粗鲁的高个儿中国人是支那佬的厨子，我深感他具有威胁性，所以不敢跟过去。

因为语言与文化鸿沟使然所必须采取的以物教学是最无聊的教学法。然而阿吕的热情与知性活力使得教学变得有趣。他的脸会因为理解了某件事物而像快速上升的光线一样发亮。当他犯错时，他的脸颊会因为懊恼而发红。如果他记忆力有所不足，就会拉扯自己的辫子。

有些支那佬写字一塌糊涂。阿吕很快就能掌握字母，十分纯真地喜欢在我带给他的石板上画出文字。以一个异教徒而言，他极有礼貌，我给他任何一点小礼物，他都会抱拳弯腰鞠躬，根据查理的解释，这样做也表示对我这个老师与长者的尊敬。天啊！阿吕表现得这么乖巧，有时候我都忘了他是个未受文明教化之人。

所有主日学的志愿者都使用以物教学法，上课的那一个小时发出的嘈杂之音相当可怕。但是查理一打做礼拜钟，所有的声音就静默下来。然后有一位牧师会以查理做为他的舌头与耳朵，教导所有聚集的群众一句圣经的格言，一小段祷告，一两句有关基督教信仰的基本真理，一首福音歌。

阿吕总是会用一些问题拖延我离开的时间，我很确定他发问就是为了要拖时间。我觉得每次我到达的时候，他热情地把我的手像是汲水帮浦似的上下晃动，不单单是因为欢迎我，也是欢迎我带来了外面的世界。我曾送给他一个风筝，他小心地放到天上，然后放开绳子，当风筝掉下地来时他流下眼泪。

我祷告阿吕被监禁的日子很快就会结束。但是又过了两个月之后魁斯平会的人才承认失败。即使他们失败了,但是和解的条件——要再减薪十分之一——实在太严苛了,所以山普森先生打开厂大门时,阿吕和他的同胞还是被迫留在他们的住处,不然就有遭到攻击的危险。

在一次主日学志愿者的会议里,我建议邀请我们的学生到家中做客,好给予他们保护。很多人都持异议。有些人说这样对那些孩子太好是不智之举。其他人反对不同种族的人相互社交。但是当山德勒牧师发言支持这个想法时,我就知道父亲不会反对阿吕来家里吃饭。但是我还是等到父亲去波士顿洽公时才把阿吕带回家。因为我从来不确定父亲何时会发火,也不要任何事情破坏那孩子的初次来访。

***

阿吕用脸摩擦我们客厅的天鹅绒窗帘、情人座与沙发的红丝绒甚至地毯。他拉拉风箱,转动嵌在深窗里的百叶窗把手,把窗子开开关关。他从一样东西跑到另一样东西,在我们的小型黑檀钢琴上演奏不成调的乐曲,把玩父亲的纸镇,把它上下、左右团团转地晃动,替纸镇中的人造村庄制造飘雪。

我看着他,想到我第一次进约翰舅舅的学校时是何等兴奋。如果礼教规范允许我像阿吕一样公开表达我的好奇与快乐，我会从黑板跑到柜子那里去检视书架上的书籍，转动茱莉亚舅妈的地球仪，打开墙上挂的地图，去闻闻一瓶瓶的胶水和墨水。但是我只是僵硬地坐在我的板凳上，在心里感觉到阿吕大声说出的感受，"这是天堂。"

进晚餐时，我还没坐下他就开始猛攻食物，用叉子穿刺面包，从茶碟喝洒出来的茶水。他拿起我放在餐桌中央的那一小碟腌黄瓜，胡乱丢一些倒进牡蛎汤里。然后他轮流叉起牡蛎与腌黄瓜，直到只剩下酱汁为止。他两手抓着盘子，放到嘴边，一口喝完汤。

我惊讶到无法假装用餐，在心中感谢上帝还好父亲不在，又向女仆布丽洁做了一个信号要她收拾桌子。但是她因为强忍住笑而不断颤抖，连餐盘都拿不动。

我不能容许她取笑这样温柔的小东西。所以我托辞离开餐桌，把布丽洁叫进厨房。

"你刚来我们家的时候，根本分不清楚有盖汤碗和洗脸盆有何不同，"我提醒她，"阿吕也可以学。"

我命令布丽洁暂时不要上点心，同时教导阿吕如何替女士拉椅子，如何用我们的茶杯、茶碟与汤匙。最后我宣布，"我们让布丽洁看看你多像是位小绅士。"然后我们像是刚开始进餐那样走向餐桌。

虽然阿吕嗜吃甜食，他并未像进餐时那样向巧克力蛋奶霜、神仙姜饼面包以及坚果奶油进攻。他反而在自己就座之前替我拉椅子，并且搬到正确的位置。我没有动叉子之前，他也纹风未动。他像是个极有教养的孩子,进食时没有任何声响,而且在我感谢上帝赐给我们丰盛的一餐时,他也很郑重其事地跟着我说阿门。但是当我示意要起身离开餐桌时,他开始把剩菜装到口袋里。我规劝他,他却误解我的意思,拿出手帕把蛋糕包得更整齐。布丽洁再也无法压抑她咯咯的笑声,一把推开门跑进厨房。

菲比心爱的母猫老黑从打开的门踱步进来,它那身体最弱的小猫跟在后面。阿吕忙着关照甜点,没有时间注意它们。我还没来得及发出警讯,小猫就抓住阿吕在椅子后面晃来晃去的那诱人辫子。

小猫顺着辫子往上爬,阿吕一面尖叫一面跳起来,猛力摇着头。小猫抓得更紧。母猫发出攻击的嘶嘶叫声,跳到餐具架上,搞得盘子与餐具四处纷飞。我出于本能地伸出手,希望能接住它们,但是没成功,只传来厨具落地碎裂的可怕声响。布丽洁从传递饭菜的小门偷窥了一下,就把门关上。小猫可怜地哀哀叫着。

阿吕终于搞清楚是什么东西抓住他的辫子,低下头,把辫子往前甩好接住小猫。他低声安慰着小猫,很温柔地把它的爪子跟头发分开。然后他一手抱着重获自由的小猫,另一手爱抚还在餐具架上的老黑的头。老黑发出满意的叫声,尾巴从根竖起。小猫爬到阿吕的肩膀上,用鼻子摩擦他的颈子。它那琥珀色的眼睛一派天真,眨眨眼,张大嘴巴打个哈欠,然后放松地坠入梦乡。

阿吕下次来访时，菲比已经结束海边的假期回到了家，很亲切地接待他。父亲也因为店里的生意好转而松了一口气，而且又急切想要支那佬多来光顾，所以努力表现得极为和蔼可亲，还带他参观花园。

从我有记忆开始，父亲就有花园。他的说法是每个园丁都必然经历希望未能达到与期待枯萎凋零之苦，这些让他培养出必要的耐心与人生哲理来忍受他生命中的劳苦磨难。当他终于发达到可以偿还最后几笔债务，又盖了自己的房子时，他唯一的奢侈之举，就是在房子周围种了一英亩的花卉、灌木、蔬菜、树木以及盖了一个热带花卉与水果的温室。

在温室温暖的潮湿气息中，我会闭上眼睛，吸入香气，然后几乎可以相信自己又回到卡路丹。阿吕说这温室让他想起他在中国的花园。他也在花盆里种花，大部分的植物他也都很熟悉。

有几株对他来说是新的，阿吕对于这些新发现很兴奋，让我想起以前替约翰舅舅寻找新品种时的激动。我拿出约翰舅舅那本南方植物书的时候，阿吕的眼睛瞪得老大，好像小朋友在圣诞节早上看到礼物一样，"你真的认识制作这本书的人？"

我点点头，指出有哪些是我替约翰舅舅找到的植物。阿吕轻轻地用手指沿着花瓣与叶片的形状描画着，念出每幅素描下面的植物学名与俗称。他询问这些植物的颜色、质感与香味、何时开花以及花期多长。

阿吕对于知识的渴望跟我以前一样巨大，我也想用约翰舅舅的教学原理来教导他。但是根据辛查理所言，反复背诵是中国学生学习的方法。当支那佬进步到以物教学已经不足时，山德勒牧师指示主日学老师沿袭背诵策略，以《新约圣经》和《韦氏拼字书》做为我们主要的工具书，孩子们从挂在餐厅墙上的卡片学着朗诵句子，做动词变化，背乘法表。但即使是这种反复背诵的学习法，在支那佬的宿舍里也很难进行。因为厨子和他那一帮死党是彻头彻尾的异教徒。我们的学生在学习的时候，他们会蹲在角落吵闹地聊天，有时候在做礼拜时也如此。

牧师们本来希望这些唱反调的人迟早会感受到我们的怜悯之心，因而加入主日学。他们反而一直抽他们那些又长又怪味道的烟筒，在聚赌时狂笑喧嚣，点燃大把刺鼻的线香，在他们的偶像面前大声颂念咒语。查理不只一次斥责他们。但是餐厅是他们宿舍的一部分，那帮恶徒大胆地坚持己见，变得越来越粗暴以及心怀敌意。

厨子似乎最具恶意。他从不掩饰憎恨之心，嘴巴总是扭曲形成轻蔑的冷笑，所以每年冬天都令我痛苦不堪的频频干咳又发作时，我并不难过，因为我必须留在室内，而阿吕会到我家。

"不是在安息日的时候，"我告诉他，"你必须上工厂的主日学。而是在平日。下班之后。"

"每天吗？"

他的热切让我微笑，"是的，如果你希望如此那就每天都行。"

"我希望如此。我希望学会所有的东西。所有的！"

在我们安静的客厅里，我拿出我们收藏的立体照片做为地理课程的说明。我给阿吕邮购目录来练习写字与计算，还有一本日记好记录他的想法。我鼓励他依循自己的爱好学习，多问问题，并且尝试找到自己的答案。

但是阿吕并未如我所预期的因为这些改变而欣欣向荣，他反而枯萎了。以前他很坦白不做作，现在他言谈举止都很谨慎小心。以前他很活泼有创意，现在他又僵硬又很无趣。

我越鼓励阿吕自己做决定，他却越要等待我的引导。我深感失望，因而遭受头痛欲裂的侵袭。有些时候我因为头痛过度或是脑子被鸦片酊弄得过于迟钝而无法教学时，会听到阿吕对家里其他的人提出很活泼的问题。为什么明明天气很坏，父亲跟他打招呼时会说"天气很好"或是"很怡人"？为什么菲比问候其他女士时要嘴碰嘴？为什么布丽洁的教堂会展示镶嵌的人骨？

阿吕能够这样自由自在地跟他们交谈，跟我却几乎成了哑巴，对我而言是火上加油。我质问他这个情况时，他红着脸，扯自己辫子，"你是我的老师。"

"所以你更应该要问我问题，"我很尖锐地说。阿吕因为我的斥责而畏缩，让我很后悔表现得这样没耐心。然而我太过于焦躁烦闷，无法软化口气或是不再逼问他。

阿吕有好一阵子保持缄默，就像我在父亲发怒时一样。最后，他的五官因为下定决心而显得僵硬，用几乎听不见的微弱声音问道，"你为何欺骗我？"

"欺骗？什么欺骗？"

"在中国，我的老师要我离开学校，因为我照伯母所说的那样表达我的意见。照你所说我应该也这样对你。我不要再失去这个学习的机会了。"

阿吕的词汇有限，说不清楚他被开除的细节。但是他的声音和脸孔道出他的痛苦，以及他相信自己受到不公平的待遇。我一边听着，同病相怜的感觉油然而生，因为约翰舅舅坚持我必须服从父亲、离开学校时，我也有相同之感。我静静地跟阿吕分享这个旧创。

因为多年未提此事，再加上必须选择最简单的字眼，使得我说得断断续续，我真怕他不愿、也无法了解我的意思。然而，我还是坚持下去。在我看来，我说话的时候他焦虑、受伤的脸色比较释怀了一些。

我说完之后，倒坐在椅子上，用尽了力气。阿吕表现出好几个星期以来都没有的蓬勃生气，跳起来挺起胸膛。

"瞧，芬妮小姐。"他用双手指着他的眼睛、鼻孔和他的嘴巴，"我前面有五窍。"他动动耳朵，"我旁边还有两窍。"他弯腰靠近我，"从现在开始，我打开所有七窍来学习。"

"好，"我笑着说，"喔，好极了。"

　　教导阿吕是我可以全心投入的工作，我也真的是完全付出。没有一个老师能像我这样从学生身上得到这么大的回报。天啊！主日学的学生里没有一个比得上阿吕的创意和求知广度。不过他不是唯一换下异教徒服装，转而穿戴美国帽子、鞋子、袜子、衬衫和西装等等文明衣物的人。许多中国人跟阿吕一样，似乎对于使用刀叉或是特别需要使用刀叉的高等文化感到相当适应。有些甚至读、写、说起英文来跟他一样流利。

　　"我们的支那佬变成绅士了。"我兴高采烈地说。

　　"他们只是看起来像绅士，"菲比纠正我，"他们学到了文明的皮毛，而不是核心。现在我知道上帝为何要把我留在北亚当斯了。"

　　童年时，我会假装教书，菲比假装传道，很忠实地进行所有浸信会的仪式，唱圣诗与召唤忏悔者皈依，用芳香的干草当做水为信徒施洗。在父亲终于偿还所有债务而准许我们雇用女仆时，菲比申请加入公理会。公理会拒绝了她，理由是他们不相信单身女性离家之后会勇敢、坚定和满足。从那时开始她一直在教主日学，发放布道小册子给贫苦之人，到酒铺劝人信教。

支那佬来的时候她不在家，所以不是他们的老师。然而，菲比坚信她是上帝用以拯救他们的工具。她相信让他们改变宗教信仰的关键在于用他们的语言阅读上帝之言。阿吕警告她大多数的学生在中国没受过什么教育，很多人英文的阅读程度已经跟中文一样好，甚至更好。我告诉她牧师们老早就致赠每人一本英文《圣经》。她还是向美国圣经协会订了七十四本中文《新约圣经》。

《圣经》一送到，她要求我帮她把书运到工厂发放。支那佬正好要进晚餐，但是他们很有礼貌地聆听菲比宣布她为他们的灵魂带来了食物。阿吕跳起来帮我们忙。我们清出一张桌子，把圣经整齐地堆放好，这时主日学的学生也靠拢过来。

突然间我注意到阿吕变得僵硬。我抬头看见一个年纪较长的人溜进厨房。厨子如果接到通报我们在此，恐怕只会横生是非。所以我向菲比耳语，"我们应该离开。"

"不，"她说，"这是上主召唤我做的事，所以我一定要做。别担心。他会保护我们。"

她抱起一堆福音，开始发书。就在那时厨子昂首阔步地走出厨房，非常夸张地又吼又跳。查理大喊了一些我们不懂的话。厨子咆哮地更大声，从餐厅的一端冲过来，向我们逼近。《圣经》就堆在桌上。菲比走向他，步伐坚定。主日学的学生四散奔逃，像受惊的喜鹊一样恐慌嘈杂。只有阿吕例外，他跑到菲比前面，试图挡住厨子。

我赶忙跟在他后面。但是我们就像遇到老鹰的麻雀一样无助。厨子很粗暴地把阿吕一把打到旁边去，越过菲比和我，一把翻倒桌子。桌子倒下的声音之外还有恐惧的叫喊。厨子像是猛禽从高处猛扑，从地上那一堆抓起一本《圣经》，猛然转过身来。

"过来！"他命令。

我很惊讶他的英文知识。他还隐藏了些什么？他现在有何计谋？

"怕了吗？"他轻蔑地说。

我不理他，弯下腰检查阿吕伤势是否严重。他已经在捡《圣经》和餐具的碎片。

"赞美上主，你无恙。"

他红着脸道歉，"厨子让我们都蒙羞。"

"不，只有他自己。"我向阿吕保证。

我挺直身体站起来找菲比。她跟着厨子走进厨房，查理和一群喧哗的支那佬紧跟在后。我追过去，而阿吕则拉着我的上衣，劝我让查理对付厨子，让他找回菲比。我们一起从一群在门边吵吵闹闹的支那佬当中挤进去。

在厨房里一切都安静得不寻常。我很惊讶地瞪着菲比和厨子。发生了什么事？我纳闷着。虽然厨子要她到厨房来，他现在站在一边，而菲比则在搅拌一锅汤，尝味道，点头赞许。他看起来吃了一惊，她看起来一派镇定，像在自家炉火旁边一样。查理徘徊在他们中间，不太确定该怎么办。他们三个完全看不出来是否注意到阿吕或是我。

我万分困惑地看着菲比揭开另一个锅子的锅盖，锅子排出一道蒸气，还有米饭烧焦的臭味。她转向厨子。"很抱歉，我太不替别人着想了。"她微笑着伸手去拿还在他手上的《新约圣经》。"《圣经》可以再等一个小时，但是你的饭可不能等。"

厨子皱起眉头。他把《圣经》抓得更紧。"你的外国神很有威力吗？"

"全能的，"菲比说。"他无所不在，无所不知。"

"他看得到我们吗？"

"他在看。"

厨子很迅速、出乎意料地打开炉子的门，把福音丢进火里。"那叫你的神救书。"

虽然打开的炉子喷出热气，我还是在发抖。菲比闭上眼睛，双手合掌祷告。阿吕跳向火钳，查理跳向厨子，两个人都被他很准确的拳头击倒。

我伸手帮阿吕站起来，一面一直向全能的上主祈祷制造一个奇迹，借由拯救他的圣言向支那佬展现他的威力。但是《圣经》在炉子里卷起发皱，让封面上烫金的十字架变得扭曲。

《圣经》一页页卷曲烧焦、消失在火焰之中，这时我在阿吕的脸上看到失望，也反映出我自己的失望。

"你的神在哪？威力在哪？"厨子嘲笑地说。

查理站了起来，张开口又闭起来，看看我又看看菲比。我也转向菲比。在我身后，支那佬的吵闹声静音，停住了。

菲比的眼睛闪耀着信与爱，冷静地解释上帝本来可以拯救福音书，但是他容许遭到《圣经》烧毁，以示他另有计划。"我们也看不出来是什么，因为全能上主的行动人类无法知晓，也超出我们的想法。我们也不需要知道。我们只需要接受与信任。"

我知道她说的是真理。但是我觉得战败了。那她又如何能让支那佬信服呢？我又怎么能说服阿吕呢？

　　当然，我在支那佬的厨房里所祈祷的奇迹有可能发生。这一点我是从《圣经》以及妹夫威廉·旦维尔那里知道的。

　　威廉是个联邦军的老兵，在内战不久之后娶了我妹妹辛西亚。虽然他比辛西亚年轻六岁，但是他双眼空洞，身形憔悴。他栗色的胡子已经泛灰，头发稀疏，他左手颤抖，表示麻痹瘫痪将至。他的身体状况是在安德森维尔遭到监禁的结果。在那儿所谓避风雨的地方就是在地上挖个洞，每天配给的粮食只有一把豆子和玉米面，而唯一的水源也是排水沟。然而，威廉就是在那人间炼狱见证到我们天父伸出救赎之手。当人们举行一场盛大而虔诚的祷告聚会向神祈请给水时，他听见他们干渴的低语，以一场可怕的暴风雨撕裂了天空。闪电狂击。雷声有如重炮隆隆作响。大雨倾盆而下，在沙土中劈开深深的沟渠。到了早晨，一股清澈的泉水从其中一个坑洞涌出。那些囚犯在安德森维尔忍受苦难时，那小河也从未干涸。

　　"那条小河是个奇迹。"我告诉阿吕。但是阿吕因为没有亲眼见到小河，所以不相信。这就像是上主的门徒汤姆士也要求他提出亲眼可见的证据一样，阿吕和他的同胞要求牧师们展示耶稣的威力，证明他是上主。牧师们拒绝这样的要求，这让许多学生在上完一小时的课程之后拒绝留下来做礼拜，因此牧师们解散了支那佬的主日学。

有些支那佬基于忠诚，还是陪着他们的老师上教堂。我们的牧师欢迎这些人，邀请他们参加圣经研读课程与祷告小组，参与冰淇淋社交联谊、野餐和娱乐活动。我们教会有许多人抗议。但是山德勒牧师坚持他们必须服从，"即使只是坐在支那佬旁边，就算教导他们什么是基督教。"

阿吕参加了菲比的主日学班。我们继续在平日的晚间上课，随着他的词汇越来越丰富，我看出来他拥有绝佳的直觉与反思能力。但是他似乎不了解在上课时质疑我是件好事，在菲比的圣经研读课上向她挑战却是万万不可。

菲比告诉我起初她很宽大。阿吕问道："为什么神不阻止犹大出卖耶稣？"她很有耐心地解释没有犹大的背叛，就没有耶稣在十字架受难，也就没有救赎。但是当阿吕追问，"如果上帝是全能的，为什么他要容许邪恶的存在？"这下她就比较严厉了。

"我们不能怪上帝有罪恶的存在。我们要相信他会从灾难中导出善果。看看那些非洲人遭到奴役，那的确很邪恶。然而这把非洲人带到美国来皈依基督，就像是资本家的贪婪把你带来美国一样。也是因为鸦片战争中国才对传教士开放门户。所以全能的主一定会获胜，这你毋庸怀疑。"

菲比的说理与错愕显然都未能打动阿吕，他又出了一招，"这就像暴君获胜。"菲比对他的亵渎之言胆战心惊，告诫他说，"上帝不是人间的统治者，理性不适用于上帝的神秘之举。"

很久以前，山德勒牧师也用同样的言语阻挡我所提出的一连串相同的问题。阿吕却不为所动。然而我觉得没有人比阿吕更能真正了解耶稣的精神。

他像菲比一样疼爱动物，在我们家一楼每个房间的门上开了小门，方便菲比的猫进出地窖，也可以到屋外。他帮菲比设计巧妙的计策，让我的捕鼠器无用武之地。他在阁楼窗户外面钉了一块"防鸟板"，这样冬天鸟类飞下来啄食我们所放的碎玉米粒时，就不会成了猫的猎物。

我因为肺部虚弱之故，只能缓慢行走。但是阿吕会陪伴我在山谷附近树林茂密的小山坡散步。为了不让我太疲倦，他会建议我们在长满长青树和白桦的岩石缝或是在芬芳的野玫瑰丛附近休息，好让我们可以享受篱雀清亮动人的鸟啭、金翅雀的歌声。

有了他的臂膀扶持，我跟着他走到以前我独自一人从来不敢去的地方。阿吕观察敏锐，发现了带着淡紫色泽的小红蚤缀，这种植物我以前只在书上看过。我从手提袋拿出小剪刀想要剪下做标本时，他却要我停手，温柔地松土拔出几株好移植到父亲的花园。

同样的，我很赞赏一大片粗叶片紫菀或是一些长在岩石上的白虎耳草时，阿吕不会摘下一大把放在花瓶里，而是把它们挖起来，完整地移植。天啊！他真是心软，还在父亲春季的花床旁边围起一排排的棍子，以免有人粗心踩到正在发芽的小苗。他还设计了一种根与木灰的混合物，可以赶走却又不会杀死那些啃食西红柿叶子的黑虫。

阿吕注意到父亲很急切地等待当季的第一批玉米，所以在播种前把种子浸泡在一盘浅浅的水里催芽，这样玉米就可以提前生长，收成时间比一般早了好几周。他也没有忘记布丽洁。

上帝经常提醒父亲人生无常，所以他十分节省。他付的薪水微薄到无法满足布丽洁的虚荣心，或是她异常的好奇心。父亲用钱极为谨慎，阿吕则极其大方。他会买布丽洁所渴望的缎带或是衣帽上的点缀装饰给她。他会带她去看马戏，看巡回演出的日本杂耍团表演赤脚爬上锋利的刀梯，看假扮黑人的歌舞表演。

但即使阿吕这么慷慨大方，如果他死前没有信教还是无法拯救他于地狱。我很焦躁，"为什么你可以看到并且满足所有人的需求，却不知道满足你对耶稣的需要？"

"因为我不需要耶稣。我被关在工厂时，是你来到工厂。是你邀请我到你家，给予了我身体的自由。是你给我幸福，不是耶稣。因为你让我快乐，所以我要让你和你的家人也快乐。"

作为阿吕的老师与长辈，我应当解释所有的幸福都来自于耶稣，人间的幸福即使再美好，也比不上在天国等着我们的极乐。我们也不应该仰赖任何凡俗之人。但是从来没有人

用这么美好的言语温暖我的心，我无法因为真理而放弃这种
美好的感觉，就像我无法停止使用鸦片酊替我对上主的爱持
续加热加温。

在其他支那佬身上，牧师在工厂的主日学播下的种子逐渐发芽、成熟。菲比的班上有两位公开表明信仰耶稣，另一位成为热诚追求上帝真理的慕道者，从其他班上或是教会还有六个人受洗。

阿吕从未错过任何一次星期日的礼拜。但是他仍然继续在工厂的异教徒供桌前行礼，礼敬那些他在村里学堂读过经书的中国圣人。天啊！在菲比发现一个已经改信基督的人进行祭祖的异教仪式而予以谴责时，阿吕还卫护那个支那佬，辩称祖宗牌位跟我们墓园里的墓碑并无不同，那孩子在牌位前面点的香跟我们放在坟墓前面的鲜花意义相同，他深深的鞠躬只是反映尊重，就像男士对女士鞠躬一样。

菲比或是我都无法让阿吕了解他的推论错误，我开始不仅仅担心阿吕不朽的灵魂，还担心他可朽的人身幸福，还有我的。万一菲比开始生厌，指责他不是诚心追求真理，上主日学的唯一目的只是为了混进我们家庭，那该如何是好？如果父亲不再欢迎阿吕或是禁止我们继续上课又该怎么办？

我跟阿吕分享我的担忧，我央求他言语小心。他看起来比我打他一耳光更加受创，我知道他又想起他中国老师的背叛。

"我永远不会背叛你，"我向他保证，"但是我的生活依赖父亲。所以你跟他或是菲比小姐说话时要谨慎口舌。"

"我明白。"他说。

但是他的表情就好像我违背了对他的誓言。以前他会跟我分享他的日记，现在他在封面上写下：仅供吕金功阅读。

那年秋天我们牧师组织了一个信仰复兴传道会。那两星期的聚会，虽然是在浸信会教堂举行，但是不分教派。一位说教起来非常打动人心的狄维特先生从波士顿来带领礼拜，还有超过百人的唱诗班，加上像菲比这样好几十位教会志工一起协助传道士，他们会提振礼拜者的精神，并且跟尚未获得救赎者奋斗。

为了让所有的人都能获益，制造商关闭工厂，商人关闭店铺。偏远的农家乘坐装满粮食的篷车前来，用床单或棉被搭起临时的帐篷，住在会场。有些人则露宿野外。

狄维特先生在第一场传道会郑重警告未获救者必然会永远受到诅咒深陷地狱，他的话有如雷击一般充满能量。他的脸涨得通红，眼睛鼓起，汗如雨下，虽然窗户大开，而且那天早晨格外生气蓬勃。

在他猛烈的袭击与尖锐的描述之下，许多未获救者跪倒在地哭喊着，"我要怎么做才能获救啊？"其他人啜泣着，"我投降！我投降！"我开始为阿吕身陷地狱之火的念头受尽煎熬。我可以感受到那火焰的热气舔着、烧焦他的脚跟，闻到硫黄和他烧焦的皮肤味道，因而痛苦呻吟。阿吕坐在我身边，依然不动如山。

在一次又一次的聚会里，争取灵魂的奋斗持续进行。礼拜者一次同时做好几十次的祷告。聚会中有启迪心灵的福音歌曲，检视人心的见证，朗诵广受欢迎的圣经诗句。狄维特先生走下讲道台，用炽热、毫不保留的说教来鼓励、指导大家追求救赎的喜乐。三不五时有悔罪者高喊着"赞美耶稣"，"哈利路亚"和"天国荣光"——他们的面容发光，因为用力而衣衫不整——进入荣美福地。

到了第三天，我也被圣灵击倒。我拜倒在走道上，忧伤而羞愧地哭泣，因为我的信仰薄弱，我无法因为耶稣而完全满足，我使用鸦片酊使得上帝的恩典能继续燃烧发光，找寻宁静，我明知道这种宁静应该来自神的应许，保证世间延宕未得的幸福在天上会永远属于我。但是即使我在哭泣，心中仍然渴望鸦片酊所赐予的喜乐与宁静。

有了鸦片酊，我可以重新感受到几乎淡忘的耶稣拥抱。有了鸦片酊我会做梦。在梦境中我拒绝离开卡路丹。或是我虽然离开了，但选择忠于自己而不是忠于家庭，在北方寒冬刺骨的严寒使我虚弱不堪之前回到南方的暖阳之下。或者是我虽然对父亲和茱莉亚尽了责任，却没有因此失去健康。

在这些梦里我总是、总是已经从约翰舅舅的学校毕业，成为像他一样的老师。现在我只是阿吕的老师。我仍然不满足。我仍然借由鸦片酊追求并获得解脱，而不是经由祷告。

"哭吧！哭着祈求宽恕！"狄维特先生激励着，"哭号！大声哭号，因为你的悲惨命运降临了。"

我好像受到全然超自然的冲动所刺激跳了起来，哭喊着，"原谅我，主啊！喔，原谅我。"当狄维特先生要求愿为上帝子民者走到圣餐台以明心志时，我像卑微的悔罪者一样跪在地上爬行到圣餐台。

在圣餐台我重新发愿效忠上主，公开承认道，"你是王，你有绝对的权威，"心里暗暗发誓，"拯救阿吕，我就放弃鸦片酊。"

我情绪过于激动无法起身，继续跪着祷告。突然间耶稣来到我身边，就像他在河里那样将我举起，恢复我的力量。

我赞美他的圣名，走回我的座位，看到阿吕已经离开我们的座位，加入忏悔者席，赤诚地哭泣着。我完全受到感召，拍着手呼喊，"是的，上主。接受他。现在就接受阿吕。"

菲比所率领的教会志工，团团围住他，跟他奋斗。他们又恳求又训诫，警告阿吕即使一生正直并不足以让他逃过地狱之火，想要以自己的德性赢得救赎，就好像落入河中还想要靠着抓住自己的辫子以免淹死一样。

"耶稣是唯一的治疗之道，"菲比再三强调。"打开你的心房好让他进入，赶走撒旦。"

阿吕脸色变得死白，在地上打滚，捶着胸膛，一再呻吟，

"我是罪人。我是罪人。"

狄维特先生立刻要唱诗班唱颂《他引导我》。

我跪在阿吕身边恳求着，"接受耶稣。承认他是上主。"

狄维特先生站在我们上面，呼唤圣灵进入阿吕。

我面向天堂，呼喊着，"是的，主啊。赐给阿吕圣灵。"

菲比和教会志工也加入我一起祈请。

阿吕在地上痛苦地翻腾，呻吟着，"来吧。来到我身体里。现在来吧。"然后，他充满惊讶地说道，"我感觉到了。是的！是的，我感觉到圣灵。我忏悔。我相信。我信。"

他的脸上因为真理之光而发出光芒，阿吕跳起来口吐不同语言。他全身好像因为不属于他的热诚而燃烧着，前前后后摇摆，从走道跳到圣餐台，把自己变成一个活生生的十字架，哭喊道，"耶稣，我要耶稣拯救我，将我洗涤干净。"

我大声赞美信仰赢过罪恶，赞美经由耶稣——也只有耶稣——所带来的喜乐奇迹。

超过两百个人的灵魂——其中有很多中国人——因为这次宽广深远的觉醒而获得拯救。

在结束宗教复兴传道会的爱餐仪式上，狄维特先生说到我们小区为山普森先生的支那佬所做的特殊服侍，令人想起约翰·萨杰特在摩西根印第安人那里所做的善举，这些印第安人以前曾在我们的山林出没。"他也是利用献身教会的家庭，把粗鲁的异教徒提升到彬彬有礼的情况，借由个人接触以传输基督教的德性。然后当摩西根人被驱离他们的土地时，萨杰特先生的那些已经文明化的野蛮人变成更伟大之善举的源头，在他们纽约的保留地传播真理教义给印第安异教徒。所以希望你们所提升的支那佬有一天能在黑暗的中国为基督做见证。"

四处都可以听到衷心的阿门声，菲比的声音最为热心，因为传教士不会以一个人改信基督教就满足，而是希望创立许多教会。我的阿门在喉咙还没有说出来就消失了，因为我相信上帝为阿吕设定的是不同的目的。

心珠

中国，台山

1842—1870

金功的信里一直赞美洋鬼子。他们很大方，在他的工厂设了免费学校。他的老师很好心，鼓励发问，还请他去她家。他们的耶稣神跟我们的神不一样，是全知的。

哼，什么样的学校会用女人做老师？什么样的老师会允许小孩问问题？如果耶稣神是全知的，那他又是怎么给抓起来处死的？我想起大嫂那么轻易就用阿谀得到金功的信赖，又陷害了他，真害怕洋鬼子也一样在害他。

四弟在金功逃走时不是指责他走洋鬼子的路？他写道，在金山，血亲也会想要独立，走自己的路。金功也是如此。

然而金功从未忘记对家庭应尽的义务。每次过节他都会寄钱回家。理所当然的钱是寄给他爷爷的。

爸给家里买地。他的好心情都恢复了，帮维灼成了亲，他买下我们住的房子,也把地契给了学仪。

然后爸过世了。因为他上了年纪,身体又不好,他的死并不令人意外。而且学仪和我也知道大哥会继承家里所有的土地、动产和权威。传统规定如此。大哥大嫂没心没肝,我们都提心吊胆怕有麻烦。

春耕不久之后我们埋葬了爸。等到我们全都收成之后,大哥才宣布,"我们要分家。"

一个正直的人会在兄弟之间公平地分配土地、农具和牲口。但是大哥是那种借白米还粗糠的人。除了田地和果园之外,他全部独吞。他不情不愿地跟三弟和四弟分了田产,把最大块和最好的地留给自己。而他什么也没有分给学仪。

我在我丈夫脸上看到的惊讶反映了我自己的感受:我们从来没有想到完全被排除在外的可能。

我们聚集在爸的房子,现在是大哥的。就像平日一样,炊烟、砍柴煮饭的声音和烧饭的气味从厨房传来,三弟妹的媳妇和碧云正在煮晚饭。我可以听到维灼的妻子满荷在院子里一面喂牲口,一面唱歌给我们的孙子小虎听,他们的笑声比鸡热切地抓地、啄食或是猪啪嚓啪嚓吃饲料的声音更大。其他的家人都聚集在堂屋正中的桌边。他们之中有谁会替学仪说话吗?

三弟和他老婆不会。一个瘦得跟竹竿一样,一个矮胖得跟竹叶一样,他们很早以前就学会随波逐流。他们也教会自己的儿子媳妇要如此。因为他们跟大哥大嫂住在同一个屋檐下，必须如此，否则可能会拦腰折断而亡。虽然大哥分给三弟一份土地，他们也不可能搬出去，因为他们需要大哥的水牛、犁和耙子种田。

四弟妹很安全，因为她的丈夫在金山。我扬眉问她是否可以帮忙时，她却把眼光移开。自从金功冒犯四弟之后她就对我们很冷淡。现在她是不会帮我们了。

我家老大的愤怒可以从他可怕的咬牙声、太阳穴爆出跳动的青筋明显得知。自从他成亲和小虎出生之后，大哥大嫂越来越恨他。但是维灼知道他说什么都帮不上忙，只会更挑起争端，只有强忍着保持沉默。

我失去的儿子也会保持沉默。维燃已经长成高大苍白、鱼眼鱼嘴的大人，全身灌满鸦片，一点用都没有。他和碧云在维灼和满荷成亲的同一年正式拜堂，但是碧云没有生儿子。他短时间之内应该也生不出来。我看过碧云在庙里哭泣，偷听到她对天神断断续续地低语说她丈夫不能行房。

妈呢？爸死后的这几个月她萎缩了，变得更安静，更害怕别人大声说话。

但是还是她打破沉默。

"学仪呢？"她问。

就像猫终于抓到追了好久的耗子，大哥满意地说，"他是收养的。"

妈握紧了拐杖。"学仪只差没有在我肚子里待十个月。"

她双手紧紧往下按着桌子，用力从椅子里撑着站起来，蹒跚地走到房间的另一边，从供桌上拿起家谱，朝着大哥挥着，“爸把学仪的名字写在家谱里，他是家里一份子，有权分一份。”

她一跛一跛地走回桌子，把家谱朝三弟面前一塞，“如果不是学仪替这个家带来好运，你和老四根本不会出生。”她重重地落座，转向四弟妹，“你根本不会有丈夫。”

三弟红着脸抓紧凳子，好像不抓紧他就会跌倒。四弟妹忙着摆桌上的碗筷。

大嫂噘起了嘴，“妈，别担心。学仪有遗产。他有一间屋子。”

“他们又不能啃砖头。”妈犀利地说。

难道以后我们就不能跟大家同桌吃饭了吗？我很快地数了数四弟妹紧紧张张地弄齐的筷子。少了四双。我的肚子紧张地一阵翻腾，我嘶的一声深吸了一口气，吸引学仪的目光，然后眼睛瞥向筷子、墙边一袋袋堆着的米、供桌上面阁楼存放的萝卜干和地瓜。他懂了。所有的收成都在这儿，我们家是空的。

“这次收成我也出力了，”他告诉大哥，“我的老婆儿子也是。你一定要分给我们一份。”

大哥迟疑了一阵。

“这几月我们都在养你们，”大嫂说。“维灼一个人吃了三个人份。”

大哥像是戏台上的演员，马上接下去演，“是啊，满荷也是个饭桶。何况三弟和我娶媳妇是免费的,你们花了家里一大笔钱。我说就光是你们的屋子、你媳妇的聘礼和你儿子的喜酒加起来,你们分到的都比应得的更多。"

不轻易发怒的学仪怒骂,"这些都是用金功赚的钱付的。你也知道满荷没有花多钱,因为大嫂交代媒婆只能找个长相普通的姑娘。喜酒只有五桌。你只是吃醋,因为维燃没有请客。那是因为他娶的是童养媳。这又是谁的错……"

看到大哥大嫂气得脸色发青,我打断学仪,咬紧牙关按下怒气,让我的声音低声下气,"至少要把爸用金功的钱和我陪嫁首饰买的地给我们。"

"金功的钱?陪嫁首饰?"大哥大嫂像回音一样说着。

"不要假装不知道。"妈斥责道。

"妈,"大哥很尖锐地警告她,"现在爸死了,你不能发号施令,只能听话。"

妈的眼睛充满了泪水。是啊,女人的三从是从父、从夫和从子。但是只有毒蛇才会要母亲服从,而不是尊重年长的母亲。

"有个坏儿子还不如没有儿子。"她哭喊着。

四弟的老婆替妈倒了一杯茶,很尊敬地两手奉上,"学仪可以做佃农种四弟的地。"她说。

我们用金功寄来过中秋和新年的一笔钱,非常节俭地度过了冬天。我们吃的不外是稀饭或汤面配咸菜。但是能在自己屋子吃饭,不用被大哥和大嫂吹毛求疵,就好像从严厉的工头手下逃脱一样。老实说，虽然伤心爸的过世和担心我们的将来，我们还是很幸福。

即使我已经做祖母了，我对丈夫还是热血沸腾，他肚子里也是为我燃烧着一把火。维灼一直在他老婆身边打转，眉来眼去，像是发情的牛犊子，而不是已经成亲两年的男人。满荷的圆脸、宽阔的脸颊和又大又诚实的眼睛散发出对他的热情。这两个人很登对，性格跟身体一样健全。小虎笑眯眯地在我们四个人中间摇摇晃晃，让我们因为骄傲和喜悦而紧紧连结在一起。

春天时，学仪和我出去帮地主工作，留下维灼和满荷耕种四弟的田。四弟妹一直求大哥，直到他答应让维灼使用他的水牛和工具。金功又寄了一笔钱帮我们度过收成。

如果一切正常，我们不会再有更多需要。但是那一年几乎没下雨，旱灾让收成不好，所以我们从四弟的农作物所分到的不够维生。更糟的是害虫侵袭果园，我每次没能救活一棵树，雇用我们的地主就扣我们的工钱。任何一点小错他也要扣双倍的钱，即使不是我们的错也一样，像是学仪因为土地太硬而弄坏了锄头。

按照这样的算账方式，我们不但没有赚到钱反而欠债。哼！如果满荷也出去做工，而不是跟维灼一起种四弟的地，我们欠的债会更多。

所以我们上香感谢远在金山的金功有什么好奇怪的呢？

芬妮

北亚当斯，麻省

1870—1875

在我发誓放弃鸦片酊来拯救阿吕的灵魂时，我知道我必须牺牲鸦片酊带来的梦与宁静。我从来没有想到没有鸦片酊会让我激动到几乎无法看东西或是呼吸，而且我会像中风一样地发抖。

我声称我跟往常一样因为冬天将至所以身体不支，蹒跚地爬上床。在床上，我躲过别人的窥探，承受无法控制地颤抖和又长又猛烈的哭泣、呻吟、扭动和猛力摆动，像是身陷陷阱之中。我的苦闷真的很可怕，我必须承认让我忍受的力量不是来自于想要做对的事情，而是害怕。我怕如果因为自己的需要而投降并且违背誓言，阿吕的灵魂也会迷失。

起床之后，有很长一段时间我的神经受到令人疲倦的刺激干扰。有一天，在跟菲比一起发放禁酒小册子时，我们看到麦修牧师的完全禁酒协会拿起一桶烈酒,全部倒在街上。烈酒流进水沟时,大人小孩跪下来大饮特饮。菲比因为他们卑下的举动喘不过气来。我在他们身上看到自己的饥渴,因为羞愧而低下头。

因为受到情况不稳定之苦,我过于分心,给阿吕一次上课不能超过半小时。山德勒牧师来家里长时间地访问时,我必须把双脚紧紧卡在椅子下面,以免自己会跳起来从客厅逃走。

"当然了,你会取一个基督徒名字来代替你的异教徒名字。"山德勒牧师像对所有即将受洗的候选人一样指示阿吕。

"不!"阿吕说。

山德勒牧师乱糟糟的灰眉毛不可置信地抬高起来,"没有一个支那佬拒绝过。"

我很快地向牧师保证阿吕拒绝不是表示异教主义或是不尊重,而是他对于祖国的依恋。我解释说我们在一起的第一个冬天,我注意到阿吕对于立体照片中有关中国景色的部分专注到近乎痛苦的地步,所以才发现他对于自己小村子以外的中国和中国人民一无所知。

"因此我给他看菲比的《传道者的中国指南》。他几乎每个字都要查生字,但是他每一页都读完了。"我笑着说,表面上是假装愉快,其实是带着做老师的骄傲,"从那时候起,他把镇上图书馆里所有有关中国的书都读完了。"

山德勒牧师回应我的微笑,但是他微笑的原因是基于同情一个女人想要理解她知识范围所不可及的事情。他很严峻地坚持在耶稣里的新生命必须要有新的、基督徒的名字配合。

我双手紧扣以免发抖,哀求阿吕让步。

但是阿吕很坚持,"我们天上的父是要我的灵魂,不是我的名字。"

即使山德勒牧师从椅子上蹦起来,挺直了身体教训阿吕,那孩子还是坚持立场。山德勒牧师拒绝为他施洗时,阿吕虽然脸上毫无血色,但还是不让步。

菲比给阿吕一个建议好证明他的诚意,她要阿吕穿着本国服装到山谷附近的主日学以及教堂巡回出现,用中文唱圣诗,并且做见证。

"要像个驯服的猴子一样,四处展示,受人宠爱?"他喊着,"绝不!"

菲比的脸颊出现两块愠怒的斑点。我弯下身,抓住阿吕的目光,对他使了一个警告的眼色。

"菲比小姐,"他较为安静地说着,"耶稣不是教我们要去满足,而不是毁坏吗?"

她脸颊上的斑点更深了。但是诚实无比的菲比承认阿吕的推论是真理,也邀请阿吕参加她周三晚间的祷告小组。

阿吕用极为有力的训诫之辞让两个有疑问者承认耶稣是救主。他也很勤奋地四处奔走,替我们筹募整修教堂的基金,以及找人认捐成立读书室以对抗公共酒吧的不良影响。

山德勒牧师被这些善举所感动，终于对阿吕让步，以吕金功之名让他受洗。我赞美耶稣的慈悲。

很久以前阿吕告诉我金功这个名字代表他的家人期待得到黄金，他也很忠诚地、毫不抱怨地每年寄好几次大额汇款给他们。然而对我而言，他名字的意义——双倍光明——反映了阿吕丰富的知识与他种植物的天才。天啊！阿吕跟植物玩起来就像是其他孩子玩游戏一样。他把打碎的木炭混在父亲的牵牛花周遭的泥土里，在白色的花朵上染上红色的纹理，为紫色的花加上蓝黑色的斑点。

父亲种的水仙在纤细的花梗顶端会长出一两朵瘦小的香花。阿吕培植的拥有粗粗的花梗以及两排香味浓郁的花朵，不论大小与美丽都极为独特，以致贺德先生要求父亲让他拍照做成立体照片。

邻居朋友如果插枝不会生根，会咨询阿吕，好像他是个年长的教授，而不是个十七岁的孩子。阿吕天生好奇，很喜欢他们带来的挑战，在温室一个我称之为他的疗养院的角落里，阿吕很有耐心地、有技巧地照顾他们生病的植物直到恢复健康。

阿吕把他对花园的喜爱归功于他母亲。"她种的橘子是我们村里最好的。"他很骄傲地告诉所有的人。不过她的技术应该是天生的，因为在我解剖一株植物，并且解释每个部位的功能之前，他不知道植物内部是怎么运作的。

　　就像对所有的知识一样，他对植物的内在很着迷。我终于意识到阿吕天生爱亲近自然，再加上科学的知识，结果可能非常可观。所以我开始给他欧洲植物改良者所写的书。虽然很难，阿吕仍然很热切地研读那些书。经过敏锐的发问以及与我广泛的共同讨论，他逐渐了解作者们所提出的想法，把这些想法跟以前只是游戏的部分结合起来。

　　这样的天才却被绑在工厂的板凳上令人痛心。阿吕也从不掩饰他比较喜欢植物方面的工作，而不是他在工厂里重复的劳役；比较喜欢花园的宁静，而不是工厂里被皮带拉着的钉鞋机器发出的噪音；比较喜欢户外，而不是有旋转的砂纸滚筒不断冒出呛人灰尘的密闭房间。

　　"如果不是想要继续跟你学习，"在他和山普森先生的三年合约到期时阿吕坦承，"我会像离开我叔叔的店铺一样离开厂。"我也告诉他说，"如果我能作主，我会放你自由。"但我不能。

　　天啊！当山普森先生告诉他的支那佬他们跟魁斯平会员可以有同等待遇时——拿时薪，也可以住在工厂外面——我甚至不能邀请他跟我一起住。他那个时候还受迷信所奴役，我知道父亲绝对不会允许异教徒变成家里的一分子。

　　然而全能的主行事神秘，他会创造不可思议之事：纽约一家银行倒闭使得全国陷入萧条，我们这里包括山普森先生在内的制造商都减少工人们的工时，这让阿吕有时间可以在植物身上实验那些他经由阅读和与我讨论所得到的想法。

汤姆士·马尔萨斯的理论认为有利的变种会存留，而不利的会遭到摧毁，因而产生新的品种，阿吕对于这理论很感兴趣。就像英国科学家查尔斯·达尔文一样，阿吕想要在植物育成上应用马尔萨斯先生对于遗传、选种和混种的观察结果。只是达尔文先生做实验是为了发现以及制定定律，阿吕要经由实验产生有用的结果。

他从他母亲那里学会如何帮助自然演进，把一株植物的花粉放到另一株的雌蕊上，然后把花朵用一点纱质的材料遮起来，防止昆虫授粉。他运用这些技巧，把父亲最好的覆盆子莓跟一种会长出又小又丑、黄色但非常甜美果实的野莓混种。

阿吕和我小心地检查、讨论每个经由这样混种所长出的果实，只从我们两人认为很甜美或至少还算吸引人的果实收成种子。阿吕把这些种子种在几块为此特别准备的长方形土地上。

当幼苗破土探头而出，阿吕和我会研究它们，注意生长快慢。莓子结果时，我们观察它们的大小、颜色和形状。它们成熟时，我们摘下它们品尝，讨论我们喜欢什么，又有什么地方不对劲。

这个过程很长——菲比说很沉闷——但是阿吕和我认为有趣极了。我开始确信就像神把菲比留在北亚当斯好帮忙拯救支那佬，他也为了阿吕把我留在这里。

随着经济萧条越来越严重，制造商们削减工时与工资，即使幸运有工作的工人一天的工钱也不到一元。街上到处都是失业的妇女儿童，穷人多到收容所都不够，连看守所都改成暂时的避难所。

父亲的店铺失去了大部分的客户。阿吕只有向同胞借钱才能给家里寄钱和付房租。不过虽然父亲大发雷霆，阿吕却很愉快：山普森先生让工人工作的时间越短，阿吕就有越多时间做实验与读书。因为山普森先生答应一旦生意好转就会恢复以往的工资，阿吕有信心可以偿还渐成高台的债务。

直到他父亲失去田产，阿吕才开始担心，就算在温室里，他的步伐都不再轻快，脸上也失去快乐的光辉。我决心要减轻他的负担。阿吕刚一受洗，我就要求父亲准许那孩子住宿在我们家。这样他就可以把房租寄回家，不然也可以少借点钱。

正如我所害怕的，父亲怒骂说他的损失过于惨重。然而阿吕的需求给了我勇气，我没有怯懦地撤退，反而坚持我的诉求，还说服菲比用她的影响力来支持我。

我们终于得到父亲的首肯时，如果不是星期天我会高声欢呼。阿吕搬进我隔壁的房间，带着他的行李手舞足蹈地上楼。他笑着拍拍那些帮他搬家的支那佬，还给他们耳朵搔痒。

那些支那佬并未表现出像阿吕那样松了一口气或是很喜悦。我们单独在一起时，阿吕不情不愿地承认他们认为他决定跟我们住是一种背叛。他们指控他拒绝自己的族人，而且太过有野心，想要高攀他生来就不属于的社会与生活阶层。

我想，如果他们知道我对阿吕的期望有多高，不知道会说些什么。

野莓与覆盆子混种的第一代果实长得很丑。阿吕和我毫不畏惧地一起埋头苦干，讨论每颗果实的质量，它们所显示的特质，以及我们观察到的奇特习性。

阿吕从我们认为最优良的果实收成种子时，我的心跳得好快，阿吕的呼吸也变得不规则。还有，哦，我们在寻找新苗时有多大的期待啊！阿吕在拔掉瘦弱的苗时，声音中都带着泪。但是他在培育细弱的幼苗长得壮大、生出藤蔓时，他像云雀一样啁啾歌唱。

茎叶暗绿，花色浅淡，阿吕从这些花上取粉跟第一代树丛混种时，我觉得他好像在夜空下从月亮采集星尘。阿吕看着果实长大，因为它们的美好而眼睛闪烁着快乐光芒。不过它们尝起来却让围绕在我们脸庞上的笑容变成愁眉苦脸。

　　所以我们又重新开始，讨论每一棵莓子，选取种子，再行育苗。只是现在因为阿吕是我家中的一分子，我们不需要在粗糙而尚未完全消化的想法刚成形时就必须终止讨论。我们会——而且也经常——谈到深夜，然后天刚亮就起身继续再谈，或是检查很有希望的幼苗或果实有何进展。

　　阿吕的记忆惊人。他不需要做笔记，把每一株植物的进展都记在脑子里。他甚至有一种能力，不但可以观察一株幼苗最细微的特点，还可以跟下一代可能出现的特点配对。如果阿吕可以发展并且磨炼这些上帝赐予的天赋，我一定要让他自由，除了种植物之外不用做其他工作。

　　我自己没有这个能力，所以计划让父亲帮他得到自由——说服他支付整理花园的工钱给阿吕，因为他一直在无偿工作。当然，在父亲的生意有起色、弥补了他所遭到的损失之前，我是不能去求他。但是父亲的账簿只要由红转黑，我就会为了阿吕奋战，赢得他的自由。

　　即使只是想着这件事都会让我心跳加速。天啊！我开始搭起空中楼阁，在里面阿吕不仅已经自由，而且因为非凡的园艺功勋而成名。"你从什么时候开始知道你在培养天才？"人们会问。我回答的方式是给他们看阿吕和我纪念他受洗的合照，那张照片里面我坐着，阿吕站在后面，一只手很信任地放在我肩膀上。我会指出那孩子有多年轻，我的骄傲显现在我的双唇和下巴的表情上。"就是那时候，"我会说，"就是那时候。"

　　我的空中楼阁是如此真实，以至于我从未想过万一制造商再度背信会怎样。

　　期待已久的景气复苏来到，四轮货车开始在我们的砖道上咔嗒咔嗒地跑，在车站与工厂之间运送原料与成品。烟囱从早上七点到下午五点冒着黑烟，有时候更晚，时时可以听到机器的声音。但是工人的薪水没有涨，愤怒的工会领袖号召所有的工厂停工。

　　阿吕冲进客厅带来消息，"中国人要参加魁斯平会在山普森先生的工厂举行的罢工。全票通过。"

　　我吓了一跳，从我休息的椅子上倏地坐直，很愚蠢地问道，"罢工？全票？可是山普森先生和父亲是好朋友。"

　　阿吕把头歪到一边，"抱歉？"

　　我深呼吸努力保持镇定，解释道，"如果你参加罢工，父亲会很愤怒。你是他的客人。他会觉得你背叛了他对你的信任、他的殷勤款待。他会赶你走。"

　　"工人才是遭到背叛的人，"阿吕愤怒地反唇相讥，"我们要怎么活下去？"

　　"你不需要担心。这里是你的家。"

　　"我还有债务。我的家人也需要更多的钱。何况，如果我们不团结，罢工会失败。"

　　我为阿吕和我的计划担心，变得毫不掩饰，"罢工反正会失败。"

"不。"

"等一下，"我说，举起手来，"听我说。没错，山普森先生是很不公平。没错，罢工的理由是好的。但是你跟你的同胞帮忙破坏的罢工也是一样有良好理由。"

阿吕怒气冲天，"我们不知道。"

"我就是这个意思。山普森先生之前引进破坏前一次罢工的法裔加拿大人也不知道。山普森先生还让他们签下誓约，永远不参加罢工。但是他们每个人都成了魁斯平会员。他们就是那些在车站不让你们出来的人。他们成功了吗？没有。现在你和你的同胞也加入他们，但是你们还是不会赢。因为山普森先生和其他的制造商太强大了。"

"或许如此，"阿吕让步了，"但是难道我们不应该至少试一试？"

"让别人试。你不要。"

"我已经答应了。我会跟柏林格姆先生解释。他会了解的……"阿吕脸色苍白。他在父亲身边待得够久，知道对父亲而言，罢工就像在愤怒的公牛面前挥舞的红布。他不会了解。他会把阿吕赶走，禁止他进入花园和温室。

阿吕转身，望着窗外的温室。最后一次混种长出来的果实带有美丽的鲑鱼橙色，有着甜美透明的果肉。我们最近正在讨论用黑醋栗和葡萄的花粉混种培养樱桃黑醋栗。

"你是我的老师，"他说，"我该怎么做？"

我因为他赋予我的重大责任而战栗，但是我不会逃避。

我穿过房间，站在他身边，"遵守诺言参加罢工。只是不要告诉任何人，也拒绝站桩当罢工纠察员。那样父亲就不知道了。他不会期待你在工厂做个破坏罢工的人。那太危险了。"

心珠

中国，台山

1877

金功对我们求救的回应，是寄回仅仅够偿还地主债务的钱。金山的工作变少了，他写道。他的工厂关门的时间比开门长。"所以你们不能靠我。我不是无底的斗。我寄回家的钱还是借来的。"

他是跟我们自己人借的吗？我心想。还是跟洋鬼子？或许是他的洋鬼子老师。他寄了一张合照给我们。她看起来跟台城那个女洋鬼子一模一样：她的鼻子很大，她的腰束得很细，她长长的瓜子脸上也长了一对发绿霉的眼睛。我看金功也像个洋鬼子：虽然我找了又找，还是找不到那个在我心下面怀了十个月的孩子，我现在还是这样怀念着他。

当然金功离家时还是个孩子。但不是因为这几年没见面，就让照片里的男人变成了鬼一样的陌生人。也不是因为那件紧身的洋鬼子外套，还有那笨笨地绑在脖子上的腰带。一个做娘的眼睛不会这么容易就上当。不，是因为金功的手很大胆地放在他鬼子老师的肩膀上。

他信里说过她的年纪比我还大。但是她没有成亲。从他们在照片里那么无耻地表现亲密关系，我怕她是利用金功当做丈夫。她是用鬼子的香水味勾引了他？还是用钱？还是她用鬼子的宗教引诱他入罗网？

在台城的礼拜堂里，男女分开而坐，这样才恰当。但是从金山回来的人说，鬼子男女在他们自己的国家不知廉耻，坐在一起，那些愿意跟随耶稣神的人会进行各种不合礼俗的仪式，那些习俗简直就是犯了王法。那个鬼子老师是不是迷住了金功？

在我丈夫、儿子和媳妇羞红的脸上，我看到他们跟我一样害怕。但是我们想得太不堪了，连我们自己相互之间都说不出口。我们又怎能跟老师老实说呢？我们怎么能给他看那张丢人的照片，请他指引金功回到正途？我们也不能劝金功回家娶个像样的、仔细挑选的新娘。我们还要靠他在金山的薪水过日子。

然后，满荷跟碧云一起捡柴火，带回家的消息是会有更多麻烦。四弟说大埠的洋鬼子缺少工作，所以怪我们的人。他们为了惩罚雇用我们同胞的洋鬼子老板，不去他们的店铺买东西或是上他们开的馆子。他们也在攻击我们的人，四弟要卖掉店面回家来了。

如果他把地拿回去,那我们要怎么活?

很久以前金功就不再问他的花草怎样了。他写的是他鬼子老师的花园。那花园是如何比我们最大的田还要大。金山的植物又怎样种类很多又很美。但是我依然替他照顾花草。在浇水、拔掉死去的花朵和枯萎的叶子时,我会默默地告诉他,"那个你叫猴子的兰花开了。"或者是,"竹子发了三个新芽。""菊花开得像汤碗那么大。"

然而,在那年干旱的夏天,盆子里土壤干到逐渐从盆边内缩,勒死了根,让翠绿的茎变成脆弱的枯黄枝条,杀死了芳香的花朵。一棵植物都没活下来,我能不去院子就不要去。但是因为我们很少燃豆油取光,晚上不得不在院子里过,直到一片漆黑才上床。

我蹲在茅厕旁边,把金功的花盆里的土倒出来,刷干净花盆,然后把花盆叠好放在墙边。学仪坐在棚架旁的板凳上,抽着烟筒。满荷在厨房外面洗晚饭的那几个碗。维灼抱着小虎在我们中间走来走去,哄孩子睡觉。我们因为麻烦而忧心,也没说话。老实说我们像是缩头乌龟。

然后,一天晚上,维灼突然不再走来走去,冲口而出说,"我得去金山。"

我手上的花盆掉下来。吵闹的碎裂声音吵醒了小虎,他开始大哭。学仪很快把烟筒放在一边,伸手抱孩子。"那里没有工作。"他说。

维灼把小虎交给学仪，"那是四叔和金功说的。但是你看还有很多人收到金山寄回来的钱。"

他跌坐在他老婆旁边的凳子上。她点头鼓励他，所以我明白维灼不是一时兴起。他跟满荷谈过离家的事，他们也想法一致。

我的喉咙发紧，所以我松开领子按摩一下。"也许他们跟金功一样是借钱的。"

学仪拍着小虎安慰他。

"金功和四叔可能是为了自己夸大其词，"维灼坚持地说。

"金功或许这样，"我不情不愿地承认，"但是除非真的没有钱可以赚了，否则四弟不会回来。"

"他没有儿子，"满荷轻柔地说，"四婶也快三十了。碧云说在每一封维燃替妈所写的信里，她都一直催四叔赶快回家。"

维灼和满荷在逼我们根据他们的计划行事，就像以前学仪和我想要说服爸接受我们的计划一样。但是我们又怎么能冒险把我们最后一个儿子维灼送入未知的危险之中呢？是啊，回乡的金山客说只有四弟那边的洋鬼子在攻击我们的人，在金功这一边的人很和善。但是如果维灼为了要避过洋鬼子的残暴而到金功那边的金山去，他会不会也让鬼子给迷住了？

突然间我们的情况不再那么绝望了。"我们不欠债，"我指出这一点，"我们还有自己的屋子。"

"还有四弟有二十年没种田了，"学仪也说，"他一定不会想要自己耕田的。"

"即使四叔不要回他的地，我们的粮食不够撑到下次收成，"维灼说。他指着睡在学仪腿上的小虎说，"您的孙子要吃什么？"

"过年的时候金功会寄一笔钱回来。"我向他保证。

学仪同意我的话，"是啊，他一直都这样。"

"如果他的工厂不重新开门，或者他借不到我们需要的钱呢？"维灼反驳，"他不是警告我们不能靠他吗？"

我想了一下，"我们可以把房子拆一部分下来，把砖卖掉。"

"现在就这么做，然后帮我买船票去金山。"维灼催促着。

有好长一段时间只有我们的呼吸声，如蝉翼一样微弱。慢慢地光线暗下来，直到我只看得到影子，还有萤火虫偶尔飞过。远处有一只狗开始发出又长又久的哀号声。

我感觉到学仪转向我，我走过去坐在他身边。在黑暗中，他的手，粗糙得像是一棵熟悉又为人所爱的老树的树皮，握了我的手一下，让我知道他的心。我默默地把小虎移到我的腿上，把他抱得紧紧的好寻求安慰。学仪摸索着找到烟筒，还有他口袋里的烟草。满荷递给他一只线香。不一会儿，从他的烟草冒出的烟雾回绕在我还有我们孙子四周。

新月升起，稀疏的光芒又冷又淡。蟋蟀在叫。有蚊子在叫，然后是一声尖锐的拍打，我不确定是满荷还是维灼。我们邻居的水牛哞哞叫着。终于学仪开口说出他那一握已经告诉我的话，他的声音充满感情。

"你说得对，维灼。我们家就好像水已经淹到脖子的人一样。一点点涟漪就足以让我们灭顶。我们一定要眼光放远，送你去金山。"

维灼离开的早上，我们在鸡鸣之前寒冷的黑暗中起身，月亮已经下去，太阳尚未升起。半年多以来都没下过的雨开始落下，代表好运。当天空逐渐由银灰转铜红，一阵风吹着云跑，所以那幸运的细雨跟着我们儿子走。

但是那天晚上，还有之后很多个晚上，我梦到树上落叶，一只鸟飞进我们家，一座空的城。我知道这些是危险的征兆。

芬妮
北亚当斯，麻省
1877

镇上的制造商决心要把工会赶出北亚当斯，用愿意拿低薪的欧洲移民取代了罢工者。制造商还联合起来让所有的工厂都拒绝雇用罢工者。

阿吕有父亲的支持，可以轻易地说服山普森先生他没有罢工。但是那样他又会让魁斯平会员知道他表里不一。即使如此，他的同胞还是看穿了他不站桩的借口，父亲骂罢工者时他勉强而不自然地沉默，所以他们就像菲比的猫折磨困住的老鼠那样残酷地对待阿吕：那些要离开北亚当斯的要他还债；少数留下的几个在他要求跟他们一起开小杂货店或是洗衣店时，把他赶走。

早在罢工之前，支那佬就对阿吕很不满。先是因为他离开共同居住的小区，然后因为他剪去辫子。不，也不完全是因为这样，因为阿吕不是唯一住在布鲁克林街廉价公寓以外的人，大部分的支那佬都在那里住宿，只是他跟一个资本家住在一起。同样的，他也不是唯一除掉辫子的人，只是他说的理由，还有他剪辫子的态度让人不满。

阿吕吐露说他试着说服同胞全都剪掉辫子，不是因为他们不要回中国，而是作为脱离封建主义象征性的独立宣言。他提醒他们那些争取妇女投票权的妇女在公园里把头发剪短，一面朗诵全国妇女投票权协会所出版的《女权宣言》。他劝大家说，"我们也可以这样做。大家一起。但是我们应该用建立中国共和国的宪法来取代宣言。"

年纪大的人指控阿吕叛国，年轻的说他爱炫耀。然而，阿吕以反抗我们牧师同样果敢刚毅的勇气追寻他的方向：他草拟了一份主要以美国为范本之政治形式的基本原则，大胆地在大街向过往的人们宣读这份文件，然后迅速地一刀切下辫子。

我领着一小群人围绕在他周围热烈鼓掌。但是接下来好几个星期阿吕的同胞斥责他把自满当成自尊。他们是如何的谩骂他啊！然而他还是昂首热切地为自己的行动辩护。现在他垂头闭嘴。如果他有何心事，也只会跟日记倾诉。

晚上我关上煤气灯之后很长一段时间，阿吕的门下还透出光线，并且投射到我的地板上。我是听着他的笔沙沙之声睡着的。到了早上，他又衰弱又眼皮沉重地来吃早饭。

"你不需要依靠你的同胞，"我安慰着，"你受过教育。你可以找到比他们更多合适你的工作。"

　　十九岁的阿吕很熟悉顶尖的诗人和批评家。他可以解开不同的数学题，对于历史也很有见解，也有良好的化学基础。他还有庄重的举止并且体贴别人感受，这反映出极为超龄的成熟。自从他剪掉辫子之后，根本不像是支那佬。天啊！如果他不是绅士，我真不知道还有谁是。然而他还是四处碰壁。

　　菲比宣称他遭到这些拒绝是代表上帝的信号。"记得那个由我们教众买回自由的奴隶吗？"她神采奕奕地问我。

　　她转身向阿吕解释那个极有学问的黑人也无法找到工作，所以他加入传教会，被送到非洲去拯救异教徒。"这一定也是上帝要你做的事，"她下了结论，"这是狄维特先生的预言要实现了。你瞧有多少支那佬计划回国。"

　　"不，"我想大喊，"不。"但是菲比的提议严重撼动了我的神经，声音出不来。我哑口无言地紧紧抓住椅子的扶手。

　　阿吕也不比我冷静，恼怒地坐在窗边的位子。"中国人离开是因为找不到工作，因为到别的地方重新开始太危险……"

　　我怕他如果再说下去会惹恼菲比，强迫自己说出一句微弱但是很尖锐的话，"我姐姐知道。"

　　阿吕红着脸，低头看脚。菲比在客厅远远的另一个角落翻阅一大沓报纸，没有反应。但是她怎么可能不知道？根据报载，西部的政客责怪支那佬要为国家的困难负责。全美国都有凶残的人们攻击中国人，把他们赶出城镇。我每一周都会读到新的暴行。

菲比抽出一张报纸，给我们看一段她标记起来有关在中国传道的文章："儿子把他们的父亲带给耶稣，丈夫带来妻子，家庭带来族人。因此救主之爱的讯息得以口耳相传，从一村到另一村，在很多之前无人知晓耶稣之名的地方成立了教会。"

她的脸上散发着喜悦的光辉，说道，"阿吕，你不把福音带给家人吗？"

"这里也有要拯救的灵魂啊，"我抗议，"你也说过阿吕帮忙把那些灵魂带给上主。"

"是的，但是中国异教徒的道德堕落更污秽。"菲比反驳。

"我们村子附近已经有传教士了，"阿吕阴沉地说，"我的家人也无法养我。整个地区都在闹旱灾，我哥哥已经被迫离家到旧金山找工作。"

阿吕找不到工作，就像菲比所言，是上帝的信号，这我也看出来了。但是我相信这信号是要我执行解放阿吕的计划，这样他才能发展上帝给他的天分，完成全能上主的目的。

年近八十的父亲感觉到年纪大了。他找了一个合伙人经营他的店。说服他正式雇用阿吕负担起照顾花园的全部责任并不困难。只是父亲咆哮生意长期不佳让他资金损失很大，找个合伙人表示他的收入只剩下一半，让损失恢复的时间加倍，所以他给阿吕的薪水只比零用钱多一点：没有钱付阿吕的债务或是给他家人。

我知道父亲情绪很暴烈时想要跟他讲道理极为愚蠢。然而这事无法拖延，所以我鼓起勇气试着跟他理论。他不至于像他说的那样窘困。他亏损之前不是有好多年都赚很多利润吗？我们不是跟最富有的镇民住在一起，房子宽阔又气派吗？我们不是还能享用舒适的炉火和美好的食物吗？

我的问题让父亲大发雷霆，愤怒到我前所未见。我很快就撤退，以免他连雇用阿吕这一点都会收回。但是我无法完成的，菲比可以，所以我请求她的帮忙。但是她拒绝介入。她说这样就可以显示上帝的意旨，而不是她的、我的或是阿吕的。

我告诉阿吕这件事时，我在他脸上看到我被迫离开卡路丹时的沮丧。他的眼睛扫过温室，他的小"疗养院"，他用来育成、培养幼苗的箱子，我们一起坐着讨论这些幼苗成长的长椅，他创造出的鲑鱼橘莓，那装着他所收成的种子的罐子。"芬妮小姐，我怎么能放弃跟你一起工作呢？"

我又怎么能呢？阿吕来到我的生命之前，我躺在床上比下床的时间要长。因为没有起床的理由。我冬天发作的咳嗽、经常发炎的肺部还有对鸦片酊的依赖让我无法做有用的事。坦白地说，做善事对我来说，就像是我跟菲比一起分发的慈善食物篮：只能暂时止饥，但是无法满足。

但是教导阿吕让我生锈的能力变得敏锐。跟他一起做实验，至少让我应用上帝赋予我的脑子；我经常感觉到像在卡路丹时那种深深的满足。真的，我的日子充满了喜乐的目的，我甚至不会感到需要鸦片酊。

　　我很确定自己是在执行上帝的旨意，所以伸手到领口取下约翰舅舅和茱莉亚舅妈在我离开时给我的石榴石别针，告诉阿吕，"离卡路丹不远有一家学校，几乎跟约翰舅舅的一样好，这家学校允许成绩最好的高年级学生用帮忙照顾比较年幼的孩子作为学费与住宿费用。我原本可以离家去那里。我只需要火车票钱，我卖了这个别针就可以有钱。但是，如你所见，我一直没有卖别针，因为跟父亲、茱莉亚和菲比在一起是我的责任。"

　　我把别针塞到阿吕手里，"卖了这个可以帮你解决对债主的责任。你除了全能的主给你的才赋之外，没有其他责任要尽了。"

　　我在说话之际，阿吕的表情变得很有希望，然后很热切。但是当他的手指才要握住别针时，他的脸色暗下来，瞪着那些石榴石，好像它们是一滴滴鲜血。

　　"我的家人……"他的喉咙一阵抽搐，无法继续。

　　他的苦恼让我喉咙发干。但是上主支持我，所以我不迟疑。

　　我眼睛注视着他说，"你的家人在我们天上的父手里，不是你的，他已经指引他们把你哥哥送到美国来替代你工作。你的信仰够不够强，可以相信这一点？相信神，而且只相信神？"

　　有很长一段时间，阿吕不言语也不移动。然后慢慢地，非常缓慢地，他的手指握住别针。

　　"是的，"他很严肃地说，"上帝在上，是的。"

心珠

中国，台山

1877—1879

金功第一次过年时没有寄金鹰洋回家。他信上写着他已经不在工厂，而是在他的鬼子老师家的花园工作，他赚得太少，欠债太多，一点钱都没办法寄回家。

但是我们开年时还是抱着希望。四弟写信给他老婆说他要在省城开一间店，所以我们可以继续租他的地耕种。我们相信维灼特别蒙老天眷顾，会寄足够的钱回家帮我们挨到收成。或许他还可以从鬼子老师那里要回金功。

然而，人的命运跟他们所生活的时代是不能分的。回乡的金山客说四弟要躲避的麻烦越来越糟了：洋鬼子坏蛋一心想要把我们的人从他们国家赶出去，又抢劫，又用石头丢，有时候甚至还会杀人。我们没有收到维灼的信或是钱。应该要降雨的东海龙王也没有送雨来。

我们当然会到河边取水。但是很多秧苗在无止无尽的热气中枯萎。而且四弟的田地很分散，我们无法全部看着。我们一走，有些全心想救他们自己收成的农夫会偷走我们的水。

炙热的太阳一丝不减，每块田地的土壤都开始干裂，地瓜和萝卜长不大，稻子也死了。老实说，只有满荷的肚子在长大。本来我应该很高兴的。但是没有下雨、没有钱、也没有存粮，我又怎能欢迎另一口人？

初夏的时候我们已经卖了凳子、桌子和床。四弟回来接四弟妹去省城，看到我们家除了堂屋之外都拆掉了。他的眼睛从我们仅有的家具，也就是两床薄被，看到满荷像个小山似的肚子。虽然他因为开新店手头很紧，他还是说，"这次收成不用付租金。等到收成好的年再说。"

我们很高兴他有这样的善心。也很高兴碧云和妈偶尔会塞给我们一点米和地瓜片。但是我们需要更多食物，所以学仪请老师写信给金功。

"告诉他还要四个月才收成，很可能根本没有收成。告诉他我们撑不到一个月，也没有值钱的东西可以卖了。"

耶稣鬼答应他会提供生计。但是他的作为神秘，金功回信说。你们要像我一样相信他。上帝会来的。

老师一面读信一面摇头。学仪把那封信撕成碎片。然后我们听说台城的那两个洋鬼子在送米给加入他们宗教门派的人。难道这是金功信里的意思吗？

在去台城礼拜堂的那段长路上，热气从我们的草鞋冒出来烫我们的脚。热风把灰尘从干涸的田地吹到空中，刺痛我们的眼睛，让我们干裂的嘴充满沙砾。我们的额头和背上汗如雨下，薄棉衣裤全都湿透了黏在身上。虽然满荷、学仪和我轮流背小虎，每一里路都觉得他越来越重。我们告诉男鬼子我们接受耶稣神之后，他用水在我们头上画记号，然后给我们米。

　　我们想要每天都去拿米。但是鬼子只有在他们礼拜结束之后才发米，每七天一次。男鬼子告诉我们那一天很特别，我们不能上工。那他为什么选那一天聚会？更何况男鬼子在讲台上跳来跳去，还有他老婆在音乐箱上敲敲打打，一点都不安宁。

　　哼，在我看来男鬼子经常言行不一。他先是告诉我们他的神命令我们要尊重父母，这是理所当然。然后他命令我们停止祭祖。大包子的爹就算有送米也不准他信耶稣教的时候，男鬼子还教那孩子放弃他爹和他的家庭。

　　男鬼子解释说礼拜时他发的那一点面包在我们嘴里会变成耶稣神的肉，警告我们不要咬，不然血会喷出来，我们也会被耶稣神的爹惩罚。我从七岁就不吃肉，为了不破戒，我把我的面包塞给小虎，告诉他要小心。他太饿了所以也没听，像老虎一样咬下去。但是他大嚼的时候没有血。面包也没有变成肉。

　　有些人开始大声怀疑男鬼子故意骗我们，因为他是间谍，不是从金山来的，而是来自另一个曾经派兵攻打过我们而且可能会再度侵犯我们的国家。其他人则说洋鬼子的眼睛可以穿过土地，所以男鬼子是来偷我们宝藏的。

男鬼子坚持说他和他老婆是来拯救我们的。但是我可没忘记卖猪仔的事，我觉得他们送米可能是引诱我们上当，而且他们可能故意把下雨的云赶走。毕竟在旱灾之前，他们没办法说服任何我们的人信他们的教。现在因为我们需要米，信教的有好几百个。

那些对我们很重要的米对他们不算回事。他们的厨子说他们一天三顿都吃肉。他说他们很浪费：菜不合他们口味时会命令他重做；他们还要他把只有一点点发馊的食物丢掉。

他们配给我们的米是男女大人各一碗，小孩半碗。即使把分到的米煮成最稀的粥，还是不够过那礼拜与礼拜之间的六天。不过因为这米还没有打过壳，所以我们把糠也磨碎煮熟来吃。

老实说，我们需要的、我们想要的是下雨，不是施舍。

耶稣信徒的数量越来越多，在礼拜日男鬼子必须要办六场聚会。为了避开最热的时候，我们天还没亮就从龙安出发，参加第二场聚会，鬼子一发米我们就马上离开。那场骚动是在第六场聚会结束时发生的。

虽然我们人不在那儿，但是好几个月以来在场的人都一直在说这件事。我们听说鬼子们在礼拜堂前面发最后一点米的时候，大包子的爹冲进去，骂道，"你们这些鬼子，你们这些恶魔，你告诉我儿子耶稣是唯一的神。"

当然了，这句话男鬼子在每次聚会都说了很多次，女鬼子也会唱歌这样讲。听他们胡说八道是为了米付出的一部分代价。大包子的爹也知道这个。他生气的原因是他儿子竟然相信鬼子的蠢话，把他们家供桌上的神像和祖宗牌位给砸了。

"朋友，"男鬼子说，"要听你儿子的。"

"做爹的听儿子的话！"大包子的爹大吼。他转身向围在旁边的人怒骂说，"鬼子败坏伦常。他教我们儿子侮辱我们的神和祖先。难怪龙王不下雨。"

他的话有如火上加油。所有的人都开始对鬼子们吼。

"没错，就是他引起我们的麻烦。"

"他把天地弄颠倒了。"

"他在给我们的孩子下毒。"

"他的老婆偷女娃娃。"

"唉呀！她向她们还有她们的娘施妖法。"

"男鬼子把我哥哥的腿砍下来，还不肯还。"

"他有一箱人骨。"

没有人替鬼子说话。但是他拒绝退缩。"唯一的神是耶稣。唯一有能力造雨的是耶稣。不是龙王！"他大喊着，让怒火越来越旺。

在礼拜堂外面的人听到里面闹事，挤了进来，更有如火上加油，有人在喊，"宰了洋鬼子！"

女鬼子尖叫，"我们不怕。上帝跟我们站在一起！"她的丈夫握紧拳头，把手高高举过头，召他们的上帝来帮忙。

但是救他们的是他们的厨子，他跑到官府带回士兵，把他们护送出台城。

同一个月，在我们那个地区所有村子的人都一起参加拜龙王的大游行。为首的就是龙王，又长又满是鳞片的身体被十二个人高高举起。然后是海中和风雨的众生，黄白两色旗帜象征风和水，黑和绿代表云。

龙王又跳又跃，在田地里打转，踢起一阵尘土，黏在我们流着汗又沾着土的皮肤上，还卡在我们的喉咙里。他的随从用柳条在我们身上和干涸的土地上洒下清凉的水，喊着，"雨来啊！来啊！"年轻人敲锣打鼓。老年人放长串的鞭炮，让空中都是破掉的红色鞭炮纸和火药味。

道士往啪里啪啦的火堆里丢纸钱。我们的祭品随着烟雾上达天庭，这时电母用闪电烧焦天空，雷公打雷震天动地。但是龙王还是一滴雨都不给我们。

鬼子走了，我们连米也没有了。

　　鬼子们给赶出台城之前，维灼的信给了我们一些希望，他说他终于找到工作，我们很快就会收到钱了。但是什么都没有。连信都没有。随着他无消无息的时间越来越长，我们从他那儿得到帮助的希望，就像长了翅膀一样飞走了。我们担心他的安危，心给压得沉甸甸的。我们的肚子更叫饥饿给狠狠抓伤。

　　满荷嫁过来的时候胖胖的。闹洞房的时候，客人笑她圆嘟嘟的，说着荤笑话，"买鸡的时候一定要肥的。"现在她的肚子和奶子像圆瓜挂在竹竿上。学仪和我从来身体就不丰腴，现在更是骨瘦如柴，皮肤又皱又脏，像是豆腐干。因为我们吃的都是山坡上摘的野菜和野草煮成的汤汤水水，所以除此之外又能如何呢？只有小虎拼命吸他娘的奶，身上还有点肉。可是他已经三岁了，胃口越来越大。满荷的奶又怎么能同时供应他和宝宝呢？

　　大哥家里米粮很多。但是每次妈要他分一些存粮给我们，他会骂道，"谁知道旱灾还有多久。我们不能冒断粮的危险。"哼! 他都骂自己的娘是个没用专门张口吃饭的人, 大嫂也要三弟妹喂她剩菜剩饭了, 大哥又怎么会给我们吃的呢?

大哥大嫂对死去的人也很小气。我们清明去扫墓时, 他们只烧几炷香, 一点纸钱, 用糙米代替肉。妈说就是因为这样, 所以老天不给大哥大嫂孙子, 让他们死后有人喂他们的鬼魂。

旱灾的第一年, 有一次大嫂在骂她时, 碧云脱口而出, "别怪我没生孩子, 是你儿子不举。"

维燃咆哮说他老婆撒谎, 说他每天晚上都上她, 说是她的错。当然大哥大嫂痛骂碧云没有好好取悦他们儿子。但是他们也不再让维燃抽鸦片。

有好多天维燃大声狂嚎, 整个村子都听得到。他像一个野蛮的恶魔, 打烂家具和殴打碧云, 直到她的耳朵因为淤青和血块变了色。然后他衰弱到无法打人, 全身卷曲成像是煮熟的虾子, 又流汗又颤抖, 断断续续地哭着说只要再抽一口就好。大嫂也哭了, 把他抱在怀里, 好像他又是婴儿一样。但是她并没有让步。最后他的烟瘾终于戒掉了。

维燃还在吞云吐雾的时候, 身体消瘦, 皮肤蜡黄, 双眼凹陷。他停了之后, 眼睛逐渐不再空洞。随着他恢复了健康, 皮肤开始有光泽。但是种歪的树很少能够扶直, 维燃的性格还是一样懒惰、自私和坏脾气, 他的男性雄风还是软绵绵的。

大哥请教了台城最好的医生。他掏出银两买很贵的药, 保证可以维持硬度和强度的药草。到了连鹿鞭都不管用的时后，维燃又怪碧云，"我怎么跟一块死木头上床？"

但是就算再有手段的妓女也让他硬不起来。

妈从满荷肚子的形状看出来宝宝一定是个男的。"我跟大哥说过。他答应给你们一年份的米和地瓜来交换一个孙子。"

这个价钱太好了，可见得是争取了很久的结果。学仪弯腰驼背，脸上因为痛苦而揪成一团，但还是谢谢妈。我吞下抗议的话，等到只剩下我丈夫跟我在小丘上才开口。

"大嫂会毁了这个孩子，就像她毁了维燃一样。"

"我们又有什么选择？"他指了指我们在割的草，我必须像个老太婆一样跪在地上割，因为我的身体太弱没办法蹲着，"我们现在给困住了，就跟当年被逼着放弃维燃时没两样。"

我摇摇头，拒绝接受失败。"或许我们应该把屋子剩下的都拆了卖掉。"

"然后睡在空地上？"

"我们可以把以前养水牛的棚子清干净。"

"等我们卖了最后一块砖之后呢？"

"龙王不会连着三年都不下雨。"

虽然我已经试着掩饰，但是我的声音还是透露出担忧，学仪眯着眼看了看万里无云的天空。"这我们就不能确定了。"

"我们也不能确定满荷的孩子是男的。如果是女的呢？"

"我们就得把她卖掉。"

　　想要生出健康强健的果子，就必须摘掉过多的花：如果满荷又要喂宝宝又喂小虎，两个都活不成。既然新生的宝宝是比较小、比较弱的花，就要摘掉；这一点学仪和我都同意。我们意见不同的地方是如果满荷生下孙子该怎么办。

　　爸在卖掉大嫂和三弟妹的女儿时，很仔细地替她们选了会好好对待她们的好人家。如果满荷的孩子是女的，我们也有机会这样做。但如果是男的，学仪坚持一定要把他给大哥。

　　我求学仪说不管满荷的孩子是孙子或是孙女都卖掉，他反对，一再说我们应该遵守妈的安排，没有人会给我们更好的价钱买那孩子。如果他知道大嫂是狐狸精的话还会这样说吗？

　　我没有为了救我儿子而泄漏狐狸精的秘密。我会为了救孙子而泄密吗？

　　不。即使学仪和妈相信我，我也绝对无法说服大哥，所以是徒劳无功。如果大嫂泄漏了我的秘密，我的鬼印记，我的损失会比以前更大。

　　学仪说得对。我们是给困住了。

　　除非，除非没有孩子可以给他们。

　　满荷从下午开始就挣扎着要把宝宝推出体外。因为我们只有一间房，所以学仪带着小虎到山上找野菜。傍晚他们回来时，宝宝还是不出来，所以他们到院子里的旧牛棚过夜。老实说，满荷已经虚弱到让我怀疑小虎醒来的时候他娘可能已经走了，也不知道那时我们要怎么喂这孩子。

　　我终于把孩子从满荷身体里给拉出来的时候，从窗户里照进来的一道月光已经逐渐消失了。在昏暗中，她跟丧家一样惨白，宝宝则是青蓝色。我切断脐带时两个都没有动，我以为他们都死了。然后满荷很虚弱地呻吟着，排出了胎盘，陷入疲惫的睡眠之中。我抱起宝宝，察觉到它在动。我抱近了一看，是个男孩，我的心一下很沮丧。我到底有没有那个力气完成我的决定：杀掉宝宝、然后说他是死胎？

　　杀生会触怒上天。因为我不吃肉，我娘还有妈在节庆时都不让我做杀猪宰鸡的事。我从来没有杀过任何动物，又怎么能杀孩子，而且还是我自己的孙子呢？

　　但是如果维燃是像我所想的给毁了，那他跟死了又有什么两样？神明一定会赞成把这宝宝放到狐狸精的巢穴才是真的触犯天条，给他一个机会重新轮回还比较仁慈一点。

　　我蹲在离满荷最远的阴暗处，把我的孙子塞进我的棉衣里。他身上还滑滑地沾着母亲的血，又软又温暖，小小的，不比他爹、也就是我的长子出生时大。他扭动身体找着乳头，嘴巴好像在爱抚着我。他的指甲小小的却像剃刀般锋利，擦破我的皮肤。血的味道又辛辣又强。

　　我听到一声呜咽，几乎把他掉在地上。满荷醒了吗？即使这么黑，她看得到我吗？没有，她的呼吸轻柔又规律。

　　另一个更大声的咪呜声打破了宁静。是宝宝。如果满荷或是学仪听见了怎么办？我要怎么解释？我一面流汗一面却又发抖，用力把我孙子的脸压到我的乳房上，压制住他的哭声，他的呼吸。

宝宝用几乎不可能的力气哭着抗议，用他的小拳头和小脚猛力敲打我的手臂和肋骨。我哭着咬紧牙关不让牙齿打战，把他越抱越紧。

慢慢地，非常慢地，他给压住的哭声越来越小声。

他踢得越来越弱，然后停止。

天亮时，他已经又冷又硬。

　　学仪和我就像我们那个地方大多数的人一样，都经历过春天挨饿的时候，因为在那段时间冬天的存粮都吃完了，新的作物还没法收成。当我们还被罗渔夫给压得死死的时候，不管好年坏年我们都挨过饿。但是直到龙王不肯下雨为止，我们从来没有快饿死过。

　　到了第三年的夏天，山上都光秃秃的没有野菜和野草；到处都有人饿死。当然，地主和家里有金山客寄钱回来的家庭没有饿到。大哥的家里也还在吃白米饭。如果不是我想要违背老天的意思来成全我的意志，我们现在也可以吃饱饭。

　　除了我自己以外，没有人怪我。甚至没有人表示任何怀疑。但是学仪太了解我的心，他不可能没有察觉到我做了什么，虽然他从没有说过一句重话，我还是可以感觉到他跟我一样的惊恐和悲伤。

　　我们靠着卖掉剩下那间房的屋梁、木头、瓦片和砖块度过冬天。春天时我们拆掉牛棚，用那些砖块换来地瓜种，刚好够播种一块地。

我们几乎没有力气犁田、耙地和除草。龙王依然还是不下雨的时候，我们力气不够，从河里挑来的水只够维持几排作物活着。

妈和碧云没有办法再偷偷塞给我们一些大哥的粮食来帮助我们。妈的脚步不稳，没法出门。碧云被家事还有她的养子芝麻给缠着动弹不得，芝麻是个特别活泼、还穿着开裆裤的孩子，大哥用两吊钱买回来的。

我们在金山的两个儿子都没有消息。不过一个邻居的表哥还有另一个邻居的弟弟看过维灼。他们说老板故意开除他，好骗他的工钱。他们最后看到他的时候，他衣衫褴褛，挨着饿在路边找工作。他连自己都喂不饱，又怎么能帮我们呢？

观音菩萨也没施舍慈悲给我们。所以我们露宿在外，连个睡觉的草席都没有。运气好的时候，可以挖到一两块根茎，找到还有叶子的树，一点树皮。不然我们只有吃梦。梦里热腾腾的米饭上有嫩嫩的蔬菜和金黄的豆腐，滑溜溜的面条拌上脆脆的青椒和粗盐，花生粥加上炸得香脆的油条和黄豆酱。

满荷的奶越来越少。小虎的皮肤像是蜡烛上熔出来的蜡油。他的胸膛很快地变得像田地那样干，瘦到骨头都快要从皮肤里穿透出来。只有他的肚子因为都是虫而肿胀着，乍看起来胖胖的。

学仪和我跪在大哥大嫂面前。我们磕头求他们给我们钱、食物和药品。"不是给我们的，"学仪跟他们保证。"是给那孩子。"妈也跟着求情。但是那条蛇跟他的狐狸精老婆只给我们诅咒。

我们无助地抱着小虎，虫子、一整盆的虫子从他身体里爬出来。

就算他死了，虫子还是不断地爬出来。

妈在大哥大嫂的床柱上上吊来报复他们。

那两个人当然很怕，快速地想办法安慰自己。他们埋葬爸的时候没有做任何法事，但是给妈请了道士日夜诵经。他们给她买了最上等的檀香棺木，宰了他们最肥的猪和鸡献祭。他们也没有拒绝学仪、满荷和我回去吊祭妈，祈求她的灵魂可以顺利到阴间。

但是虽然妈生前很大方地原谅别人，死后却不容易买通。她的灵魂毫不留情地惩罚大哥大嫂，把他们从床上打下来，把饭碗从他们手里抢走，把他们坐的凳子椅子弄倒，把他们床上的帐子撕下来，把他们关上的门强打开来。

妈总是在大哥大嫂单独的时候下手，让大家知道她只对付他们，所以其他人都不怕。哼，大哥大嫂开始像影子一样黏着其他家人。他们甚至换了睡房：大哥躲在维燃的棉被底下，大嫂躲在碧云的被子里。但是只要他们一睡着，妈的鬼魂就会在梦里追赶他们。

关门关窗都挡不住她。

在屋檐下挂柳条也没办法赶走她。

最后，大哥没法睡也没法吃，只好请算命仙来解读一下妈要什么。

算命仙是个鸡胸小个子，穿着长长的蓝布衫，带着一面铜锣来了。反正没有田好种，全村的人都跟着他到大哥家，把前门挤得满满的，有的还吊挂在院子的墙上，热热闹闹地像是唱野台戏。

算命仙把他的锣和包袱放在桌上，叫家里的人都靠近站好，男人在他的左边，女人和小孩在他的右边。然后他拿出一个铁灯台和一个大香炉，还有一罐黑油。他把油倒进灯台里。又拿出比平常更粗更长的香放在香炉里。

他点燃灯和香，敲一下锣然后念着，"喔，往生者啊，你要说话吗？"

他把锣放下，往桌上丢了一个冥国铜钱。那个铜钱系在一根绳子上，他手里拿着绳子，铜钱落下时面朝上。"往生者说要。"

他又重复了一次刚才的仪式，问道，"你是要你的大儿子和媳妇弥补什么错事吗？"

妈又回答是。

那算命仙把嘴撅起来像个荸荠似的，从他那又长又窄的鼻子往下看着大哥大嫂，"是什么错事？"

大嫂用手顺了顺头发。大哥扯了扯他上衣的衣角。其他的家人偷偷看看离我们最近的人，不然就是低着头。我从眼角找寻学仪，发现他半遮半掩地站在大哥后面。满荷站在我旁边，用膝盖碰碰我的腿，她的头微微歪了一下，指向挤在门口的人：我们的邻居瘦狗挤到前面来了。

瘦狗很大胆地指着大哥，告诉算命仙，"那个浑蛋欺负了他的二弟。"

大哥像发怒的水牛一样跳了起来语，"胡说。"

但是门外有声音传来支持瘦狗。

"对，二弟被他欺负了。"

"他们爹死了之后，老二分到的财产不公平。"

"不公平？学仪根本没有分到财产！"

算命仙问妈，"你的大儿子是不是欺负二儿子？"冥国铜钱又面朝上落下。

惊讶声、低声耳语还有生气的抱怨声像是池塘里的涟漪一样，从站在桌边还有站在外面的人那儿一波波地传开来。然后其他的村民开始大声说出对他们的控诉。

"他们打媳妇。"

"他们连父亲的坟墓都不肯修。"

"他们二弟快饿死了。"

"他们侄子的儿子已经饿死了。"

大哥握紧拳头，走到门边，把门砰地关上。但是灯和香的烟很浓，算命仙一面咳嗽，一面命令，"把门打开。"

算命仙把门外传来的控诉一个一个问妈。

她每次都回答是。

算命仙抬起头，若有所思地摸着胡子。"往生者要你好好祭拜祖先，替你的二弟修好房子，给他、他老婆还有媳妇食物。"他告诉大哥大嫂。

"我又不是金子做的，"大哥喊道，"我没办法，也不要替学仪修房子。"

在他的哀鸣声中，我听到钱币叮玲的声响。我一转身，看到六个金鹰洋在一小堆土上跳着，紧邻着的供桌地板上有一个浅浅的小洞。

芝麻笑着说，"你看！"

其他家人都转过头来看，大哥扑到金币上。"不要，妈。不要。"

村民拥进家里。"什么？""那是什么？"

算命仙举起了手。"退后！退后！你们在打扰往生者。"

站在前面的一面抱怨一面往后，紧压着在后面想要往前挤的人。芝麻跺着小脚。"我要！我要！"碧云把他抱起来，想用糖果让他安静下来。

大哥还趴在地上，求算命仙说，"告诉我妈她所有的要求我都会做到。"

"是的，所有要求。"大嫂也附和着。

"我还没说完，"算命仙很严厉地对他们说，"往生者还要你们好好对待你孙子的娘。你们或者是你们儿子都不能再打她。"

"是，是，连这个也行。"大哥大嫂同意。

现在妈连他们藏起来的金子都能找出来，他们怎么敢不听她的？

芬妮

北亚当斯, 麻省

1877—1880

阿吕不再寄汇票回家之后, 他们也不再来信。因为大部分在北亚当斯的支那佬都是从他家乡来的, 他从他们那儿得知旱灾更严重了, 几乎让整个地区的收成全军覆没。

有一阵子, 在他家村子附近的一对传教士夫妇发放救援物资, 有很多中国人都受洗了, 感谢耶稣, 其中包括阿吕的父母、嫂嫂和小侄子。然后偶像崇拜者把传教士赶走了。

"我们家的人要吃什么?" 阿吕焦躁地说。

我了解他的关切, 但是我很轻松地说, "约翰舅舅家在内战时经常挨饿。茱莉亚舅妈没有食物可以煮的时候, 全家人还是坐在餐桌旁, 听她大声念食谱。他们很感恩还可以在想象中大饱口福。联邦军士兵烧掉他们的房子, 他们逃出来时连一丁点食物都没有, 在士兵绑马的地方到处搜寻, 捡起掉落的玉米来吃，还一直赞美上帝的恩典。"

阿吕发出轻轻一声忏悔的叹息。"是的，虽然人不公平，但是上帝总是公平的。我真的相信他。真的。"

卖掉我的石榴石胸针的钱不够付清阿吕所有的债务。为了要还钱给离开的支那佬，阿吕被迫向留下来的人借更多的钱。现在这些人为了他们的家人开始逼迫阿吕还钱。

我再度请求父亲替阿吕加薪。但是父亲把新旧损失混到一起，对于目前的情况更加没有信心。天啊，他现在像信仰《圣经》一样信仰账簿，非常执拗，我就好像农奴向沙皇恳求一样。

但是我还是希望菲比可以劝他做对的事。她可以用一些省钱的聪明办法让父亲高兴，像是把油脂省下来做肥皂，从破烂不堪的手套上取下指套的部分用来遮盖手指上的伤口。然而我请她帮忙时，她摇摇头，依然重复她说过的话，"神的意旨必然实现。"

我告诉阿吕这个坏消息，一阵头痛袭来，我不支弯腰。但是这猛烈头痛的痛苦跟阿吕的苦难比起来算什么？我一面祈求上主给我力量，一面勉强撑下去。

"也许你可以在你同胞的店铺和洗衣店里帮忙来还债。你不在时，我可以掩护你不被父亲发现。"

阿吕额头上的皱纹更深了。"我已经问过了。他们不要我。他们说我应该离开北亚当斯，去找可以还债以及寄钱回家的工作。"

"这我们以前就谈过了。你哥哥可以寄钱回家给你父母。或许他已经寄了。这里是你应该留下来的地方。"

阿吕像以前拉辫子那样拉了拉衣领。"如果上帝可以亲自告诉我他为我设定的目的是待在这里,他要我留下进行我们在温室里的工作。那样我就能安心了。"

"上帝是在告诉你,"我向他保证。"他是透过你栽种植物的成功告诉你的。"

阿吕的脸上出现希望,跟怀疑搏斗着。

我倾身向前,再次强调我的论点。"你的橙色莓子果实结得很早,比一般覆盆子收成要好,你培养的樱桃黑醋栗也很有希望成功。如果你继续发展你的天赋,你可能得到的发现可以造福很多人,你的族人。"

"你真的这么想吗?"

"绝对如此。"

当天阿吕就开始探索可以抵抗旱灾的新品种。虽然这个时候学生早就远远超过老师,阿吕还是跟我讨论每一点想法。"你帮我找到我该走的道路。"他说。

我们一起把模糊的念头抽丝剥茧找出可能性,再把这些可能编织成具体的计划。我们谈话之际——说真的,只要我们在温室就在谈话——阿吕眼睛燃起坚定不移的企图心。虽然困难重重,他全身散发着自信的光芒。他威风凛凛,很有男子气概,很有精神。

然而，在扫落叶或是烧落叶、铲雪、劈柴火或是替父亲擦靴子时，阿吕的态度全都变了。就好像他从阳光下走入阴影中。他以为自己是独自一人时，有时我会听到一声哀伤的叹息，注意到他脸上出现一阵苦闷、怀疑甚至愤怒。阿吕从来不会自负，所以不可能是因为他所做的杂役太卑下让他烦恼，而是他家人带给他的负担。

我每年从父亲那儿拿到的治装费极少。但是我穿漏水的靴子，或是在衣服、斗篷上打补丁而不换新，这样我就能把治装费全都给了阿吕。如果不是支那佬强迫他还钱，他应该又能再寄几块钱回家。

他太诚实了，不会不理会债主。而且他为了还钱只有向高利贷借钱，我的治装费和阿吕在奉献十分之一收入给教会之后的一点点薪水，全都给了那毒蛇。然而，当辛查理从一个表兄那里听说阿吕的哥哥在西部失踪，他的两个侄子不支饿死，他祖母也去世了时，支那佬把所有的罪过都堆在他头上。

阿吕低着头接受他们的责难。他用低沉、快速、充满痛苦的语气怀念祖母对他的诸多疼爱：他去拜访她时她会塞给他一些零食，他给学校开除时她坚定地替他辩护，她对他的花园称赞有加。"我本来可以救她的。我本来可以救那两个从未谋面的侄子的……"

"我们无法拯救上帝做了印记要其往生之人，"我轻声提醒他，"记得我告诉过你我的妹妹茱莉亚吗？她是怎样一出生就注定要被上帝带走的吗？她是怎样在经过五年的奋斗与折磨之后终于回归上帝的吗？然而她短暂的生命与死亡有其目的，因为我是经由茱莉亚才亲近耶稣的。"

阿吕双手合掌仿佛在祈祷。"我知道老天让我家人受苦难一定是有好理由的。我知道是这样，虽然我还看不到、也不明白理由是什么，他所做的事都好。但是……"他的声音变成哭声，"芬妮小姐，这太难忍受了。"

我深深受到感动，也坦白地说，"我刚从卡路丹回到家的时候，我也说，'这太难了，上帝。我无法忍受。'"我强迫自己微笑鼓励他，"但是经由上主的帮忙我忍受了。你也会这样。"

真的，阿吕从来没有哭天喊地，而是非常勇敢忠诚：他以家人之名至少一周禁食两次；每天晚上在客厅祷告时，他都把他们的苦难诉说给全能的上帝听。

开始的时候他总是声音很低，我必须很费力才听得到。然后慢慢地，他以一种震撼我全身每根神经的方式，越来越激动，直到像是天使的号角那样发出高亢甜美之声，把我的灵魂带入天堂。

菲比不止一次告诉阿吕，"你的祷告天赋可以用在布道上。"她没有一天不请求全能的上帝帮助阿吕看清楚他真正要做的工作是在中国。

我不敢把我的祷告大声说出来。

　　我年届半百时，再过几个月阿吕也要成年了，所以我们用一张合照纪念这两个里程碑。

　　阿吕的形象是个有魄力的男人。他几乎比我高了一个头，站得像是松树一样又挺直又消瘦。他的脸上还没有胡须，五官非常分明，面部肤色金黄。他有一头浓密乌黑闪亮的头发。他的双手随意交握放在前面，散发着力量。他表现出一种诚恳和关心的态度，让他看起来比实际年龄大了一些。真的，陌生人经常会以为他已经年过三十。

　　我的形象则是一大打击。我从来称不上美丽，站在阿吕旁边更显得平凡——一只沉闷的冬雀站在光鲜的春日知更鸟旁。然而……菲比说我看起来像是四十而不是五十岁的女人，我的脖子的弧度很优美，盘在我头上的辫子几乎带着皇室的优雅。

　　菲比没有评论到，也无法看到的是我内心感情的变化——虽然很模糊但是很深刻，很奇特但是很令人喜悦。就好像有一曲微妙的音乐偷偷进入我的心中并在那儿安居——

但是我的心也在奇特的不安境况中翻腾。

以前，只有耶稣让我的血液舞动。现在阿吕成人了，他也可以让我如此。光听到他的足音就让我兴奋。他的影子靠近时，我的心就会有一阵拉扯。我靠在他的手臂上行走时，我的喉咙会因为愉悦的痛处而悸动。他一微笑，我就会像喝下强力的兴奋剂那样融化。

我吓坏了，把自己关在房间里，双膝下跪祈求上主帮助我抗拒这些危险的感觉。但是即使我在祷告时，阿吕的水瓶会碰到他的洗脸盆，或是他的床会发出声响，然后我的心会膨胀到几乎要爆裂开来。

从小，除了生病，我从来逃不过母亲的责备。在那时候她会又和善又温柔，紧紧抱着我，跟我说故事，喂我糖浆和热汤。她忙碌时为了让我不无聊，会给我一盒在滚动条上转动的圣经故事图片，用一把钥匙控制。不然我会要来家里的《圣经》好诵念我最喜欢的章节：法老的女儿拯救还是婴儿的摩西；鲁思为了她爱的人放弃她的家庭和族人；大丽拉智取参孙。只要我卧病在床，母亲就不会拒绝我，所以我很欢迎冬天的咳嗽，可以证明她的爱意。然后，我没有耐心等到冬天，开始装病，即使夏天的太阳又明亮又炎热，我还是抱怨感到寒冷。

现在，我如果头痛或是发烧，阿吕会用冷水擦我的太阳穴。当我因为寒冬卧病，他会替我铺好棉被，拍松枕头。他的手虽然很粗，但是很温柔，手洗得很干净，但是还是可以闻到他抽烟筒带来的烟草味、他极爱的泥土与植物味道。只要他轻轻一碰，我骨子里压抑的火焰就会一下子燃烧起来。

我只想要照顾阿吕，就像他照顾我一样。但是当他的前额满是汗珠，或者头发掉下遮住眼睛时，我必须握紧拳头才能制止自己不伸出手，用手帕替他擦汗，拨开他掉下的头发。直到阿吕在冬天开始咳嗽，我才敢向我的渴望屈服：我给他一大堆药水；我拆开自己最暖的披肩，替他编织了一条又长又厚的围巾，他用围巾包住他的颈子和嘴巴。

每晚我发着誓言入睡："我一定要战胜我的感情。"但是我想要压抑感情的努力反而好像有加强的效果，我开始怀疑跟这份感情战斗，把这感情当做是来自黑暗王子，是否做错了，也许这是我应该要拥抱的一份来自上主的礼物。

所以我开始为我跟阿吕的散步做一些特别的准备：在我的帽子上绑一个新的蝴蝶结，在我的腰带上插一朵落花，换下打着补丁的靴子，穿上星期天专用的别致套鞋。我的头发是我唯一真正堪称美丽之处，所以我尝试不同、越来越适合的发型。有一次在温室里，我还让头发好像意外似地散落开来。

如果阿吕注意到这些，他没有任何表示。如果耶稣真的要让我在人间有个伴侣，就像在天堂有个朋友的话，难道阿吕不会注意到我吗？我没有读过什么有关爱情的故事，听到和看到的更少，我根本不确定爱是什么。我也没有任何人可以倾诉心事。在这个世上没有。

我向耶稣祈祷，"给我一个信号。请给我一个信号。"

我相信如果可以知道阿吕心里的想法就会找到这信号，他的想法一定就在他的日记里，日记就在他房间的书桌上。但是他继续在日记封面上写着仅供吕金功阅读，荣誉感不容许我读那些日记。

我被迫要在别的地方找寻信号，所以把客厅的椅子重新安排过，把我的椅子调整到可以看到阿吕坐在他椅子里的最佳角度。然后我仔细地研究他，就像他研究幼苗和水果一样。天啊，我衡量他说的每个字、每个动作；我审视我所有的记忆。

喔！有多少心动和情绪低落啊！

是啊，只要我有一点点需要，阿吕都会立刻去办。但是他对待父亲也是无微不至，对菲比则是温柔有礼。

是啊，阿吕握住我的手帮助我走过小溪时，他有时会握得久一点。但是他究竟是表达关心或是爱意呢？

是啊，我们谈到他的植物时，阿吕的脸会闪耀着激情。但是那其中有对我的激情吗？

不，他没有追求任何女人。但是他所有的同胞几乎都是如此。当然，有几个人把妻子留在中国，有些人已经跟他们家人所选择的女子订婚，这些女子也在等他们回乡。也不止一个支那佬公开表示不赞成娶任何不是中国人的女子为妻。不过，辛查理为一位来此地造访的维吉尼亚人埃达·维尔本小姐所深深吸引，跟她求了婚。还有，阿吕的祈祷小组里有个汤马士·阿南，娶了一个据闻品性不端的女子。根据谣言，还是她先求婚的。阿吕是否跟我有同样的渴求，但是太害羞了说不出口？

"让它发生吧，仁慈的上天，"我祷告，"让它发生吧。"

心珠

中国，台山

1879—1882

即使到今天，我只要在手里捏碎又热又干的泥土，就会再次感觉到那次旱灾所忍受的饥饿和无助。同样的，芦苇上一滴闪亮的露水，或是潮湿泥土的味道，就能让我想起大雨洗刷之后的安心，在龙王终于降雨湿透了我们的田地之后大家都安心了。

是啊，大哥已经像妈所要求的替我们重新修好屋子，一天喂我们两餐。这本来就是学仪应当享受的待遇。然而俗话说，江山易改，本性难移：大哥大嫂给得那么不情不愿，好像他们每一块砖、每一棵谷子都算了又算。老实说，我们真不想见到他们。何况有哪个农夫会安于不播种、不除草、不收成呢？

雨来的时候，正好在春耕之前。就连小孩也知道，耕潮湿的泥土会产生很难处理的土块，以后好多年都会很硬。但是我们自己没有水牛，一定要跟大哥借，所以无法等到土地干燥，他也故意要让我们耕种湿土。

等到土壤表面颜色变浅，我们得用钉耙耙过每一块田地好敲碎土块。我们通常耕一亩田只需要两天的时间，现在六天都还没有好。播种也比平常慢。我们的力气又还没有恢复，每播种一排就得休息，抬抬头、挺直腰好减轻疼痛。

以前当然也有草种混在稻种里面，但是那一年我觉得野草长得比秧苗还要快。我们要不就是除草，不然就是施肥或是浇水。一天下来，我们只能慢慢地拖着双脚到大哥家吃晚饭，然后回家上床睡觉。

即使精疲力竭，学仪和我也不容易入睡。我们死去的两个孙子卡在我们之间，我们再也不能像以前那样互相安慰。我们试过。很努力试过。但是失去了他们，而且他们是因为我而死的，这些都太痛苦了，伤口太新也太深。因为我们再也没有儿子可以生更多孙子，所以伤口也没法愈合。我早晚都上香跟神明祈求把维灼和金功还给我们。

那年秋天维灼回来了。他像晒干的野草一样又瘦又黄。我们没有一个人认得出他来，直到他开口喊爹。然后他告诉我们一个很可怕的故事，如果不是维灼说的我绝不相信这是真的。

谁能相信小孩子、即使是鬼子小孩会这么残忍，会把一个年老没有抵抗能力的老人拉着辫子扯下马车？更可怕的是，谁能相信他们会把他绑在车轮上，用鞭子乱抽让马狂奔，让那个老人的头不断在硬土街上猛撞，最后他的头像个破掉的、血淋淋的球一样掉下来，滚到水沟里呢？

我们同胞看到这样可怕的事而愤怒是理所当然的。但是维灼说有几个我们的人抓住那些鬼子小孩，用那个老人的马鞭打了他们，这就发生了暴动。

鬼子们袭击我们的人住的地方，抢劫店铺，向屋子丢砖头火把，这些应该够了。但是当我们的人从燃烧的屋子里逃出来时，维灼看到鬼子拿着枪射杀年轻人和老人，背着、抱着婴儿的女人，甚至是躲在娘裤管后面的小孩。

遇到这么野蛮的行为，我们同胞像遭到捕猎的动物一样四散奔逃，每个人都只顾自己，没有任何道理可言，又有什么奇怪呢？有些为了躲子弹跑到街上，摔到发了狂的马蹄之下，或是跟拿着刀的男鬼子撞个正着。其他的人则跑回火中。维灼被困在他租房的屋子里，想从地下室逃出去。

结果那个房间没有出去的门，即使维灼拼命地挖墙，却连一块砖都搬不开。他也没办法爬楼梯上去。上面的门已经起火了。从门缝传来浓密、呛人的烟雾，还有人肉烧焦的可怕味道。

维灼也不确定是过了一会儿，或者过了很久，一根掉下来的屋梁把烧得焦黑的门砸裂开。门裂开来的时候，赤红的火也从那个大洞跳进来，把楼梯烧掉了，在高热中他感觉到皮肤起了水泡。他听到上面玻璃碎裂，更多木头砸下来。但是屋顶没有垮。从楼梯下来的火熄了。

维灼说火会熄是因为房间很空，没有东西可以燃烧。我相信那是因为老天给他特别的保护才救了他：那个出租房除了他没有其他人幸存；而且维灼从地下室出来时带着金子。

是的，维灼在烧焦的废墟里爬出来的时候，感觉到被发热的金属刺到，一个锡盒子尖锐的边缘，一个圆圆的锁，也听到钱币撞来撞去的声音，所以他知道遇到宝藏了。没有人来认领这些金鹰洋，金子变成他的，然后他坐船回家。

我们一直没有讨论要拿那些金子做什么，直到维灼回家快一个月之后的一天晚上。

"把前门还有院子的门关上，"他告诉满荷，"还有百叶窗。"他转向学仪，低语道，"我想告诉你们我的计划。让你们看我带回来的木箱里是什么东西。"

但是等到屋子都关严了，维灼还是没有动手把藏在供桌后面的木箱子搬出来。他也没有透露任何计划。他反而开始谈起鬼子的衣服有多荒谬，夏天太热，冬天又不保暖，把身体和手脚都绑得死死的。我怀疑或许那些可怕的经历、还有失去儿子对于维灼的影响比我们知道的要深多了。

屋子里变得又闷又热。学仪脱下上衣，用衣服擦干脸上的汗。我从桌上的茶壶倒了几杯水，示意满荷用扇子扇扇风。维灼还是一直说个不停。

"鬼子的床也很不舒服。他们不用好好的硬木板和木枕头，反而在布袋里塞羽毛，让人都陷下去。他们的食物也淡而无味。"他突然身体向前，"但是他们也有很奇妙的东西。把黑夜变成白天的灯。钢铁做的机器，可以纺棉纱和丝绸，推动船还有做其他工作。"他跳起，把那口很重的箱子拖出来。

"里面是可以打水的机器。"

学仪皱着眉头问，"水车吗？"

维灼轻轻笑着。"这个机器不需要人来操纵，可以从水井里抽水，不像水车只能从河流或是小溪抽水。"

"绳子绑个水桶也可以。"学仪说。

"但是还是要有人拉着绳子才行。这个机器一开始动就会自己动，抽出定量的水。"

他走回桌子旁。"你们知道我带回来的金鹰洋不够买好的河边低地。但是村子西边有个小山坡，因为离河边太远，所以从来没有开垦过。我们可以便宜买下来种橘子园，变成整个地区最大的橘子园。"

"只是山坡上没有井。"学仪说。

"我会挖一个。"

"如果没有水呢？"

维灼看着他老婆。她红着脸低下头，拿起茶杯放到嘴边好遮住脸。

"满荷会探测水源。自从我回来之后，满荷拿着探水杖跟我到那山坡上走了好几回。每次我们走到坡顶，她手上的棍子就会转，所以那里一定有水，可以用机器打水出来，然后灌溉山坡两边的树。"

学仪一如往常，需要时间思考的时候，就会拿起他的烟筒，装上烟草。满荷替他从供桌那儿拿了一根小蜡烛。我捡起她丢在桌上的扇子，很忧心地挥来扇去。是啊，维灼的计划很聪明。他的手很灵巧，工作也很勤奋。但是再怎么勤劳的人也没有办法挖出个井，或是在整片山地上种树，何况维灼又瘦又弱。我们也一样。而且好像每次我们想要得到比老天赏赐的更多时，都几乎会很惨。我们连耕种四弟的田都已经有困难了，还想要进行这么大胆的计划，老天或许会把我们打入深渊。

学仪显然跟我担心一样的事情。"太贪心就不好了。现在我们有足够的食物；我们也没生病。"

"没有孙子。"维灼说。

我咬了咬嘴唇。学仪退缩了一下，好像挨打了一样。

"或许老天还会赐给你儿子，"他安静地说，"不然我们可以买个孩子，就像大哥买下芝麻。"

"我们不是说人定胜天吗？只要照我的计划做，这个家里再也不会有孩子饿死了。"

他说话的时候，我仔细看学仪的脸。学仪一定注意到以前维灼很沉默，现在却毫不掩饰，甚至很大胆。但是，学仪是否明白如果他不听维灼的，我们儿子可能不会像个好儿子那样乖乖放弃？

"人的决定是不够的，"学仪叹口气，"你的金子或机器也不够。但是只要有机会就有危险。我们只有碰运气了。"

当然，不管再小的山都会有龙守护，如果土地受侵扰，龙就会出来。所以在整地之前，我们雇来庙祝好确保我们山坡的龙不会因为生气而乱甩尾巴。

庙祝很小心地割下一个公鸡的鸡冠，用上面写了咒语的竹枝去沾鸡冠滴下的血。他把好几十个壶用幸运的红纸包起来，每壶放五根竹枝，把它们放在山坡上不同地点。

我们在每个地点都焚香以及献祭食物和酒给住在山坡上的龙，还有大地之神，恳求他们赶走恶灵。我们做好之后，庙祝告诉我们可以安全地破土了。

为什么我还是感到如此不安呢？

旱灾的时候死了太多人，村里的长老把原先三天两夜的中元节庆延长成五天四夜好安慰亡魂。所有的细节都一丝不苟。穿着黑袍的庙祝请出纸扎的巨大观音与阎王神像来保佑庆典过程，并且把鬼魂带离村中。他们用米、豆腐、酒还有特制的包子作为最洁净的祭品，而且举行法事打开饿鬼细细的喉咙，好把甘露送进他们嘴里，平息他们肚子里饥饿的火焰。他们还四处撒花消除任何剩下的障碍，又敲锣又放火烧纸神像，好郑重其事跟那些鬼魂告别。然而，不是每个鬼魂都乖乖地离去，虽然我们是直到开始果园整地的那个月一个邻居的小孩遭到攻击而死才知道的。

那孩子跟他的朋友在离我们山坡地不远的地方玩捉迷藏。他们找不到他，一直叫他快出来。我们听到这些孩子的呼喊，也跟着一起叫唤。但是他还是没出来。然后在我们回村子的路上，维灼在水沟里发现了他的尸体。

没有任何挣扎的痕迹。那个孩子的身体没有遭到啃食或是给吃掉。但是他的喉咙开了个大洞，背上有深深的抓痕，村里长老雇来的猎人从皮肉不规则的裂痕和爪印来看，都认为凶手是山猫。

猎人们在龙安附近的山脚搜寻，找到不止一只山猫。但是只要他们一开火或是太靠近，野兽就不见了。有个猎人站在一块大石头上发誓有一只尾巴有环形花纹的猫在他举起枪的时候当场消失。另一个猎人回报把一只有斑点的黑猫射穿了个大洞，但是它之后跑得更快。还有一个猎人射穿了一只斑纹猫，但是它却又是毫发无伤。猎人放弃追踪山猫，因为他们知道那些野兽不是血肉之躯，而是杀不死的幽灵。

我们村里的庙祝献祭特别的供品，没有人再遭到攻击。但是在山脚捡柴火的妇女小孩会听到树林下的草丛里有沙沙的声音，有从小溪里舔水的声音。守夜打更的也回报说听到鬼哭哀嚎。

每次守夜的一举高灯笼，一切都安静下来。也没有人看到任何野兽的痕迹。村里的长老警告大家，除非有伴或是大白天，否则不要随便出去。

要种一个果园，头几年需要花很多苦工。我们要清除整个山坡，挖水井，架好竹水管把水带到整个果园，同时还要种四弟的田。虽然我们胆子不大，也不是有勇无谋，我们每天公鸡还没有叫就出门了。那时树木都浮在灰白的晨雾中，露水沾湿我们的裤子，鸟还安静地待在巢里。为了让一天工作的时间可以更长，我们不回家吃早饭，而是把饭带着。

如果我们是在一起做工，等太阳升起时大家就丢下锄头，坐在阴凉的地方吃饭，轮流从开水壶喝水。之后学仪和维灼会掏出烟草袋，点燃烟筒，随着烟雾上升，直到头顶上乱啾啾叫的鸟那么高，我会觉得骨头里的疲倦也溶入空中，消失不见。

不过大多数的时候我们是分开工作的。那时我们就会匆匆忙忙吞下早饭。维灼做最粗重的工，学仪和我做需要技术的工作，满荷洗脏衣服、煮饭和捡柴火。即使我们没有休息，回家吃晚饭时也已经是天黑之后了。每个人都得冒险独自摸黑回家。我们从没有遇上鬼魂或是幽灵野兽，我想这是老天保佑。

哼，因为那孩子遇害的地方离我们的坡地很近，我们不怕别人来偷看。当然，大家都看到我们在挖井还有种橘子树苗。但是他们是从很远的地方看到的，听不到鬼子机器一直在发出声响。我们也很小心，用泥巴和树枝把机器和竹管遮盖好。

因为我选的是酸山橘的品种，一点水就可以活下来，龙王降雨又很大方，没有人对我们的橘苗可以长大有疑问。他们反倒叫我们是笨蛋。

有些人很好心，像是在算命仙面前替学仪说过话的瘦狗。"难道你不知道如果只凭自己的想法而不顾老天爷的规矩，一切苦工都会白费吗？放弃吧！"

有些人嘲笑我们。

"你们还不如在山坡上抓鱼呢！"

"不然就是把球往山坡上推。"

大哥把他家的大门敞开，好让大家都能听到看到他在妈的灵位前鞠躬，大声说道，"是学仪自己笨，可不要怪我啊！只有木头脑袋的人才会想在离河那么远的地方种地。"

我娘以前说过，"树开花的时候，就好像女人临盆。最忙的工作那时候才开始。树上不能有太多花，不然果子会掉。橘子在长大的时候，树根要经常施肥，叶子要经常剪，这样叶子才不会把果子的食物抢走。只能留下最后一些叶子。那些叶子留下来是为了要养来年的果子。"不过对我们来说，最辛苦的工作早就开始了，就在第三年我们必须要替树苗接枝的时候。

接枝的最佳时机非常短，就在嫩叶刚刚冒出与叶片真正展开之间，我们有上千棵树苗，但是只有四双手。四双手和三双腿。

满荷怀着孩子，肚子大到不能弯腰，必须跪着去修剪树苗的枝干，切开树干，插入要嫁接的枝条，再用泥巴和草包紧。她没有人帮忙站不起来，所以接下来得要半爬、半拖着身体才能到下棵树那里去。

等她完成一棵，我们已经做完五棵树。但是我并不会不高兴她肚子里怀着孩子。老实说，我相信她肚子里的孩子对我们而言就像是嫁接的枝条一样是必要的。就像我们插入的桶柑和椪柑枝条会确保山橘可以长出甜美的果子，我们也需要新生命来恢复我们的元气，带给我们喜悦。

旱灾之后，我们原本在那几年苦日子里大把脱落的头发长回来了。虽然我们整天做苦工，身上却也长了肉。我们的眼睛不再凹陷。但是我们渐渐地陷入自己的世界，只有在讨论工作的时候才会打破沉默说点话。

在我自己黑暗的沉默中，我看见满荷抱着小虎冰冷的尸体；我感觉到那个被我杀死的孙子的重量。是的，我的孙子缠着我阴魂不散，虽然他们没有像爷爷那样进入我的身体，或是像妈追赶大哥大嫂那样。在学仪和我躺在一起互相拥抱时，我最能感觉到他们带来的压力。

我的灵魂出窍时，不止一次跑入地府。每次我都在呼喊我的孙子。然后我会看到爷爷拄着拐杖很快地一拐一拐地走过来，命令我赶快离开。

再下来妈会过来。"别担心，我在照顾小虎，还有宝宝。"她指着一群小孩，"瞧！"

小虎唯一的玩具是个公鸡陶笛，我们把它跟小虎一起埋葬了。我听到笛子尖锐的声音，看到他双手捧着笛子，嘴里含着尾巴，他吹的时候腮帮子鼓了起来。他的小弟在他脚边，像个红辣椒似的灵活，扯着哥哥的裤子。

两个孩子看起来都很快乐。但是等到爷爷举起拐杖挥舞着要我走，反复说着，"回去，走了！"我反而固执地一直往前走。

孩子们立刻不见了，爷爷和妈也跟他们一起消失。我的哀伤让我觉得再也看不到明天早晨的太阳。

芬妮

北亚当斯，麻省

1881—1885

　　母亲教导菲比、辛西亚和我说婚姻是世间幸福的极致。但是华特曼医生在照顾肺痨末期的母亲时警告过我，他说我细长的脖子、高高的肩膀、瘦弱的身形还有每到冬天就咳嗽都显示我的肺部虚弱，很容易染上痨病。他很严厉地颦着眉，做出结论，"既然你继承了家族的身体弱点，你的生活方式应该要有所节制。"我了解他的意思：我不应该像母亲或是她的父亲那样结婚，把疾病又传到下一代。

　　或许我可以跟医生辩解约翰舅舅和他的孩子似乎逃离了家庭疾病的磨难，因为他们住在气候较为温和之处，而且我在卡路丹时也并未生病。但是我只点头称是。那时候我已经从茱莉亚舅妈那里得知已婚妇女就像白痴、罪犯和未成年人一样，不能以她们自己的名义签合约、买卖或赠与财产；如果丈夫决定把孩子从她身边夺走，一个女人无法保有自己的孩子。即使在约翰舅舅的家庭，即使在这个丈夫宣称女人跟男人一样是生来追求个人幸福的家庭里，做主的还是丈夫，不是妻子。我在父亲的束缚之下心情激愤，盼望的是能够自治，能掌握保护自己的能力。所以婚姻的枷锁又如何能吸引我呢？

然而，现在我已经过了生育年龄，又经历爱的觉醒，我开始思考：女人该如何进行这爱情的游戏？

***

菲比一直很美，就像我很平凡一样，她也从未生病。她就像母亲一样相信上帝为男人创造男人，也为男人创造女人。我们还在卡路丹时，爱德华就追求她，也赢得她的芳心。爱德华是个跟她一样听见上主召唤的年轻人。实际上爱德华已经接受一个到黑暗的中国传教的任务，在传教协会、约翰叔叔和父亲允许之下，他们两人也计划菲比一毕业就结婚，把前往爱德华传道处所的长途旅程变成他们的蜜月旅行。但是父亲要我们回家的时候，菲比毫无怨言；她跟爱德华取消婚约，信誓旦旦地说，"那些等待你带来福音的异教徒，绝对不会因为我的缘故被剥夺了神的恩典，即使一天都不行。"她再也没有接受任何人的追求。"耶稣是我最好的朋友，"她告诉那些追求者，"也是我唯一需要的朋友。"

辛西亚跟大姐一样健康，但是她的叛逆性就跟菲比的顺服性一样极端：父亲指示辛西亚毕业之后回到北亚当斯时，她回信说决定要接受她自己在纽约州的萨拉图加泉找到的教书工作。父亲勃然大怒；约翰叔叔一定跟她解释过，如果她住在家里，然后在新成立的驻育学院教书，她的薪水可以帮助父亲，她也可以帮菲比和我分担家务，照顾茱莉亚。即便如此，辛西亚还是坚持己见。

菲比的美丽纯然来自于内在的光芒，辛西亚则是拥有完美的雍容外形，美好的肩膀和手臂，在阳光下闪耀着红光的赤褐色亮丽秀发。所以她的来信充满了追求者的怪异举止又有什么奇怪呢？但是她就像其他女性一样没有选择丈夫的权力，只有拒绝权，几乎快二十年以来她都在拒绝追求者，直到她答应了威廉的求婚。

许多人不屑地嘲笑她，有些人可怜她。大家都同意这一点，"她等太久了。"辛西亚甩了甩她的卷发，勇敢地不理睬他们。她大声宣布对威廉的爱慕。

如果两眼空洞、须发灰白、身体又麻痹的威廉可以战胜一堆英俊健康的追求者而得到辛西亚的欢心，那我又为何不能得到阿吕的青睐？如果上主给予了我这莫大的恩典，难道他不会给我勇气去抗拒父亲必然的非难，还有那些一定会袭击阿吕和我的流言蜚语呢？

***

辛西亚和威廉为了减轻他身体麻痹之苦，在北佛罗里达州迪蓝镇外面购买了十英亩蜿蜒起伏的松林地。

你一定要来亲自体验这空气和水有多么纯净，她写道。你也会发现这个小镇相当宜人。它就像加州采矿小城那样有精神活力，却又不危险。没有充满敌意的印第安人，没有配枪带刀的野蛮人，没有酒吧。街上铺着松针和伐木场来的木屑，街道两边林立着黑栎，在优雅的住宅旁边是平凡的木屋，有露营式的居家方式，也有砖石建起来的商业建筑。

在接下来的信里，辛西亚兴高采烈地写到威廉的健康逐渐有起色，他健康进步之后让他有足够的力气监督橘子园的开发。父亲咆哮这个计划很愚蠢，辛西亚也承认如此。在这个狭窄的半岛栽培橘子还是一种实验，要花费许多金钱以及劳力。但是她很轻松地将父亲的疑虑一笔带过。创立这个镇的是个北方的烘焙制造商，他对于这个地区温和的气候与良好的土壤极有信心，他甚至广告说要提供任何想尝试开果园的人包退费的保证。

天啊！迪蓝先生四处刊登号召开垦者的邀请，阿吕和我好像一打开报纸杂志都看得见他的广告。很快地辛西亚来信说道橘子热就像西部的采矿热潮那样传开来，身材高大的年轻人和不良于行者，穷人和富人，从联邦以及其他地方拥入佛罗里达州。然后北方的人，包括住在我们附近的人，开始在迪蓝过冬，只待刺骨的寒霜把我们的山坡染成一片红金色就立刻启程。

　　早在阿吕扫好、烧掉秋天最后的落叶之前，我就会开始咳嗽，即使屋子的门窗已经严实关紧，壁炉的炉火熊熊，我还是会得肺炎。阿吕的身体对于我们这里酷寒的气候也跟我一样适应不良。他从不抱怨。但是我注意到他在冬天苍白严肃的面容，他咳嗽时胸腔仿佛有枯干的叶子沙沙作响，有时他会呼吸困难；所以我向上帝祈祷阿吕和我可以去拜访辛西亚和威廉，甚至移居到她所形容的田园景致之中。

　　我不用问也知道父亲会拒绝这个请求。但是他不能禁止我做梦，所以在我建造的空中楼阁中，阿吕和我不再住在麻州潮湿、刺骨的飘雪与冷冽的寒风里，取而代之的是佛州温暖的阳光与和风。在我想象出来充满幸福色彩的迷雾中，我承认在那儿阿吕和我不再压抑自己的情感，取而代之的是全然分享的生命。

　　我做错了吗？日复一日，月复一月，我恳求上主给我一个征兆。那征兆是我走近时阿吕的脸色会豁然开朗吗？是我靠在他身上时他的声音会支吾结巴吗？是几乎每天晚上我都可以听到他的脚步声在我房门外不安地走来走去吗？

　　希望高喊，"是的！"但是我还是不确定。直到阿吕得知旱灾已经结束，他哥哥也回到家中。那一天，阿吕因过度欢喜而打开了心房。

　　"辛查理说我哥哥安全返家了。还不只如此。他给我父母钱买地。喔！上帝真是仁慈！他真的会回应我们的祷告。"阿吕停下来，做了一个深呼吸，"芬妮小姐，我不但替我父母祷告,也替我们祷告,祷告我们可以在迪蓝进行我们的工作。"

我的灵魂向耶稣唱出感恩礼赞,我把披肩拉紧来掩遮胸中的纷乱起伏。"那也是我的梦想啊!"

阿吕兴奋地坐不住,在我面前走来走去。"迪蓝的气候跟我家乡相似。我可以试种家乡农夫所种的作物。"

"你还可以扩大实验的范围。"

"是啊!我不需要一切都在温室里进行。"

我微笑着,"整个佛罗里达都是温室。"

他也笑了。"我可以……"他停下来,又笑了,"不是可以,而是会这样做。只要全能的神再回应我这个祷告。"

"会怎么做?"我鼓励他继续说。

"我会实验栽培可以恢复过度耕种土地的植物。我的同胞需要这种作物,也需要可以抵抗旱灾的作物。"

我们一起商量,详细计划如何扩大阿吕的实验,设立一个果园和花园,建造一个设备齐全的房子,不,不是房子,而是家,一个以爱至上的庇护所。

　　如果阿吕不是这般真诚，父亲吝啬的独裁会折损任何人的善良本质。但是当父亲因为中风倒下，以往高大强壮的他只能瘫痪卧床，以往的怒吼变成微弱哭诉，以往统领一切变成事事依赖时，阿吕却很专心地照料他。

　　菲比和我都无力抬起父亲。我怕阿吕在抬父亲时高估了自己的力气。老实说，在我看来父亲临终前那长长几个月的时间里，阿吕日渐消瘦；他越来越苍白枯槁。

　　但是他不怕辛劳。我警告他不要伤了自己时，他的响应是，"我从来没有机会照顾我祖父母或是侄子。但我可以帮助你父亲；让他舒服就会让我自己安心。"

　　医生说父亲可以睁开眼睛，但是他从未张开眼过。喂他吃饭时，我经常注意到他闭着的双眼渗出眼泪。我以为他是因为悲伤才落泪，也因为同情他而掉泪。直到死亡天使让他解脱之后，我才意识到他更有可能是因为忏悔而流泪。

　　父亲资产的情况跟我一直所预期的相同：他根本不需要那么小气。根据他的合伙人所言，店里每年的收入即使在菲比、辛西亚和我平分之后仍然十分丰厚，比阿吕和我向天父所祷告的还要多。但是暂时还拿不到。父亲没有留下遗嘱，虽然菲比、辛西亚和我并无争议，我们请来处置遗产的律师解释说至少需要十二个月才能处理完所有必要的文件。在这段期间，他同意给我们一笔经费作为家庭开支。因为菲比和辛西亚并不反对，他也同意从我那一份遗产里先行拿出一笔钱，支付父亲原本应该付给阿吕的薪水。

阿吕在给教会十分之一的所得以及偿还高利贷之后，把我补偿积欠他薪水的那笔钱剩下的每一分钱都寄给他父母。

"每一分钱？"我吓了一跳，"但是根据查理告诉你的，他们不需要钱。何况他们已经好多年都没有直接跟你联络了。"

他的脸上出现阴霾。"我也没有写信给他们。我做不到。一直到我除了言语之外还能寄些别的东西给他们。"一个满意的微笑消除了他的阴郁。"终于，因为你，我可以写信了。所以我就这样做了。"

天啊！没有比他更真诚的人了。

我从爱耶稣得知由爱生爱。然而我还是因为自己对阿吕的感情而战栗。我多希望可以表达这些感情！但是直到他开口我当然不能说什么。阿吕又是个绅士，除非他有能力养活妻子是绝对不会表态的。

为了解决这个难题，我的脑子都快烧坏了。最直接的答案是把我的遗产给他，让他成为有独立资产之人。但是要怎跟律师提起这个想法？又该如何保护我家产业不会因为阿吕的大方而受损？

菲比跟我一样不懂俗世的运作，帮不上忙。更何况她还在祈祷阿吕听从上帝的意旨。我希望辛西亚和威廉可以指点我一个方法，让阿吕和我就像他们一样可以创造我们的人间乐园。

我很兴奋而缺乏耐心，数着遗产可以清算处置好的日子，然后我们就能出发去迪蓝了。阿吕也坐立难安。他是应该手提那些混种产出的种子，还是把他们装箱？他是不是应该暂时停止为我们的计划绘画蓝图，这样我们才能继续讨论以及修改计划？他是不是应该带一些栽种柑橘的书籍，这样我们讨论时就可以随时查询这些书呢？

每天他总要跟我说好几次，"祈求上帝十月十五赶快来到。"

我每次都会大声回答，"阿门。"

然而，当那天早晨灰色的光芒从窗帘缝隙爬进我房间时，阿吕的房间却一点有人走动的声音都没有。我敲门询问、叫他也没有响应。他是无法响应，因为他不省人事。

海文医生确认了我从阿吕枕头、床单和睡衣浸满鲜血，他死白的肤色，还有我无法叫醒他这些事实所推断出的可怕结论：阿吕的肺部大出血。

"他要多久才能恢复意识，才能恢复足够的体力跟我一起旅行？"

"柏林格姆小姐，你还不了解吗？阿吕得的是奔马痨。一个肺已经毁了，另一个也严重受到感染。他唯一的旅行就是去见造物主。"

就我记忆所及，海文医生没有再多说什么。但是我不确定，因为我胸前一紧，呼吸短促到他必须使用嗅盐。

"你一定能做些什么。"等到我一醒过来可以开口说话就一直这样坚持。

海文医生啪的一声关起医师包。"没有，柏林格姆小姐。我什么都不能做。"

那天晚上家庭晚祷时，菲比喃喃说道，"主赐予人生命，也取走生命。称颂主之盛名。"

海文医生告诉我们父亲会死亡时，她也念了同样的诗篇。但是父亲是个老人，该做的都完成了。阿吕还不到三十，正值盛年。他的工作还等着他去完成。

我跪在阿吕的身边发誓，"你会痊愈。你会。"

他听到我的声音，眼睛圆睁，嘴巴张开，发出可怕、刺耳的声音。

我低头靠近他，"什么事？"

他的嘴边出血。我的双手颤抖，拿起一块布，打翻了桌上的瓶瓶罐罐。瓶子摔到地上打碎了。阿吕抽搐着，好像遭到鞭子抽打。眼泪从我的眼睛流出来，滴到他的脸颊上。他呻吟着，身子扭曲抽动。

菲比从我身后伸出手，从我手中拿走布，温柔地把阿吕擦干净。他的喃喃自语安静下来，也不再滚动。菲比用指尖把他的眼睛阖上时，他也不抗拒，从他喉头难听的咯咯声响透出微弱的、几乎像音乐一样的叹息。

我笨手笨脚，但是菲比总是可以好好安慰人。然而，看着她照顾阿吕，看着阿吕在她的触摸下放松，我承认嫉妒令我心中绞痛。我感到很惭愧，挣扎着抗拒嫉妒的拉扯，接受菲比有照顾人的天赋。

但是我不能、也不会接受菲比断言阿吕将死这件事，从波士顿请来一位专家。他确认了海文医生的诊断。"这个病在这个人身上已经潜伏很久了，现在完全控制了他。凡人做任何事都无法救他。"

心珠

中国，台山

1882—1885

满荷带给我们不是一个而是两个孙儿，双胞胎孙女。老实说，我们觉得很可惜她们不是男孩。姑娘家嫁人之后是人家的，就算是老天恩赐的也会有终结的一天，是注定的赔钱货，何况我们家也没有钱可以赔。

然而，学仪捏捏咬咬她们肥嘟嘟的小脸蛋时，掩遮不住他有多开心，她们大声吸奶时，他也掩遮不了得意扬扬的骄傲。我准备了庆祝满月的食物：代表幸福的红蛋分给亲戚和邻居，长寿面给自己吃。

吃完这顿饭时，我丈夫用脚碰碰我的脚。"我给我们孙女取好名字了，"他轻声说道，"宝珍和连喜，宝贵珍奇和连结喜乐。"

双胞胎小到刚好一个背袋就够了。因为满荷走到哪里都背着她们，所以她被攻击时她们也跟她在一起。

"唉呀！"她惊吓地喘不过气来，"我在河边洗衣服。弯着腰，在大石头上敲打洗一条裤子。那只野兽从后面扑过来。"

她停了一下，深深吸了一口气，喝了一口热水，"我告诉你们啊，如果不是它没算好，从我头上跳过去，落在河里面，它一定会杀了我和宝宝的。"

那野兽从河里急忙逃出，掩身躲到对岸高高的杂草丛时，满荷的眼睛瞄到一闪而过的毛皮，她认为那是狐狸而不是山猫。但是它从她头顶跳过去的时候，满荷是贴着石头的，所以她也不确定。我们又找不到狐狸、山猫或是任何世间动物的踪迹。

会不会是大嫂又在作怪？我心里猜想。我看到她没有虐待碧云。大哥和维燃也没有。而碧云也很宽大，把以往受的气放在一边，教导芝麻要孝顺祖父母和爸爸。我们没有孙子，除了种四弟的田所分到的收成之外没有其他收入，没有什么是大嫂可以嫉妒的东西。她应该没有理由冒着让妈生气的险来捣蛋吧？

不过，这个地方肯定有幽灵怪物。学仪也同意我的话，无论要丢下什么没做完的工作，我们到哪里去都不能落单，一定要把满荷遭到攻击的这件事当做是老天的警告。

我们的树长得太青绿了，必须割树皮来强迫开花。那时候宝珍和连喜已经太大了，放在一个背袋里不舒服。她们又像叔叔金功那样爱冒险，所以满荷和我一个人背着一个宝宝。即使她们在午后热腾腾的太阳下睡着了，我们也不敢把她们放下来。自从满荷遭到攻击之后，有太多幽灵怪物出现的传言了。

我的双手忙着，心里想到金功，还有他寄来的信和金子。不，他没有忘记我们。他信里写到他一直都向耶稣神为我们祈祷。借着在他老师的花园里工作的机会，他也在寻找帮助我们同胞的方法。

"他的鬼子上帝没有救我的儿子。"维灼恨恨地说。但是这不正是金功一直等到有金子可以寄回家才又写信的原因吗？不正是因为他也知道这一点，而且觉得很羞愧吗？

知道这么多年以来他都把我们放在心上，我的心觉得暖暖的。我想起他在院子里种的花，我心里猜想他在鬼子老师的花园里可以造出什么奇迹，他对我们的果园会说些什么。

突然间背袋的带子拉扯得很紧，每次宝珍睡着时头往后仰就会这样，把我从沉思中拉出来。我很快地向前倾，这样背袋的布才不会擦伤她的脖子，把她吵醒。我的视线离开我在工作的树枝上，注意到在山坡下靠近学仪所在的地方聚集了一批人。

"你们的树怎么会这么绿？"瘦狗问，"龙王降的雨根本不够它们活下来。"

学仪先把手边割树皮的事做完，"我们有井。"

瘦狗皱起眉头，"我看到维灼挖井。但是我从来没有看到你们打水。"

"或是挑水灌溉树。"大哥加上一句。

学仪向小河的方向挥挥手。有两个人在踩水车,慢慢把水打进小路边的灌溉沟渠。"我们也是这样做的。"

大哥、瘦狗和其他人用手遮住眼睛好挡住夕阳的亮光,仔细观察我们的山坡地。

"是有竹水管 但是我没看到水车。"

"我也没有看到。"

"是不是在那堆树枝后面。"

"如果是的话应该可以看到水车的顶啊。"

"还有踩水车的人。"

"何况,他们四个都在这里,他们也没有雇其他人。是谁在踩水车呢?"

学仪给他们逼得停下来不割了,举起手要大家安静,然后解释说维灼带回来一个鬼子机器,可以自动打水。

大哥转身跟我们邻居说,"唉呀!是不是那个机器里的鬼杀了你儿子啊?"

我们邻居晒得黝黑的脸一下子变得惨白。他跌坐在地上。

学仪赶紧从我们的水壶里给他水喝。"鬼子机器里面没有鬼。更何况你儿子遇到攻击时,那机器还在我家里。"

"那个鬼可能跟着那孩子啊。"大哥提议。

我们邻居点点头。其他人也点头。有人小声嘟哝着赞同这说法。宝珍开始呜咽。 我解开背袋带子抱她时,听到学仪提醒他们猎人的说法是山猫攻击那孩子。

"那是他们进到山里面看到的。而且不止一只,是很多只猫。"

"洋鬼子很聪明,"大哥很坚持,"他们会变成不同形状。那个机器里面可能装了很多鬼。不然怎么能打出可以灌溉整个山坡的水呢?"

又有人点头,这第二次赞同的嘟哝声比之前要更大声。

维灼走向前。即使我们隔了十一二棵树的距离,我还是可以看出他很生气。但是他开口说话的声音却是在讲理。"如果是我带回这些鬼,它们为什么攻击我老婆?"

大哥得意地笑。"因为是你把它们带回来的。"

"如果我们的机器里有鬼,同样的道理四叔给爸的鬼子八音盒,还有计算鬼子时间的机器里应该也有鬼。这两样东西都还在你家。"

维灼转向我们邻居,"你不是从金山带回来一个铁裁缝吗?还有你,瘦狗,你不是也有洋鬼子的东西吗?"

他镇定地看着每个人,继续说道,"这个村子 这个地区里,每五家就有一家有金山来的东西。"他的眼睛看着大哥,"难道你要指控所有家里有鬼子东西的人,包括你自己在内吗?"

大哥怒发冲冠,大声咆哮,然后放弃离开,其他人也跟他一起走了。但我们知道这件事还没有了结。现在他们看到我们的果树应该会结果了,一定会找出方法来扳倒维灼所说的道理。而且我们再也不能依靠大家害怕幽灵怪物这件事来保护我们的鬼子机器了。

芬妮
北亚当斯，麻省
1885—1887

菲比接受波士顿专家对于阿吕的诊断，就像她接受海文医生的诊断一样。我则是翻遍了报纸寻找新药的广告或是治疗奇迹的故事。

我发现在南伯克郡有一位顺势疗法的医师自夸用泻药可以成功治愈肺病。我去信询问，他回答说：许多人都不相信胸腔的疾病经常是由条虫引发。我曾经观察到它们的头部从鼻腔冒出来，造成大量鼻涕伴随着许多黏液与血液流出，正如同你所描述的病人一样。随信附上治疗的药方。

我小心翼翼地遵从他的指示，用芦荟、蓖麻油、亚麻籽、玫瑰叶和粗海盐做成灌肠剂。我说服菲比遵从医嘱每天使用灌肠器灌入一剂。但是阿吕因为失血过多身体衰弱，根本无法忍受这种治疗的效果。

然后我又请来一位医生，他号称可以把病人吊在悬置于天花板的铁环上，前后、左右、做圆圈摆动来治病。阿吕发出奇怪的低声哀泣，以及发出脖子被勒住时呼吸困难的声音，一直抗拒这种疗法，还抓住菲比的裙子和手臂，扭来转去的直到用尽他剩下的最后一点力气，变得气若游丝。

治疗当天和第二天，他都没有阖上眼睛，只是狂热地四处凝视。随便谁靠近都让他像是一只受惊的幼鹿一般胆怯，即使是菲比也一样。医生再来做治疗时，我请他离开。

用沙士根和石榴根煮出来的药汁、樟脑发油按摩和酒精贴布都没有用。阿吕想要让空气进入受阻塞的肺部越来越费力，他胸腔呼噜呼噜的杂音越来越大声。虽然我烧纸、在火热的煤炭上洒刺鼻的醋液以便净除他房间的空气，还是赶不走死亡天使即将到来的那种病态、黏腻的味道。在狂风可怕的哀鸣中，我听到死亡天使双翼无情、坚决的拍打声。

那时我变得异常绝望，读到有一位医生成功治愈一个寡妇儿子的肺痨的故事，据说是把他也是因为肺痨而刚刚死去的姐姐尸体挖出来，把所有带血的器官都找出来烧掉，如果不是因为找不到适合的尸体，我承认我也会把那个庸医请来。

现在想起那时阿吕是如何迅速地日益衰弱，高热让他失去理智，或许还有他的信仰所带给他的痛苦，这些还是让我非常痛心。

"即使是最文明的非洲人仍然保有野蛮的动物天性。"茱

莉亚舅妈以前常说。菲比也不只一次叹息，认为这句话也可以
应用到她的中国教徒身上。"他们永远不会完全放弃迷信。"

"阿吕不会这样！"我激烈地抗议。"他是货真价实的，
就连他的灵魂都是一个文明的基督教绅士。"但是当阿吕陷
入谵妄的状态时，我的信心也动摇了。

父亲在死亡天使降临时摆脱了所有的悲惨不安。实际
上，因为知道天堂在望，他散发出喜悦的光芒。阿吕则因为恐
惧而扭曲。汗水浸湿了他的睡衣。他转而使用母语。

不过菲比还是可以用握住他的手、哼一首圣诗或是祷告
来安抚阿吕。如果他退化到再度受迷信奴役，这样的安抚还
有用吗？当然，我知道这个问题的答案极有可能在阿吕的喃喃
自语里找到。然而，我迟迟不想请辛查理来做翻译。我对阿吕
康复的可能尚未绝望，也怕查理可能会发现阿吕宁可保持私
密的想法和感情，就像他把要写的都记在日记里面。但是如
果阿吕那虚弱但又绝望的喃喃自语是给他家人的最后讯息或
是恳求不要让魔鬼再次夺取他的灵魂的话，那我在永生之境
见到他时又要如何对他交代呢？

我在每一根神经都极度紧张之下请来查理。

他宣称阿吕痛苦的呼吸过于大声，他的低语又太小声。
"我什么都听不出来。"

但是查理满意的神情泄漏他的秘密。

我在阿吕床铺的另一边，指责他，"你有听出了什么。"

查理冷静若定，坚持他没有。当我逼他的时候，他坚持应

该受到应有的礼遇。

菲比安静地站在我身边，提醒查理他是个基督徒，他的责任是说实话。"你不用害怕。"

"害怕的是金功，不是我，"他发怒了，"他跟他祖母和小侄子说话。不，他不是在说话。他是在乞求。是的，他乞求他们原谅他。"

"他们的死不是他的错误。"我气愤地说。

查理耸耸肩膀。

菲比用她的手握住我的手。"如果阿吕响应了上帝的召唤回家去，他们就可以享受永恒的生命了。"

我把手抽了出来，重复说道，"阿吕没有错。"我注视着查理，"告诉阿吕。告诉他，他没有错。"

菲比摇摇头。"告诉阿吕他固然有错，神圣的羔羊之血已经为他洗涤干净一切了。"

查理慢慢地开始说话。但是他说了什么，我们完全不知道。

接下来的几天，阿吕慢慢变得比较舒服。他的眼睛不再狂野悲伤。他不再虚弱地抽动，不再喃喃说出神志不清的疯话。他的皮肤像是蜡做的娃娃一样苍白。他的胸腔不再发出像是尘土打在棺材上的声音。

我双膝跪下，我向上主做最虔诚的祷告，恳求他让阿吕全然康复。第二天下午，阿吕从长期的昏迷中醒来，但是又晕了过去。他的呼吸一下比较轻柔规律了，一下又因为剧烈咳嗽而喘息到嘴唇发紫。他恢复得很好，但是复发时也很严重。

　　简单来说，他有所好转，然后又跌跌撞撞地变得严重。但是每次当他看起来快要撑不下去时，上主又用双臂抱起阿吕，把他从坟墓的边缘拉回来。然后，胜利的那一天终于到来了。

　　哦，我是如何感谢他、颂扬他的圣名！

　　我从未料到他会突然再发一击，而且很快就出击。

有好几个星期，阿吕都很消瘦虚弱，用一点点力气都会让他发烧。他第一次下床时像是个学步的幼儿一样跌跌撞撞、东倒西歪。即使说话都会让他脸色涨红，每天大部分的时间他都在睡觉。

阿吕醒着时，我会读书给他听。或者我们会坐着享受朋友之间沉默的交流，就像谈话一样令人满足。慢慢他身体状况有所进步，我发现自己又沉溺于做白日梦那种不计后果的愉悦之中。

当他的眼睛终于变得明亮，脸色转好，声音清亮，我狂喜地说道，"你很快就会强壮到可以出发去迪蓝了。"

阿吕低下头，盯着他的棉被看。他扯了扯被子上的缝线，还有他睡衣的领子。他的反应让我惊讶。难道他对我以及他的工作没有感觉吗？我不知道该说什么或是做什么，只能疑惑地凝视着他。

"我生病的时候看见他们了，"他语带哀伤的温柔说道。"我的祖母和侄子。他们落入地狱之火中，不断在喊我，求我救他们。但是当我伸手要拉他们时，撒旦用他的魔叉把我推开，他们尖叫地掉入火焰中。"

阿吕颤抖着。我的手臂和后颈上都是鸡皮疙瘩。

"芬妮小姐，他们的皮肤都是水泡，一块块地落下。他们的嘴巴变成发不出声音的黑洞，那种味道可怕到让我无法呼吸。"

阿吕的嘴唇颤抖着，声音越来越弱，变成微弱的耳语。"如果我更仔细聆听上帝之言，我应该可以了解我真正的责任所在，那他们就可以安然在上主的臂膀里。"他停顿一下，深吸了一口气，毅然吐出，"但是上帝是美好的。他让我复原，这样我就可以回家，拯救其他的家人，还有我的村子和地区里的人。"

这个惊吓太可怕了。难道我一直以来所相信的，不，到现在都还相信是上帝给阿吕的任务是弄错了，以致我引导他走上错误的道路吗？或者是因为我对他的感情让我分不清楚是非？也许是上主在测验我，发现我有所不足。是不是因为如此所以他要带走阿吕？

我的脑子在天旋地转。整个房间在摇晃。我挣扎着要控制自己，说不出话来。阿吕显然很累，倒卧在他的枕头上，闭上眼睛。

"菲比小姐以前也以为她听到那召唤，但是她错了。也许你也错了。"我终于说。

阿吕抬起眼睛看着我的眼睛。"你还记得说过上帝透过我研究植物的工作跟我说话吗？那时候我听不见他的话。我不能说我现在听到了。但是我听到我祖母和侄子的声音，我相信他是透过他们跟我说话。"

我跟阿吕辩称他的梦是因为发烧而产生的噩梦，或许是因为辛查理说了些什么。菲比则宣布那是一个灵视。

她回到中国的教徒在信里提到，有个教徒开了一所学校，还有一个提倡改善卫生，让一整个村子都信奉耶稣。这些支那佬都没有阿吕受的教育好或是像他一样有天赋。菲比说阿吕即将来到的传道工作是狄维特先生的预言最美好的顶峰。我却不以为然地抗议。

从阿吕所言，他的村子很原始又很肮脏，村民也很无知。虽然他身体慢慢好起来，但是肺痨是最靠不住的疾病。一下进步很大，但是很可能接下来就是突然耗弱。如果他的病又复发了，他的家人要如何照顾他呢？

何况，想要回中国的人都继续留他们的辫子，在他的村子里阿吕修剪得宜的头发和西装会很突兀，就像披着短发、穿着灯笼裤的激进分子在北亚当斯一样碍眼。天啊，即使在文明的麻州，有些人都会朝这些激进分子丢泥巴石头。他们遭到许多谴责，以至于提倡妇女投票权的领袖们，像是苏珊·安东尼，都被迫放弃很实用的灯笼裤而穿上传统的长裙，即便长裙会在泥地里拖脏，或是会卷入马车的车轮之中。那阿吕在黑暗的中国会有何遭遇？

当然，可以把他的辫子弄回去，但是他心性如此之高，或许会反对这样做。无论如何，让北亚当斯的中国人避开阿吕的原因是他"奇怪的想法"，而不是他没有辫子。如果他的家人、村人也辱骂他呢？他要去哪里？

回乡的传教士说中国官员变得很反洋，有些会暗中贿赂暴民攻击外国人和西化的中国人。而华盛顿也向公众意见低头，通过了会让他永远无法回到美国的排华法律。他再也回不来了。

对于这些疑虑，菲比说，"阿吕会尽力，让上帝决定结果如何。"我跟阿吕提起这些疑虑时，他骨瘦如柴的身躯在发抖，但是他以顽强的勇气说道，"我把我的家人托付给神的正义与恩典。我也必须这样托付我自己。"

阿吕的陪伴对我很重要。没有他的未来就不是未来。但是菲比对爱德华的感觉一定也是如此强烈，她却没有阻止他为上帝工作。我又怎么能阻止阿吕？

我以菲比做为正确道路的指引之星，埋葬了我跟阿吕共同生活的梦想；我抑制了自己的欲望，下令银行给阿吕足够的资金购买去中国的船票。

菲比是个人间美德的模范，能够很愉快地让爱德华走，我承认我却很想哀号。在阿吕冗长的复原时间里，我的心中燃烧着自私的愿望，希望他能告诉我他毕竟是弄错了，神给他的任务不是把福音带给他中国的家人，而是在迪蓝跟我一起研究植物。

阿吕人格太高尚，不会规避他自己坚信的责任，并没有说出我期望听到的话。实际上，他避免跟我做亲近的谈话，就像他不让我照顾他，越来越接近菲比。

看着他们讨论他传道的任务，就像以前我们讨论植物一样，我又感到遭到疑弃与无用的浪潮打击，把我卷入深渊，就像在上主把阿吕带给我之前那漫漫岁月一样。哦！用鸦片酊来减轻烦恼的诱惑折磨着我。但是我知道如果丧失天恩，就会失去任何得到上主赦免的希望，这个想法让我住手。

随着阿吕离开的日子逼近，我越来越确定他也在祈祷得到赦免。

以前他在温室时总是愉悦地哼唱，现在他很严肃地工作，移植他的混种植物，触摸它们的叶子，甚至在刮除靴子上发霉的地方时也带着阴郁的温柔。

夜复一夜，我听到他在楼梯行走，看到他幽灵似的身影从厨房后门悄悄地去温室。他从来没有走进去，只是高举手臂，拥抱冰冷的玻璃窗，然后慢慢跪下，身体好像是因为无声的哭泣而抖动。

但是当我跟他提出或许他对自己的传道任务有所疑虑时，他坚决否认。我提到他的眼睛，他则说他的眼睛红肿、污浊是因为神经痛的缘故。

他要启程去中国的那天早上，我的头因为悲伤而胀痛狂跳，我的喉咙给泪水呛着而无法开口。但是我知道即使阿吕假装冷静，其实他心中很乱，所以我也不想透露我病了，徒然增加他的负担。在递给他那一篮我所准备的日用便利品时，我轻快地微笑、说话。

菲比总是能在上帝的言行中找到喜悦，所以她建议我们每个人都打开《圣经》，朗诵一段我们手指刚好碰到的经文，以此纪念阿吕开始为上主服务的时刻。

"我来开始。"她毛遂自荐。

当她一打开《圣经》，笑得非常灿烂，高声赞颂，"是的，上帝。这正是阿吕。诗篇六十六，第十段。'神啊，你曾试验我们，熬炼我们，如熬炼银子一般。'"

天啊！阿吕病愈之后真的越发英挺、真诚，更令人爱慕，我再一次在我心中对上主呼喊，"我无法忍受让他走。"也再次听到严厉的回答，"阿吕不是你的。"

菲比把《圣经》递给阿吕。他微笑着接过去，打开《圣经》。但是他朗读时无法避免声音带着粗嘎，泄露了他的心情，"诗篇三，第七段。'我的神啊，求您救我。'"

我也无法掩饰我真正的感情。虽然我尽了最大的努力，我从阿吕手中接过《圣经》时手指颤抖，声音迟疑，结结巴巴地念完《乔布记四十二》，第二段。"'上帝，我知道您万事全能，您的旨意不能拦阻。'"

阿吕阖上圣经放在桌上时离我很近，他的呼吸擦过了我的脸颊。他的手指碰到我的，好像在祝福我，我还来不及阻止自己，心中又被燃起的希望变得灼热。

"现在，"我告诉自己，"现在上主会恩赐赦免我们。"

但是他没有。

我们去车站时一路无言。

阿吕即将上火车时转过身来，这又再度燃起我的希望。但是当他要走过月台时站长大声警告他。

阿吕僵住了。

"来吧！"我的心在呼喊。

他低下头，转过身去，踏着阶梯跳上火车。

我捂住自己的嘴巴阻止自己叫他。

我无法待在每个房间都会让人想起阿吕的地方，所以做了安排去拜访辛西亚。但是阿吕从未离开我的思绪。实际上在去纽约的火车和去杰克森韦尔的船上，我的想象充满他的影像与声音，在佛罗里达的圣约翰河口转乘小汽船时，我竟然挽着一个陌生人的手臂，以为那是阿吕。这个错误让我的心因为再度的失落而变得冰冷，在泪眼迷蒙中观赏航行刚开始的河岸景色。

河的两岸像是绵延的珊瑚礁，高耸着险峻的峭壁和陡坡，上面满是高大的松树林、甘蓝棕榈、胡桃树、美洲枫香树和柳树。铁兰如同丧礼的彩带披挂在活生生的橡树上。卡罗莱纳紫菀草和色彩绚丽的凌霄花蜿蜒缠绕在丝柏羽状的树梢。狡猾的山猫、狐狸、野猫和白尾鹿黄褐色的身影在林间跳跃，一闪而过。因为我是这么渴望阿吕，我竟然以为也看到了他。

这片土地垦荒者人烟稀少，仅仅偶然看到一间木屋、一个橘子园、几只野山猪或是几头牛关在有围篱的空地里。即使汽船会停靠的垦植区也只不过是一间店铺，或是码头旁边有几间木屋而已。

每次汽船准备停靠时，船长会鸣两次号角，引起陆地一阵骚动。最后时刻才赶到来做交易的垦荒者，朝着他们的马匹猛挥细长有如蛇一般的马鞭，逼迫马力发挥到极致。推着大桶鱼和小桶糖浆的人们互相吆喝加快速度。赤足的孩童一面喊叫一面在狂吠的狗群追赶下跑向河岸。黑人水手卸货载货，船客则急忙走下甲板去探访住在当地的人们。如果阿吕跟我一起，我们会一起探险。但是我是独自一人，所以下到船舱里躲避那些纷乱杂沓，直到我们又开始继续航行。

在河流上游地区，丛林的植物把河水染成暗褐色。河道变得又窄又弯曲，危险到让我十分惊吓，每次船转过一个弯就伸手要抓住阿吕。但是当然他并不在。

景色像万花筒一样不断变化。经常有十数只鳄鱼一起在暗色的木头上晒太阳。有些鳄鱼受到船只引擎低柔的排气声所惊扰，滑进河中漂浮，除了头顶之外全然不见踪迹。各式各样的鸭子在小海湾玩水。鹗鸟由高空飞下，毫无畏惧地用利爪叼鱼。

在河岸边，大沙丘鹤发出优美的叫声，丝柏也因为雪鹭而生意盎然。高大的火鹤轻巧地在繁茂的热带草丛或芦苇间探索，再不然就是纹风不动地站着冥想，当船只过于接近时就优雅地高飞，在远方盘旋。在高处，赤肩鹰对其伴侣啭叫。

下午时，几场匆匆的骤雨将已经令人惊叹的各种绿、红、黄与紫色洗涤出眩目的灿烂。巨大的花朵浓郁的香气以及多脂的松树扑鼻的香味让我的感官舒畅，使我以为置身于最原初的伊甸园。稍晚，光辉的杏黄夕阳转为黑夜，豹子可怕、骇人的吼叫摧毁了这个灵视。黑人水手骚动人心、在露天布道会所唱的圣歌，这世间最悲伤的音乐，提醒我在坟墓的这一端乐园已失，我心想自己怎么可能会抱着可以跟阿吕共同拥有幸福的希望。

喜芭

迪蓝，佛罗里达

1866—1876

听好了，我没这个命读什么书。可是我有长眼睛会看，有长耳朵会听，还有很好的记忆力。还有，不，我从来没有走出过佛罗里达。不过我瞧过、听过的可有一大堆，因为各地的人都来这儿、就连支那佬也是。有些人，像是我第一个帮忙煮饭管家的白佬，辛西亚小姐和中校，是为了很好的土地来的，他们给自己造了新家。还有其他人，像是辛西亚小姐的姐姐芬妮小姐，是像怕冷的雪鸟，为了逃开寒冷而奔向我们的大太阳。然后还有那些老人，那些白佬从非洲偷来给他们做工的，还有非洲人的儿女和孙儿女，像我老公吉姆和我这样黑皮肤的人。

我妈妈和爹爹是生在奴隶时代。

"奴隶时代的日子是狗过的日子，"妈妈说，"女孩一开始有那麻烦，老主人就要她跟男人在一起，好给他生更多奴隶。还有老主人看上谁，那个身体就是他的。"

他用过妈妈的妈妈，苏姥姥，来当老婆，有长眼睛的都看得出来妈妈是混种的：她的皮肤是煮过的甘蔗糖浆颜色，她的头发颜色更浅，又细又直，泄漏了她的底细。但是老夫人什么都没办法做，除了假装啥都没看见。

但是老主人一死，她真正的想法就蹦出来了。还没来得及把他放进棺材，就叫来奴隶贩子把苏姥姥卖到更南方去。

妈妈只是个小丫头，只有四五岁，不过再小的人都有感觉。在苏姥姥的怀里，她高兴得像是在没有人会忧伤、有人走过街道就会有音乐、每双鞋子都会唱歌的幸福天堂。晚上她得一个人睡，因为老主人会来小屋压在苏姥姥身上，妈妈就没法取暖。她爹妈下面的床动得越厉害，她就越冷得发抖，她的牙齿就跟床褥的玉米壳一样在打战。

奴隶贩子带着锁链和一根鞭子，比老主人更叫妈妈害怕，像个贝壳似的黏在苏姥姥身上。

"小鬼也要卖吗？"贩子问。

"不，"老夫人说，"她留下。"

苏姥姥哭着求她开恩，但是老夫人对她们母女分离这件事想都没多想，就好像是把小牛从母牛身边带走是同一回事。嘿！对她来说奴隶比尘土都不如，就命令照顾奴隶小孩的马蒂阿姨把妈妈带走。

妈妈的喉头塞满了害怕，什么话都说不出来。不过她更紧紧抱着苏姥姥的脖子，让马蒂阿姨没法子把她拉开。要人贩子动用鞭子才管用。即使松了手，妈妈一掉到地上就爬着去追苏姥姥。

马蒂阿姨从地上抱起妈妈，把她抱紧。"放弃吧，孩子，"她悄悄说，"放弃吧！"

马蒂阿姨慢慢用膏药治好妈妈外面的伤。不过她没法治里面的伤，因为她没法带回苏姥姥，她没法改变情况。

苏姥姥以前煮饭的时候她可以在主人屋的厨房玩，现在妈妈天一亮就要到田里面做稻草人，替刚刚冒出头的玉米苗赶鸟。她没有鞋子穿，太阳还没下山她的脚就痛到快不能走路。

以前妈妈吃的是苏姥姥替主人煮的烤肉和蛋糕。现在她要跟一堆小孩甚至是跟狗、鸭子和孔雀从马蒂阿姨每天两次倒到木槽里的酪浆和碎掉的玉米面包或是蔬菜和骨头里抢到她自己那一份。

"如果不是你爹帮我，"妈妈说，"我就会饿肚子。"

记清楚啰，爹不比妈妈大多少。不过他不像妈妈，他是在奴隶宿舍长大的。他从不知道爹妈是谁。老主人有一天带着他还有一堆萝卜头回家，交给马蒂阿姨养。不管怎样，爹知道怎样替自己去抢。一定得这样。他和马蒂阿姨也教会妈妈怎么去抢。

那个马蒂阿姨是从非洲来的。每天晚上她哄妈妈、爹还有其他孩子睡觉的时候，会告诉他们，"从开天辟地开始非洲就是个有魔法的地方。摩西把手杖变成蛇就是魔法，还有很多其他的人也像他一样有法术。有些人天生就会，有些人是学的。"

马蒂阿姨不是天生就会的。她也从来没有机会学。为什么呢？因为她给骗上奴隶船的时候只是个小丫头。

她在沙滩上玩，奴隶商人偷偷到岸边来，船上一边挂着一块漂亮的红法蓝绒布。因为她很好奇，她走近去看以前没见过的东西，奴隶商人快如闪电地抓住她。

不只马蒂阿姨，还有一堆小萝卜头也是这样给骗上钩的。等到他们的家人来找小孩的时候也给抓住了。注意了，他们再也不能做一家人了。奴隶商人把男人和女人分开，把小萝卜头个别圈在一起，好确定让家人分散。

记清楚啰，从一开始奴隶商人对待非洲人就再糟糕不过。因为他们都给锁链绑在奴隶船的船舱里，所以非洲人只能生气。不过一等到他们给送到田里，有魔法的人聚在一起，开始转圈圈。

他们一直转呀转，越来越用力踏着土地。嘿！他们的脚下打雷，尘土大到工头带着鞭子跑过来。但是他的鞭子根本没有碰到他们。没有。因为非洲人张开双臂，生出翅膀。

"我们回非洲去了，"他们说，像鸟一样飞上天。"再见啦！再见啦！"

马蒂阿姨那时候就在田里，她看到他们。是啊，她亲眼看到那些非洲人飞起来。她就这样告诉我爹妈，他们告诉我，就像我现在告诉你们一样。

　　马蒂阿姨把她所记得有关非洲的事情都教给爹妈，连一丁点都没漏掉。但是她没学过的也没法传下来，所以他们都不会魔法。还是一样，我爹很强。至少对我来说是这样。

　　知道吧，他是个有双重力量的人，里面外面都很强。他的背真是奇观，全部都是鞭子留下的伤疤，皮肤很容易裂开。但是那些鞭刑也耗不掉他的力气。没有，在打争取自由的战争时，他抓住一只一岁小牛的尾巴逃跑出去，踏在牛粪上让猎狗寻不到他的踪迹。嘿！他躲过那些猎狗，一路跑到北军那里去，加入黑人军团。

　　"你爹很努力打仗，"妈妈告诉我，"又努力又强悍。"

　　南军投降了，爹还以为渡过了约旦圣河，得到了解放。他把他和妈妈做奴隶的时候给起的名字扔了，给自己取了自由的名字约旦。第二年妈妈生下我，她给我取了所罗门王后的名字。

　　她每天早上所做的第一件事情还有每天晚上最后一件事情就是告诉我，"你是黑人，还有你像皇后一样美丽。"再不然就是，"你是皇后，生在自由时代的皇后。"

爹也跟我说一样的话，再加上，"我们长大的时候，如果工头或是老夫人对我们很坏，马蒂阿姨会告诉我们，'别生气，总有一天篱笆最底下的横杆也会变成最顶上的。'嗯，我们还没到上面。现在还没有。但是我们有了自由，还有个农场。我们有了开始，一个很好的开始。"然后他会大笑，把我高举翻过他头顶。"你已经是最顶上的横杆啦。"

告诉你喔，飞得那么高，我真的相信我是上面的横杆，是个皇后。

我爹省下他薪水的每一分每一毫，打仗回来的时候，向老夫人和她的孙子朱利安少爷买了一片很好的河边低地。

"他们卖得可高兴了哪，"妈妈说。"除了最小的朱利安少爷之外，老夫人所有的孙子都打仗死了，她的家畜和银器给路过的北军给拿走了，还有大部分的库藏也没了。战争的最后一年，我们连煮菜的盐和点灯的油都没有了。奴隶们一个个不见了。那天传递自由消息的人来念总统的文件，说我们都自由了，除了老弱病患或者是在等人回来的，就像我在等你爹回来，所有的人都一溜烟地跑了。要跑到哪去也搞不清楚，只是想看别的东西、别的地方吧！

"反正哪，老夫人和朱利安少爷一辈子没动过一根手指头。他们是靠别人的血汗过日子的。所以他们看到你爹的钞票的时候，那可是真的钞票，可不是不值一文的联邦钱喔，眼睛瞪得有铜铃那么大，一把就抢过去了。然后他们买了几头驴子，找了几个自由的黑人在庄园里做佃农，朱利安少爷提供给他们住的地方、粮食、种子还有使用他的驴子和工具，用这些来交换一半的收成，再从剩下的一半扣掉一些费用。

"听起来还不错是吧，本来也可以真的不错，但是朱利安少爷是个特坏的坏坯子，根本不配做人。他付钱给一个穷得要死的白人代替他所以逃过打仗。他又在要扣的钱上动手脚，八月棉花收成卖掉以后，做工的人反而欠他钱。他怕他们会离开，所以要绊住他们，知道吧。然后他花了一大堆钱喝玉米酒，连应该要给他们的肥料都拿不出来。

"嘿，你不往土里放东西，就收成不到东西。你爹和我知道这些，所以我们用肥料把土弄得肥肥的，弯着腰，好好锄地。"

爹妈教我怎么跟他们一起干活，我们把那块低地变成一个很好的农场。但是那些三K党可不喜欢这样。

记清楚啰，他们最恨的就是黑皮肤的人往上爬。自由人局替黑人小孩成立一个学校，三K党把学校烧了，所以我从来没有学会读书。北军贴的告示说黑皮肤的人可以从老主人那里领四十亩的地和一头驴子，他们也把告示打得稀巴烂。他们还来找我爹麻烦。

我已经是个大女孩了，但是我告诉你，那时候我给马跑的声音给吵醒，往窗户外面一看，看到有一个军队的鬼跑过田里，我吓死了。不用爹说"蹲下"我早就蹲下了，不但蹲下还在发抖。

爹要出去，妈也跟着。他转过身很温柔地碰碰她的肩膀，静静说，"在这儿陪喜芭。"

妈妈站在月光下，看起来好像不知道该往哪逃的猎物。我吞不下呜咽了一声。她歪歪头，眼睛在我、爹还有越来越近的三K党之间转来转去。然后她伸出手握住爹放在她肩头的手，用他的手用力按自己的脸，放开手，然后进屋来把门关上。

注意喔，所有的事情都快得不得了，妈妈刚蹲在我身边，马蹄声就停住了。我听着院子里马蹄摩擦的声音，皮肤都是鸡皮疙瘩，心跳得像刚上钩的鱼似的。只因为替爹担心害怕，所以我才敢从钥匙孔往外看他在哪里。

三K党的人在井边，看起来有十尺高，他们的马像大象似的，全都穿着白袍。我数了一下有十一个人，听到牛皮鞭在空中挥过，像是烧红的铁上滴了水，然后一声、又一声、再一声。他们鞭子发出清脆的声音像蛇一样打到哪里，就会有个黑影跳一下。我找到爹了。

每一声鞭响，每一次跳动，妈妈就会抖一下。我把拳头塞到嘴巴里以免叫出声。过了好一阵子，领队的停下鞭子。其他人也跟着马上停。鞭子噼里啪啦的响声停住了。那个是我爹的黑影一动也不动。

"我们刚从地狱上来，我觉得很渴。给我打点水来。"领队的用很奇怪的假声大吼，我认出是朱利安少爷的声音。

我爹一拐一拐到井边，打满一桶水，往上递过去。朱利安少爷把水桶拉到他的头罩下面，然后把空桶子丢下来。

他作出咂咂嘴的声音，告诉爹说，"地狱可真是热。如果你不想知道有多热，就从不是你的地方滚出去。"

心珠

台山，中国

1885—1888

金功还是个孩子时，他最喜欢的是佛教尊者目莲的故事。

"目莲的娘不信佛法。"我会这么开始。

金功会含着泪接下去，"所以她给关在地狱，没有东西吃。"

"对。然后目莲看到她很饿，送了一大锅粥给她。"

"但是看守她的把粥全吃了。"

"目莲本来可以就这样放弃了。他可以告诉自己已经试过了。但是他知道百善孝为先，所以找其他方法把粥送给她。"

金功会很快地用小手把眼睛擦干，微笑，一口气把故事说完。"目莲拿了很多红枣、龙眼、芝麻、黑糖和花生，混在粥里，看守的人以为是泥巴，给他母亲吃，所以她就得救了。"

我觉得金功跟目莲很像。没错，他头一次想帮我们是失败了。但是他并没有放弃我们。他用金子取代了没有用的祷告，让我们可以在井和鬼子机器旁边搭起灰砖盖的瞭望塔，还有买两把鬼子枪。

维灼教他爸爸、老婆还有我怎么用枪。然后我们每个人在空地发射一枪，当做警告；我们大声告诉大家至少会有一个人在塔里看守着。

我们以为也希望这样就足以防范攻击。但是有一天深夜，我注意到山坡脚有火把在闪烁。我立刻把枪从塔墙上的缝隙伸出去。我听到背后有金属摩擦砖墙的声音，知道另一边的学仪也跟我一样照做，也发现我们给包围了。

显然那些拿着火把的人想要放火烧果园。不然他们为什么会让自己因为光线而暴露了行踪？虽然他们人很多，距离很远，又动得很快，我根本没法瞄准，我还是扣了扳机。

爆炸的威力把我震倒了。我赶紧爬起来，再装子弹，射了第二发、第三发。学仪的枪也一样不断怒吼。

很快地空气中都是火药尖锐苦涩的味道。

烟雾刺激我的眼睛，让我看不见。

但是我还是继续发射。

现在回想起来，我不清楚那天晚上到底发射了多少发。我们也从来没有发现攻击的人是谁，或者是有没有人给打到了。我可以告诉你的是等到烟雾消失，火光也不见了，我们谁都不用再放枪了。

但是只要有一群人聚在一起，大哥就会摇头叹气地说，

"洋鬼子就是靠枪强迫我们抽鸦片。"

"唉呀！"大嫂会大声说，"鸦片毒差点害死我们儿子。鬼子真没道德。"

总会有回乡的金山客或是金山客的家人上了他们的钩。

"洋鬼子不是没有道德。是他们的道德不是固定的。他们说爱是好的，他们又特别爱正义。然而他们对待我们同胞可真是粗暴啊。"

其他人当然也会加入。

"对啊。瞧瞧他们是怎么强迫我们打开门户，口口声声说我们也可以自由去他们那里。现在他们把我们关在外面。"

"鬼子认为我们很弱。他们喜欢跟强国为伍。"

"哼，就是他们把我们搞弱的。"

大哥像是只不顾一切啃着骨头的狗，会重复说道，"鬼子是靠枪横行霸道。"

"是啊，"大嫂会附和，"我们自己都看到枪说话有多大声了。"

大哥大嫂说的每个字都让他们种下的怀疑和嫉妒越长越大。但是他们扭曲事实的手段太狡猾了，让我们不能公开指责他们做坏事，连想跟妈的鬼魂抱怨都想不通。

在维灼带回鬼子机器之前，我们跟其他人一样在又小又密集、不适合种稻的田地种果树，或是让果树跟蔬菜和其他作物一起混着种。所以我们在山坡上那上千棵树的果园是个奇观，有人从好多哩以外跑来看。老实说，我自己都看不厌。即使有那些关于鬼子机器和枪的谣言、果树里还高高矗立着瞭望塔，对我来说这些都无法损害果园的美。

果树开花时，那甜美的香味传到我们家。然后是看着花变成果子的喜悦。靠近中秋节的时候，外皮松松的椪柑成熟了。我们让桶柑留在树上，延后在新年和清明之间收成。每棵树有四十到四十五斤的收成，我们第一年就还清欠四弟的租金，还有雇人代替我们待在塔里。

第二年我们买了一头水牛、几只猪和鸡，还有几块良田。本来可以买更多的。但是为了平息对我们不利的谣言，我们送了一些银子给大哥大嫂。为了表示对老天感恩，我们很大方地给庙祝很多钱。为了尊崇先人，我们捐了一大笔钱替吕氏宗族盖了祠堂。

满荷的肚子随后大了起来，春天的时候我们摆酒席请村里每一个人来庆祝我们生了孙子。学仪给宝宝取名希蔼，希望幸福。

每天早上维灼会抱着希蔼进厨房，以前空空的橱柜现在满满都是腌菜和油瓮。一袋袋的米叠得整整齐齐，从地上一直排到灶君的神龛。一篮篮的存粮和一串串的咸鱼吊在天花板上。

"看哦，"维灼会说，"你再也不会像哥哥那样挨饿了。"

他踏进院子里，把希蔼高高举过屋墙，指着我们的果园。"看到树上漂亮的果子了吗？它们就像金子一样。你再也不用像我一样出去帮人家做长工。"

当然没有父母想看儿女吃苦。但是就像金子过火之后更纯正、玉石仔细打磨之后更珍贵，人在经过苦难之后会更强壮。维灼就是证明。

即使大嫂都承认这一点。不然为什么碧云在教训芝麻、叫他做家事的时候她会闭上嘴？维燃从来没有脏过他的手，连墨水都没有，芝麻却跟三弟的儿子一起在田里耕作。他帮他妈砍柴、收集干树叶树枝做柴火。他收集牛粪做肥料，放在太阳下面晒干，再敲碎筛成粉末。

有时候我会看到维燃用在我看来是后悔和羡慕的眼光看着芝麻。那时候我觉得我让第二个孙子快点去投胎是做对了。但是看到芝麻笑着、在田间小路奔跑，我所做的错事又非常沉重。

同样的，金功和他鬼子老师的合照让我心想学仪和我是不是对不起这个幺儿，让他去跟洋鬼子住在一起。不过金功写信说他要回来跟我们一起时，我告诉自己我是过分替他担心害怕了。

　　二十年来，金功不在家就像是我心头的一块阴影。我睡不着的夜晚，会走到院子里去看让我们分别两地的银河。我心里一直琢磨着他回来的时候要说什么话欢迎他。但是我看到金功走向我们家时像个老爷爷那样慢吞吞地行走，每几步路就要停下来休息，擦掉额上的汗珠，在那一刻我所有准备好的话都在喉咙里再也说不出口。

　　从他的信里我知道他生了吐血的重病。但是我娘的汤药让爷爷这样的老人多活了很多年，我相信我也同样可以帮助金功。我也不需要完全仰赖她的汤药。台城长生药铺的药师给了我们一帖药方，保证可以去除胸中的淤塞。所以，不，不是金功的病让我的大腿发抖，我的两脚发软，必须靠着门柱，不能跑去迎接他。

　　也不是因为他的洋人外套、裤子和皮鞋，或是小孩的尖声高叫，他们围着嘲笑他，"无辫人。"也有其他回乡的金山客穿着像鬼子，或是给坏人剪去辫子，我可以给金功他哥哥的衣服，再给他一条假辫子，等他头发再长回来。

到底是什么让我站在门口动弹不得，绑住了我的舌头？是还没有来得及想之前就闪过的感觉：这个人虽然是我儿子，却是个陌生人。

满荷端来水给金功洗去旅途上的灰尘。宝珍和连喜替叔叔倒茶。有人，是金功，或是他爸爸还是哥哥，说了一些话。但是我什么都不记得，只有金功的眼睛，像是秋天黑暗的池塘。

终于，我的腿有点力气，可以从供桌后面拿出一把香。当我试着递给金功的时候，他却把香推开，然后很费力地在阵阵咳嗽之间小声说他只能拜耶稣神和他的天父。

维灼用手指在金功面前猛刺，"我儿子饿死的时候你的耶稣神在哪里？我在金山给鬼子攻击的时候他父亲又在哪里？"

学仪站在我们两个儿子中间，一手放在维灼的手臂上，另一手放在金功的肩膀上。"金功，"他安静地说，"王母都不管我们拜其他的神明。耶稣为什么要这样呢？"

"因为他是唯一的真神。"

学仪温和地摇了摇金功的肩膀。"好了，只有没心肝的儿子才会拒绝父亲正当的要求。"

"但正是如此，"维灼爆发了，"耶稣的信徒都没有心肝。"

维灼挣脱了他父亲，抓着金功的头发把他拉起来。"洋鬼子攻击我们宿舍的时候，我看到叫唤耶稣最大声的女鬼子从我们死去的同胞身上偷东西。还有其他从他们礼拜堂来的人只要我们一有人倒下就叫好拍手。我们大部分活下来的人都是靠妓女或是原住民保护。就是那些你的耶稣瞧不起的人。"

金功双手合十，闭上眼睛，好像在祷告。"我不能，也不会拜偶像。"

就算大哥最坏的时候也不敢否定我们的神明和祖先。金功坚持不肯感谢神明让他平安归来，也不肯祭拜祖先，我以前害怕他中邪的恐惧像是一阵冷风吹了回来。

最后，学仪和维灼把金功拖到供桌前，把他的头按到地上，由我代他上香。线香的烟雾升起时，我试着回想那个为一朵花哭泣的小男孩，把他哥哥偷来的鸟蛋放回鸟巢去的小男孩。但是这些记忆，虽然在金功不在家的时候十分鲜明，现在却像是流星一样从我的脑中飞过，在还没有完全成形之前就已经逝去了。

像所有的女人一样，我一直都在收集自己刷下来的头发，这样我老年的时候就可以用来填满稀疏的发髻。金功刚回来的几天太衰弱无法起床的时候，我把这些头发替他编成一条辫子。

我们一面工作，一面提醒金功他以前喜欢的故事，想要找回我藏在那个陌生人里面的儿子：佛教尊者目莲；融化五彩石补天的女娲。

"是耶稣神的父亲造出彩虹，不是女娲。"他说。

我笑了，"你是说台城的洋鬼子说的故事，那个诺亚和他的方舟？"

"不是故事。是事实。"他很困难地坐起来，向前倾身抓住我的手。"刚开始听到耶稣的教诲时，我也不相信。有好几年我一直跟我的老师她姊姊、还有牧师辩论。然后圣灵进入我的身体，我看到了真理。"

金功的话像是拳头重重打在我胸前。然而我还是想要逃避我的心已经悄悄说了好久的话。金功的疯言疯语一定是因为发烧让他头脑不清。他一定没有中邪。

但是当我试着让他安静下来时，他更大声更激烈地说着这个"圣灵"是怎么在一场奇怪的聚会中住到他身体里面，那个聚会里有跳舞，还有胡言乱语。虽然金功很衰弱，比一束稻子还要轻，他突然有力气不让我把他推回床上躺下。他是真的给这个灵魂、这个鬼给附身了。

我娘烧了黄历，把灰混在水里给我喝，这才把我从爷爷的鬼魂那里救出来。我听庙祝说过用柚子叶煮的热水洗澡可以洗去身上的脏东西。但是这两种方法对金功都没有用。我连让他不要乱说附身的事都做不到。

"你还不明白吗？"他大叫，泪流满面，"我就是因为这个放弃在金山的工作。因为耶稣神要我把福音带给你们。这样你、还有这个家里所有的人、整个村子的人，甚至整个地区的人也都可以充满圣灵。"

我们现在雇了工人，维灼就不用做工了。为了不让他、满荷还有我们的孙子受到金功身上的鬼所害，学仪让他们去省城四弟的家。

　　我们相信四弟会欢迎他们。为了感谢四弟在旱灾时很慷慨，从我们果园第一年有收成开始，我们就继续替他种田但是不再分收成。每年春天他回来祭祖的时候，都会邀请我们到省城做客。

　　"你去的时候，"学仪告诉维灼，"在台城停一下。把算命仙找来，就是替妈的鬼魂说话的那个，叫他天黑以后没有人看见的时候再来。"

　　那个算命仙挺起他的鸡胸，跟我们保证他曾经用各种密法和符咒赶过鬼。他解释要等到金功睡着，然后在金功的头旁边放一个罐子和塞子。"等我把鬼抓出来，它会进到罐子里去，我再把罐子封起来。"

　　为了不吵醒金功，算命仙只在房里离我们儿子最远的角落点了一盏灯。他很安静地念咒，我几乎听不见，虽然我们只隔着一张床，他在床头，我在床尾，在学仪旁边。但是鬼的听力比我们敏锐，算命仙还用符咒和线香来引诱那玩意。

　　在昏暗的亮光里，我的眼睛被受到焦虑和线香的烟雾掩遮，什么都看不清楚。然后我感觉到学仪轻轻靠在我身上，我向前倾身，看到像是一缕灰色烟雾卷进罐子里，从算命仙脸上满意的表情可以知道那一定是鬼。

　　赶快，赶快。我默默地催促算命仙。

　　他灵巧地放下符咒和线香，伸手拿塞子。他把猪膀胱蒙在罐口。但是金功醒来了，我也不知道是因为线香的烟雾、算命仙的咒语、还是因为失去了鬼。我和我丈夫也不知道该怎么办，因为算命仙没告诉我们这种情形该怎么办。

算命仙并不像我们这样慌张。"不要怕，"他安慰金功，"我已经用罐子抓住鬼了。它逃不了。"

金功大喊，"魔鬼！"把罐子从算命仙手中抢走，摔到地上。

因为金功身体衰弱，罐子又很坚固，所以没有破。但是罐子一定裂了，因为算命仙冲过去捡起罐子时，我注意到有一缕薄雾漏出来。

算命仙很快用双手包住罐子。但是他的手指如何能止漏？他放下罐子，转向学仪。"你儿子的命运已经注定了。我做什么都无法改变他的命。"

金功的鬼到哪里去了？回到他身体里了。不，我没有看到它。学仪也没有。但是除此之外还能怎样，因为金功自己都说，"我充满了圣灵。你们没有把他抢走。"

但是他在询问我们果园的时候好像神志很清楚。或者是讨论怎样改进果园，告诉我们他在鬼子老师的花园里的工作，他是如何创造更新更好的水果。

老实说，我们儿子的方法非常合理，在听他说的时候学仪有时候对我投过来的眼神充满了骄傲和希望。但是就在我微笑同意时，金功会说一些傻话，像是"人同样也可以改进"或是"在金山的鬼子他们的力量不是来自于枪，而是来自混合不同人种和新想法"。

他宣称维灼带回来的机器只对我们一家有利，他不一样，带回来的信仰和想法可以改进所有人的生活。哼，想法可不能当饭吃。想法不能让人有衣服穿，或是天冷的时候保暖。而且我们已经发现耶稣神能力不足，他的教诲跟我们的对立。

不过金功总是坚持走自己的路。也因为这样他还是孩子的时候跌到水稻田里，差点淹死。现在他好像决心把我们一起拖下水。

他很骄傲地告诉我们，他的辫子不是像我们以为的是给坏人割下来，而是他自己割的。用这个行为表示他不承认皇帝，而是希望有一个人人都可以表达自己内心感想和意见的政府。

真是危险的笨想法！如果每个人都随心所欲，那混乱和坏事会没完没了。要维持和谐，我们一定要有主人，真正的伦常是从儿子顺从父亲和尊敬祖先开始。然后其他一切都会自然而然照办，父亲尊重村中长老，长老尊崇县官，县官听命于总督，总督向皇帝，也就是天子磕头。

但是金功已经不承认要尊敬祖先了。虽然他爸警告他说到处都有皇帝的耳目，有些人没他说得那么严重都给杀了，金功还是坚持他有说出想法的"权力"。

只要金功没有力气起床，我们还安全。学仪对算命仙很大方，封住了他的口。金功的声音太微弱没法穿过墙壁，我们也把他房间的门窗紧闭。

他的访客很少。他十岁就去金山，有二十年不在家，他也从来不是受欢迎的人。当然，好奇的人和贪心的人会来。大嫂甚至带来一锅补汤。

我把汤倒进我们自己的锅子，把她的洗干净，放了一个大红包在里面，谢谢她的关心。然后，虽然村子里每个人都知道维灼和他老婆孩子已经离开了，我还是重复对之前来的访客说过的话，对以后来的我也会说同样的话。

"你知道学仪把维灼、我们的孙子还有他们的妈送到广州的四弟那里去了吗？是啊，金功病得就是这么重。他谁都不能见。"

虽然算命仙没能赶走金功身上的鬼，但是我娘的汤药和长生药铺的药方让他恢复了健康。一个月之内，他的咳嗽停了，皮肤有了血色，骨头上长了肉，走路时也脚步稳定。

学仪和我商量之后，说服金功如果他说话忤逆皇帝给关起来，那就没有人有机会听到他的想法。他必须脱下西装，换上我们的衣服，戴上假辫子，不然没有人会信任他，小孩也会对他叫"无辫人"。但是我们没办法不让他表现得像台城的洋鬼子一样搞得我们同胞逃走。

那些鬼子虽然在我们这儿住了这么久，但是他们从来没有真正了解过我们。他们的眼睛被自大所蒙蔽，又怎么能了解我们呢？金功也跟他们一样盲目，不但觉得我们的神明有问题，连我们做的每件事他都不满意。

他好像个发号施令的县太爷，说我们的工人每天工作不能超过三个轮值的时间，每七天还要休息一天。他们不应该用背的或是用扁担来挑橘子或谷子，应该用独轮车，也不该用连枷来打谷子，而是应该用机器。

他告诉妈妈们要替宝宝的屁股包上厚厚的布，而不是让他们穿开裆裤。他说让狗吃宝宝的屎、在街上用手擤鼻涕不卫生。

如果有人说金功说梦话或是吹牛皮的时候，大哥大嫂会用手掩住嘴，然后说一些安慰的话来掩饰他们有多高兴。但是如果有人不发脾气而且对他很好，他们的脸会沉下来，很狡猾地要他再说明一下他所提起的无聊事，让金功继续说那些傻话，像是为什么吃狗和猫很残忍，吃鸡和猪却不是。

短短几天之后，金功一离开家就会被人笑，还有人故意推他。很晚的时候，我会听到他在房里念念有词。我不知道他在说什么。不过因为他是跪着，我猜想他是求耶稣神帮忙。我也不知道那个神是不是试过但是能力太弱所以没成功，还是他不在乎金功。但是我可以告诉你这一点：我儿子并没有比较好过。

金功会站在庙外面的墙上，或是井边倒过来放的水桶上，然后开始说，"我们都是罪人。你们可能还不知道，就像发烧的人在胡言乱语时不知道自己病了，但是他还是需要药来医治。你们也是一样。是的，你们需要药。耶稣从天上替我们带来信仰的药。"

"哪，"有人会丢一团泥给他，"这是给你的药。"

其他人也会加入，很快地金功就沾满了泥巴。但他仍然会继续啰唆下去，直到吵闹声让大家听不见他的声音，或是有人把他打下来。然后第二天他又会重新开始。

　　我看着他这样，想起他小的时候很顽固地对抗抓鸟的小孩，就算他们拿棍子追他，把他弄哭。我问他为什么要这么坚持，他说，"鸟需要我。我得救它们。"

　　现在，他爸和我求他不要再说了，就去橘子园工作。他会很悲伤地摇摇头，"难道我不想这样吗？但是我必须遵守上帝的意旨，不是你们的，也不是我的。何况，如果我不说话了，耶稣要如何透过我发声呢？你们又怎么能得救呢？"

　　有一天下午，他被几个村里的无赖给围住。瘦狗救了金功，带他回家，告诉我们那些混混对他狠狠地拳打脚踢。我替他在乌青的淤伤抹药膏、贴药布的时候，金功的呼吸哽在喉头，好像要哭一样。但是瘦狗说金功没有想逃走或是自卫。他只是人家推倒他就躺在那儿，一次都没有骂那些攻击他的人。

　　金功解释他是遵从耶稣的教诲。"如果人家打我们右脸，我们应该把左脸也给人家打。"然而，等他挨打的伤好得差不多了，他开始一清早整个村子的人都还在睡的时候溜出去散步，不然就是待在家里。

　　当然，妖精比人还要可怕。但是金功不相信。

　　因为替他担心，所以我不耐烦了。"你是聋了吗？你没听到我说你嫂嫂给攻击过吗？就在去年冬天，一个守更的差点给从茅屋顶跳下来的狐狸精吸去了魂魄。他运气好才能用棒子刺了那妖怪，把它赶走。"

"耶稣的信徒不需要害怕怪物或是人。"金功坚持。

"你怎么能这样说？"学仪抓着我们儿子的手腕，拉开自己的袖子，露出丑陋的紫色疤痕，"你瞧。"

金功退缩了一下，声音也发抖。然而他还是坚持说他不怕，说有耶稣他很安全。

芬妮

迪蓝，佛罗里达

1888

　　从辛西亚和威廉的来信，阿吕和我想象他们是住在世外桃源。迪蓝也的确拥有高尚又优雅的人们所追求的一切。他们的产业——距离小镇半小时的车程——坐落在美丽的松林与橡树林间，歌唱的小鸟和饶舌的松鼠使得树林生意盎然。

　　他们白色的隔板房子是以南方风格建造的，很像阿吕和我为自己所规划的房子。这房子用木板垫高，离地面有一段距离，没有地窖。上下两层楼在正面都有非常宽阔的走廊。一条通道把厨房和饭厅隔开。楼下的正中央有一条长长的走道，通向两厢的房间。

　　里面每个房间都很明亮透气，墙壁也匀称地涂了石灰泥，木工是曲线精美的松木，类似长有树结的桃花心木，由辛西亚选择舒适又有品味的家具，再由喜芭来维护，她是个机敏有耐心的黑人女子，是家里的厨子。外面，威廉设计的花园和果园是由喜芭的丈夫吉姆悉心照顾。因为土壤肥沃、气候温暖，很适合任何亚热带特有的植物生长，朝任何方向散步都好像是走访植物园或是园艺博物馆。

但是，在这个沉闷的世上完美的幸福当然是不可能的：没有阿吕，迪蓝不可能是我的世外桃源；而且虽然全年都有阳光，再加上医生经常替他放血和火疗，威廉的身体已经好不起来，并每下愈况，不但丧失了他之前恢复的体力，而且更加虚弱。

天啊，威廉的瘫痪越来越严重，使得他难以控制抽搐好清楚说话。他看起来整个人都缩水了，连要走过最小的房间都力气不足，必须停下来休息，他的右边手脚也迅速地不再灵活。

然而，辛西亚依然美丽活泼，并没有因此而不再热衷寻找欢乐。

"迪蓝主要的迷人之处来自人们的热情友好。"我到达的第一天她就兴冲冲地告诉我。

"他……他……他们人……人品……也……也不错。"

威廉缓慢地挤出每个字，辛西亚微笑地鼓励他，但是她的手指不耐烦地敲着桌子，使得威廉很快就放弃努力，然后她很快地接着说下去。

"有迪蓝先生本人；史德生先生，宾州的帽子制造商；父亲的朋友，山普森先生……"

对我而言，没有阿吕的名单引不起我兴趣。自从他离开之后我的心情晦暗，根本没有脑筋跟人家说客套话，也没有心情社交。虽然他们邀请我参加烤牡蛎、槌球宴会以及正式晚宴，我全都婉拒，选择忙着写信给阿吕，或是一再阅读他的来信，回忆我们一起读书工作的快乐安静时光，他许多的善行，还有熟悉的景象。

阿吕还活在我心里，即使孤单一人，我也可以假装他并未离开。然而，我若有预知能力，我会效法威廉这个勇敢的榜样，接受所有的邀请。

我向辛西亚和威廉夸耀阿吕的成就：他的鲑鱼橙莓比一般的覆盆子更早结果，收成也更好；他的樱桃黑醋栗生长荣盛、枝叶繁茂；他还创造了一种改良品种的西红柿，可以抗旱，在经常有十五尺长的藤蔓上长出大把抵抗力很强的果实。

虽然我没说出来，我所创造的是阿吕。阿吕——学术丰富，有修养又心志坚强——像他的鲑鱼橙莓、樱桃黑醋栗和西红柿一样，是改良品种的支那佬。

他上火车前对我说的最后几句话是，"金功要回中国了。阿吕会留在美国跟你在一起。"但是他发现就像植物一样，人也是一旦混种就分不开了。他从他们村子的第一封来信里写道，我很愚蠢，以为阿吕可以留下来。吕金功是一个人。哦！芬妮小姐，他觉得跟他的同胞、他的父母和兄弟甚至跟他自己都很陌生。

我要求菲比安排阿吕在广州的传教所住一星期，好让他在回到村子的长途跋涉之中可以稍微休息。这传教所是由她主日学的学生所资助，那里的督导蓝道尔先生回信说道：非常欢迎吕金功。在支那佬的家乡，魔鬼激烈反抗圣灵，让所有外籍传教士的工作极为困难。既然他是本地人，他们比较会接受他，他很可能成为上帝打败邪恶的工具。

但是阿吕在来信中承认他比外籍传教士还要失败。我村子里的人，包括我的家人，争相比赛看谁能想出更让我气恼的主意。我唯一的安慰是你的来信。我唯一的安静来自黎明前的时刻。在那个时候我在山坡散步才没有人会骚扰我，我也会祈祷上帝给我指引，给我力量再忍耐一天。

上主也真的赐予他力量撑过每一天。但是经验之谈告诉我忍耐只是稀薄的粥。它可以让人活命，但是没有营养。

我多希望可以帮助阿吕。然而我们相隔一个大洲和一片汪洋，我只能在他的祷告再加上我的，并且寄给他鼓励的话语。

菲比建议要有耐心。我提醒过阿吕他曾经长期抗拒真理，她写信给我说道，而且他也是在温室工作才发挥在植物方面的天赋。他越练习传道的技巧会越纯熟。我们的天父早就透过阿吕人间的父在受洗时给他取的名字预言了这一点——金功，双倍光明，因为他可以透过教导他们农耕以及替耶稣赢得他们的灵魂来拯救他的同胞。

但是阿吕私下向我承认，即使他尽了最大的努力，他的教学也仍然失败。芬妮小姐，当我试着像你一样提升我的同胞时，他们坚持他们落后的方法更好。如果他们根本拒绝听我的话，我又怎么帮助他们呢?

　　天啊，那些异教徒对阿吕所施加的虐待伤害显示他们冷酷无情，这让我的脑子里充满各种可能发生的恐怖情况。我也忘不了同样是异教徒的犹太人是怎样救了他们的首领巴拉巴斯，却把来到人世给他们生命的真主送上了十字架。

喜芭

迪蓝，佛罗里达

1876—1878

你可听过小约翰的故事，就是那个跟主人讨价还价要自由的奴隶吗？

小约翰就跟他的名字一样，人小又弱。但他想要自由的心可又大又强呢，大到强到让他不肯放弃。他的主人呢有只凶狠狠的山猫，非常喜欢打架。所以他告诉小约翰，"你想要自由，那就打赢那只猫。"小约翰太想要自由了，所以就答应了。

打架的时间定在太阳下山的时候。不过早在那之前就有很多人拥入院子里，瞪着眼睛瞧那只山猫在这一边的笼子里又吼又滚，另一边是小约翰跪着在祷告。

突然间，他的主人做了个手势。但是小约翰低着头在祷告，根本没瞧见。他也没瞧见那五个人一见到手势就从人群里面跳出来。

那几个人一股脑压倒小约翰，把他的脚踝绑住，双手绑在背后。我告诉你啊，他们把他像猪一样往上丢抛。然后他们在院子中央挖了个洞，把他丢进去，让他站在里面，往他身上堆土，直到只有他的头跟脖子露在外面。

记清楚啰，小约翰的脸变得像围在他旁边的人一样白，他们在哈哈大笑，还猛拍他主人的背，说他太聪明啦，要比赛赶快开始。即便如此，小约翰还是一声不吭。他没有哭哭啼啼或是唉声叹气。没有。

只有等到他主人把山猫放出来——那头野兽又大吼又吹气，一把跳过院子——那时候小约翰才张开嘴。他张嘴咬住猫尾巴，用力咬下去。吓，他咬得用力到那只猫唉唉叫。小约翰的主人也一样。

"你想要自由，"他大叫，"你最好公平竞争。"

我就直截了当告诉你，也绝无假话，朱利安少爷跟三K党就跟小约翰的主人一样下流。妈妈知道这个，所以她一直要我们放弃农场然后逃到北方去。

爹摇头说不行。"朱利安少爷跟三K党是魔鬼没错。他们连下地狱都不配。但是如果我们还要逃，那这样自由又怎么算是自由呢？何况，到处的人都一样——有好人也有坏人。"

我那时候太小了，不知道他说什么。实际上我以为北方就是幸福天堂，北方佬是天使。直到我替像辛西亚小姐和芬妮小姐这样的北方佬工作，才知道爹的意思。所以那时候我也跟妈妈一样又哭又大声求爹快逃走。

他向我摇摇头，就像对妈妈一样，"在自由战争的时候，我逃去打仗，不是逃走，现在还有仗要打。"

我低头看他的脚，被三K党鞭打成皮开肉绽，然后看看妈妈，希望她告诉他，"放弃吧"，像马蒂阿姨告诉她的那样。

从妈妈口中说出的是很温柔的，"你要如何跟魔鬼打仗？"

"等我自己做一副拐杖，我要去自由人局告发他们。"

更多眼泪从妈妈脸下流下来，"那些人自己都挡不住三K党害他们家里的人了。他们要怎么帮你？"

爹用手臂替她擦眼睛，把她拉进怀里，"我不知道。"

自由人局是没让三K党一下杀了我爹。但是朱利安少爷横竖是不肯放过我爹，他说爹偷窃老夫人的土地让把爹给抓起来。

哪，你也知道根据法律黑人在法庭上没有说话的余地，也不能作证。那时候不行。现在也不行。所以警长根本不管爹说他是给老夫人现金或是有证明这件事的契约。

但是法庭不是唯一可以断公理的地方。法老王对以色列人很坏的时候，摩西用法术救了他们。妈妈和我跑去找巫师帮忙。

那个巫师把朱利安少爷的名字写在纸上，放在一个罐子里，再把罐子放在一桶冰里。然后他从我们的烟囱拿了煤灰，跟盐混在一起，在一对蜡烛上用针插成十字形，然后选个好时辰点燃蜡烛，还一直念诗篇第一百二十章。你知道的嘛，就

是"我在患难中求主，要他答应我，'上主啊，求您救我，救我
脱离虚伪诡诈的人。'"

即便如此，法官还是把我们的农场判给朱利安少爷，把
爹判进监牢。

朱利安少爷害得爹坐牢，又偷了我们的农场，可是他还不
满意。他拿走我们家里所有大大小小的东西。

"作为法庭费用。"他说。

"作为坏心费用。"妈妈说。

拖着双脚在路上走，只剩下身上穿的衣服，我一面踢着
地上的土一面大声做梦。在我的梦里，妈妈和我不是不情不
愿搬到树林里妈妈发现的一间小屋。那可是间空洞洞的小
屋，屋子的裂缝大到不用窗户。我们在飞。爹也是。是的，我
们找回了飞的能力，而且我们越飞越高，一直到幸福天堂去。

妈妈拉着我的手。"我们失去飞的能力，但是我们有工作
的能力，我们要用这个把你爹救回来。"

白佬可以花钱减少坐牢的时间，知道吧？妈妈和我，我
们拼了命要攒够钱。大家都需要篮子——高高大大的篮子来
装棉花送去榨棉，扁扁的篮子来装衣服——妈妈从橡树苗上
切下薄木片，我把木片编好，然后用锯棕榈把它们缝在一起。
我们也帮人洗衣服。我敢说我们的小屋的每个角落都有盆子
和桶子。我们在洗衣绳上晒满了床单、衣领、腰带、裤子和衬
衫。我们又烧开水，又热熨斗，让整个小屋热得可怜。

　　咳，我们像自己洗的衣服那样在滴水，连呼吸都很困难。但是，我一面编织木条做篮子或是去收脏衣服、送干净衣服，一面回想在三K党给我们带来悲惨之前的好日子。

　　我们傍晚会在走廊的秋千上荡来荡去，知道吧？爹会用手替我遮住夕阳的亮光，说道，"你知道吗？太阳是个妈妈，可以看到你所做的所有事情。她的声音跟你妈妈一样美，整天唱歌，因为她太高兴了，除了要发光之外没别的事好做。" 然后妈妈会开始唱一曲蓝调或是圣歌，爹和我，我们也会加入一起唱。不然爹妈就会抱在一起跳舞。再不然他们会把剥花生这件事变成游戏，请大家一起来，就像是剥玉米一样。

　　没有爹，做工就只是做工。一天到了尽头也没有荡秋千、跳舞或是唱歌。妈妈的一天根本没有尽头——我睡着了，然后在她乒乒乓乓熨衣服的声音中醒来。

　　那天早上，妈妈算算我们的钱足够把爹买回来，我们可快活了。我们跟上升的太阳一起唱歌。其实，我们太高兴了，全忘了老人家的警告：如果在早饭之前唱歌，太阳下山之前嘴巴里就会都是哭声。

心珠

台山，中国

1888—1889

　　学仪和我在想办法不让金功在山坡地一个人走来走去的时候，心里只想到我们儿子的安危。我们应该猜想到大哥大嫂会利用金功的鲁莽来害我们。哼，说不定那些怪到我们头上的事情就是他们自己做的。

　　根据守夜人的说法，直到天亮前都一切平安。

　　"老吕和我在村子南边巡逻，"老王开始说，"太阳还没有出来，但是天色够亮，不需要灯笼就可以看得见。所以我把灯笼放下，弯腰正要把灯笼熄了，那时候我听到路旁草丛里有窸窸窣窣的声音。"

　　"我也听到了"，老吕急忙打断他，"我当然是伸出棍子去打啰，马上就有呼呼的声音。好像风声一样。没别的了。"

　　老王也很困惑地点头同意他的说法。"我们把灯笼举得高高的，也看不到任何东西或是任何人。但是等到太阳出来之后，我们又到那个地方去看了看，这次是蹲下来仔细看，我们找到了这个碎在泥地里的纸偶。"

那个纸偶破成三块，看起来都烂掉了，好像很久以前给小孩剪碎，然后随意丢掉、践踏。但是老吕说这种纸偶会活过来，四处作怪，老王称赞是老吕把它踩碎的。

那天早上大哥的水牛死在牛栏里。那头牛本来就是又老又快要死了，大哥却强迫三弟作证，说那牛本来是活蹦乱跳的。他指着那纸偶说，"很可能是那怪物杀了它。"

"洋鬼子会从纸偶里变出怪物来，"大嫂说，"金功跟洋鬼子住了那么久，他一定知道这种妖法。或许这就是为什么连守夜的人都要成双成对，他还敢单独走来走去。他们说他会到山里面一般人甚至连强盗都不敢去的地方。"

金功受了洋鬼子的毒是全村——不，是从村子到台城的人——都知道的事，都是因为他轻率的言语。虽然他不在街上演讲了，他还是念他的那些画满死亡十字架的书给大家听。

可是金功对动物的爱护跟他还小的时候一样并没有变。为了不让下蛋的鸡感觉不舒服，他一手拿蛋，另一手抚摸他们的颈子，在喉咙里发出深沉的咯咯声。他喂养我们瘦弱的猪仔时，又有耐心又温柔，就像当初我养维灼的时候一样。

学仪和我都可以用性命担保金功没有害死大哥的水牛，我们也相信我们的儿子很正直，绝对跟那些纸偶没关系。但是我们没有要他走出家门反驳大嫂。因为他不但不会安慰人，反而会得罪人，这风险太大了。

有时候，回想起来，我心里在想如果当初我们冒了这个风险，不知道会发生什么事。如果让金功站在他们面前，那些原本是老实人的守夜人是不是还会突然记起来——就像他们在大嫂狡猾的提醒下记起来——在听到声响之前他们看到我们儿子走过去，然后掉了东西呢？如果不是他们改变了说法，我们村子里的长老是不是还会决定要我们赔偿大哥的水牛呢？

这个决定让我们跟我们的鬼子儿子一起受到谴责，让大家又开始对我们的鬼子机器议论纷纷。当然，算命仙已经警告过了，"你儿子的命运已经注定了。我做什么都无法改变他的命。"但是我们的命运呢？我们能够、应该把我们的命运跟金功分开吗？

洋鬼子从台城给赶走之后，大家会避开继续信仰耶稣神的人，不跟他们说话，甚至不卖米给他们或是不让他们从井里打水。

有一家人的父亲没有赶走他公开承认是耶稣信徒的儿子，后来他们两个都在渡船翻船的时候淹死了。"看吧，"大家说，"老天发怒啦。"

另一家的儿子知道年老的父母以耶稣之名把祖先牌位烧了，把他们赶出家门，只剩下身上穿的衣服。但是没有人说他不孝。

也没有人会怪我们抛弃金功。老实说，人家会称赞我们。

但是他又能去哪儿呢？

如果没有我们保护他，虽然这是他的村子，他根本活不下来。即使我们越来越有钱，但是我们的影响力不大。或许四弟会再给他一次机会，但是我们没有脸去求他。

金功经常跟他的鬼子老师通信。但是他不能回她那儿，因为现在金山对我们同胞关上了大门。何况我们怎么能把儿子再送回那个阴险的鬼子身边？如果不是她，他说不定可以完完整整地回来。

夜半深更，我丈夫和我在帏帐里面商量怎么样才能给金功带来幸福。

"娶个老婆，"学仪说，把我像新娘一样地抱着，"金功需要一个老婆。"

我把头枕在丈夫的胸前，叹口气，"你知道金功说有吐血病的人不应该成亲。他的鬼子老师就是因为这样没有丈夫。"

"都是那个鬼子老师跟她的蠢主意！如果他没有老婆，谁来暖他的床？如果他没有儿子，他死的时候谁替他哭？谁来祭他的鬼魂、照顾他的坟？"

"他还说，在金山，男人跟女人只为了爱结婚。"

学仪的手臂紧紧抱住我。"成亲之后才开始有爱，不是之前。如果没有生出爱，夫妻还是可以享受养儿之乐，同甘共苦。别担心，成亲之后，金功是漆，他的老婆是胶，他不会再做那些蠢事了。"

但是如果单凭金功是没有媒婆会替他说好话的。他既没有带金子回家，也没带来有用的机器，甚至新奇玩意都没有，只带回来一身病痛，一脑袋危险的思想和信仰，爱说话的习惯，还有一个鬼。

不过家庭比新郎更重要，我们还是心存希望。而且，很少人会不理睬我们山坡的果园这个值钱的产业，媒婆很小心地在这个地区里面离我们村子最远的地方去找合适的新娘。

不到一个月，我们就开始交换聘礼嫁妆了。

根据媒婆的说法，金功的未婚妻很会煮饭和纺织，身材很好，光鲜得像朵山花。她的脸不用施脂粉，眉不用画。最好的是她屁股很宽大，可以生很多儿子。

那个姑娘名叫爱玲——被人珍爱的光明——这表示她父母很疼她。但是她没有给宠坏了。白天的时候她在家里帮她妈妈的忙，或是替别人干活给家里赚钱，折纸钱，腌橄榄，插秧苗，帮忙收成。然后，吃过晚饭之后她去一个姑娘们住的地方过夜。

"她家里的屋子小，"媒婆解释，"没有爱玲睡的地方。如果她不去女仔屋，晚上她会看到她爸爸或是兄弟用夜壶，或是听到让人害臊的声音。她跟其他姑娘在一起才会清白。"

虽然龙安附近没有女仔屋，这也很平常，所以学仪和我都听过。我们也不反对姑娘们这样聚在一起。但是我们是给儿子娶亲，所以我们很仔细地问了爱玲住的地方，看看她父母认不认识住在里面的人，那些姑娘会不会太随便。

"八个人都是表姊妹或是亲姊妹，"媒婆向我们保证，

"我从来没有看过更干净、整齐或是教养更好的姑娘。新来的伺候年长的，替她们扇扇子，烧水泡茶，洗杯子，扫地——就像是新媳妇伺候家人一样——如果有哪个姑娘弄脏了什么，或是身上有灰尘还是线头，就必须要罚钱。

"她们也从来不偷懒。互相教导自己知道的事情。爱玲就是这样学会读书和三字经的。她还会写几个字呢！"

是啊，媒婆嘴里的爱玲没有一处不好。好到学仪答应她爸爸的要求付了四百银洋的聘礼。媒婆递给金功一块订婚饼然后抛着媚眼说，"吃了这个你就跟新娘百年好合。"他也没像我害怕的拒绝，反而三口就吃完了。他爸爸请庙祝挑最快的吉日完婚时，他也没有反对。

所以你知道为什么即使金功还是很固执地坚持每天早上出去走路，学仪还是觉得可以让维灼、满荷跟我们的孙子回家了吧？你可以了解为什么我以为我丈夫的好运气不但克服了我的鬼印记，也打败了金功的鬼吧？

成亲的前一天下午，维灼请一位好命人来替新人安床。为了让金功多子多孙，我在床上铺满龙眼干、红枣、橘子、莲子和石榴，然后满荷叫了一些在院墙外面玩耍的孩子来抢。孩子们离开的时候，学仪让我们的孙子睡在床上来确保爱玲能生，而且生很多儿子。

最后，我们向慈悲的观音和武圣关公献上鸡和酒，祈请保佑迎亲的队伍可以安全。我们是不是也应该在晚上把睡垫放在门口好防止金功出去呢？就算没那么做，我们是不是应该在他没回来吃早饭的时候就发出警报呢？

我听到金功提起前门的门闩。学仪也醒着。但是我们都不知道他究竟是比平常离开得早还是晚。我们卧房的窗户飘进来一阵奶白的怪雾，遮住了那一小方天空，因为太过湿冷，我们钻棉被钻得更深，尽情享受温暖，还有快乐。然后，当金功没有按照我们预期的回来，我们告诉彼此他在雾里迷路了，他一定是在哪儿停下来等雾散去。

直到太阳吞掉最后一点灰雾，我们才发出警报。那时候，只能找到金功的假辫子卡在一丛茂密多刺的竹子上，一些残破的棉线，像他外套一样是蓝色的，还有身体给拖行的痕迹。

一个守夜人记得看到好像是一只蓝狐狸朝同一方向逃走。但是他也不确定。"雾像烟似的又厚又暗。即便有两个灯笼我也只能看清楚一个大概的形状，一点点颜色——是个蓝色、又长又矮的东西。"他朝一起守夜的人点点头，"阿平呢，就什么都没看见了。"

阿平拉拉耳朵，搔搔下巴，"现在这样说起来，我也许听到一声吼叫。不，不是吼叫，是一声呼喊。对了，一个男人低沉的喊叫声。"

我丈夫的颈子红得像太阳一样，我自己的颈子也热起来了：我们儿子遭到攻击时，我们两个在床上。学仪那时悄悄说，"明天这个时候，金功会发现床上太有趣了，舍不得起来。"我也为了我们的幸福、我们儿子马上要知道的幸福轻轻笑着。

那时金功有没有求救呢？

现在想救他是不是太晚了？

学仪重金悬赏，说服一些守夜人还有我们果园的警卫一起上山坡去追。但是到了傍晚，他们吹海螺敲铜锣表示搜寻结束了，金功留下的还是一根假辫子和几根蓝线。

拜堂照样举行，用一只活公鸡代替金功。

这正是我以前自己很怕会遇到的情形。不过爱玲向我奉茶时手很稳，在凤冠后面的脸很冷静，也很美。

媒婆对她的赞美并没有夸大。她领着爱玲完成仪式的时候，从家人到客人都低声赞美她的手脚屁股的形状——她的屁股真的是天生要生儿子的。

我的肚子好像想起生命在里面长大的喜悦，因为悲伤而打结。

为我的鬼儿子悲伤。

为他老婆悲伤，她要独守空闺，只能抱着悲叹，只有愁苦做她孩子。

喜芭

迪蓝，佛罗里达

1878—1883

　　如果上帝像响尾蛇一样在坏人身上也系上警告的响鼓，妈妈就会晓得她选来拿现金去法院的白人是个两面做人的恶魔。记清楚啰，那个上尉笑嘻嘻，答应会把爹买回来，但是他不是替我们买爹，而是替他自己。他用链子把爹拴到一个采松脂的营地，除了没叫他是奴隶之外，完全就是把他当奴隶使唤。爹为了自由逃走，上尉就一枪杀了他。

　　妈妈说爹会飞了，去了幸福天堂。他甩掉铁链，在黄金大街上跳着舞，嘴巴里净是猪小肠、负鼠派、红薯和各式各样的好东西。

　　在幸福天堂的人当然每个都很快活。所以我知道爹一定很高兴。妈妈说我们也应该高兴。但是我怎么觉得心都要裂开来了。妈妈的脸上也全写着悲伤。

　　我知道她想去找爹。即便如此,枭鸟头几次来木屋哭死人的时候,她让它安静下来。是啊,妈妈把铲子塞到灰堆里,让它变得火红。她在火上撒了盐,把鞋子倒着放在地板上,鞋跟靠着墙。

　　现在仔细想想,我知道妈妈的做法是像那些在这儿有了小孩的非洲人一样。马蒂阿姨说那些女人可以飞,但是没有飞,直等到孩子养大了。那些女人想要去非洲找她们的男人,但是给孩子拉了回来。

　　你瞧,我的悲惨事来了让我变成女人的那一天,枭鸟又来叫唤了。这次妈妈给我的右耳穿了洞戴上一个小金环。

　　"这会擦亮你的眼睛,让你看到鬼魂,"她说,"可以看到我。"

　　我像个小丫头似的大哭,拉着她的衣服,"带我一起去。我也要跟爹在一起。"

　　她很温柔抱着我。"别哭,别哭了。你的时候还没到。我不是要跟爹在一起。"她轻轻敲敲我的耳环,"注意看了,我就在附近。"

　　那天晚上她要我放一盘盐在她胸前,防止她身体里的东西跑出来。然后她面朝东方,这样才能一路好走。

　　木屋里面没有灯,弦月也没发出月光。我像那枭鸟一样发抖啼哭,紧紧抓住妈妈放在肚子上的双手。

她的手一点一点冷了。手越冷、越硬、越不能安慰人，我发抖啼哭就更厉害。

过了一会儿之后，我的脸上有一股热气。我一只手把妈妈抓得更紧，松开另外一只手去摸。

我的手指碰到像月光一样颜色的影子。

"妈妈？"我哑着嗓子小声叫。

"是啊。"

我们一些老邻居一起来埋了妈妈。我跪在她身边，还没从木屋裂缝看到他们松树火把的亮光，就听到他们唱圣诗的声音。

爹的好朋友戴维王领着一群男人走进来，他们扛着铲子、松木棺材，还有一个死亡鼓。女人们带了面包，一只三角壶装了咖啡，男人在挖坟的时候，她们就在煮咖啡。

只要妈妈还是躺在我们用晒干的苔藓做的床上，好像在睡觉一样，我就还很坚强。我的眼睛还是干的，即使他们一个一个来轻轻摸妈妈的鼻子和耳朵，悄悄说，"别来找我，我还不想走。"但是等到戴维王一把她放进棺材里，把棺材钉死，我的心就给冷冰冰的孤独一把揪住。

我跟着那些扛着棺材的男人踏进热烘烘的夜里，一面找那个在前一天晚上我叫"妈妈"的时候说"是啊"的影子。但是我只看见一道道黄色的光线和女人们高高举着的火把冒出的墨灰色烟雾。

戴维王敲着死亡鼓。他的手一拍一扬，然后又往下拍，又长又慢，好像我们绕着坟走的脚步一样。我们绕完一圈，男人们就把棺材放进坟里。

他们很小心。即便如此，棺材还是刮到、撞到什么可怕的东西。

"妈妈。"我哭着喊。

"别哭，"妈妈的声音像热蜂蜜从我身边滑过去，"我还没走。"

"你也不在啊。"

戴维王把鼓放下。"你说什么？"

"小心，"妈妈警告，"除了你，啥人都看不到听不到我。"

"我该怎么办？"我问她。

"把你们的盘子拿来。"戴维王说。

我用拳头堵住泪水，回头看看妈妈。她点头要我照办，所以我从木屋里拿出我们那两个盘子。他用力把盘子摔在地上，全都碎了。我往后跳，跳进现在是妈妈的那一片漂浮的雾气中。

戴维王的老婆莎拉用她肉墩墩的手臂熊抱住我，好像妈妈不在旁边一样。"不要怕，你现在很安全。戴维王把死亡的锁链打破了。"她热腾腾的眼泪洒在我脖子上，"如果你爹逃走就好了，你就不会变成可怜的孤儿。"

戴维王和其他人摇摇头，咂咂舌。

"约旦真的害死他老婆了。"

"让她的心都碎了。"

"他太骄傲了。"

"他应该放弃土地的。"

他们的话像鞭子一样，砍在我身上又尖又深。我用力推开莎拉，跑到森林里去。

我脚下的草啪嗒啪嗒响，割伤我的腿。低低的树枝和苔藓鞭打着我的脸和手臂。

妈妈飘在我前面。"他们不是在骂你爹，孩子。他们只是怕麻烦，很大的麻烦。他们已经累坏了，需要靠全部的力气才能活下来。他们已经没剩下一丁点力气去反抗白佬的统治了。没几个人有这种力气的。"

我用手捂住耳朵，一直往前跑。

那天晚上在跑的时候，我决定要留在树林里。妈妈教我怎样找好吃的树根和莓子。爹教我怎样钓鱼——怎样用树枝敲地让虫子以为下雨了，然后跑出来，怎样找最好的地方下钓竿，甚至怎样用白菖蒲编成钓线，用荆棘做出钓钩。

我认为我很容易就能靠配给粮食活下来。我也做到了。老实讲，我抓了吃了好多鱼，肚子都会跟着潮汐高高低低。不过，也有几次我对一些植物是不太确定。但是那时有阵热气吹过来，妈妈在我身边，告诉我那个我正在端详的植物是有毒的还是安全的。

是啊，我的肚子是很满足，但是我的梦中灵不满足。它每天晚上在我的梦中打架，而且打得很猛，好像最后审判日到了似的，脑子里都是星星。

好几个晚上我的手脚都因为在草丛里翻来滚去刮得皮绽肉开。有时候我会大叫，把自己吵醒，也伤到我的梦中灵。即便是自然醒来，我还是觉得很沉重，心情坏到很想挖个洞躲起来。

　　妈妈说如果我回去跟别的人住在一起，精神才会恢复，所以一直要我离开树林。告诉你，她从来没有停过，直到我走上一条牛走的小路。我跟着那条路到了迪蓝。

* * *

　　我也说不上来在树林里待了多久。因为我从来没有算过太阳出来几次，也不注意月亮。那时候虽然我像个女人一样，每个月悲惨事都会来，但是我是个正在长大的女娃儿，所以衣服越来越短，在手臂下面和胸前更是紧得不得了。

　　记清楚啰，衣服的缝线都绽开来了，布料很薄，又因为洗衣服的时候在石头上一直打来打去而褪了颜色。不用妈妈告诉我去找间教堂从捐献箱里再找另一件来穿。我自己的直觉已经告诉我。

　　也不需要人家给我指路。他们都会大喊大叫，我只要跟着那些"信徒，来吧"、"姐妹，喊吧"、"兄弟，就是现在"、"是的，耶稣王，是的"的喊声。

　　听他们的叫喊，我的脚不再拖拖拉拉，开始打拍子，踢起一团团尘土。牧师开始唱"你有权利，我也有权利"那首蓝调悲歌的时候，然后大叫，"加入吧，喊叫者"，我也加入了。是的，在那条到处是泥巴的大街上，我拍着手，曲着膝，又滑步又跺脚，然后回应，"我们都有接近生命之树的权利。"

　　我一喊叫，院子里的狗也叫，拼命拉扯狗绳，这时候我胸中好像有一把火。那火焰冲了出来，从我的喉咙跳到我的头，进了我的手脚，让我一边跳一边高高举手。但是还不到教堂，即便是大太阳，像河里升起的雾一样的东西弄花了我的眼睛，我倒在篱笆旁边，又呻吟又大哭。

梅西嬷嬷是个骨架粗、咖啡色皮肤的寡妇，她发现了我，把我带到她的木屋。

不，梅西嬷嬷不是我的血亲。除了我爹妈之外，我从来不知道有其他血亲。但是只要长了眼睛的都看得出来梅西嬷嬷上了年纪，她像祖母一样疼我，所以我说她是我心里的亲人。

她在睡床上替我挪出一个地方。晚上我的梦中灵在乱打乱踢的时候，她会紧紧抱住我，我自己的妈妈都没有那么紧。她哼着圣歌，一点一点让我醒过来。然后她会唱大胆的荤腥歌让我笑。

她从不抱怨我睡觉的时候会乱打。她也从来没有乱问我问题。吓，她还会阻止别人问我。"我总想要一个孩子，"她会告诉他们，"上主给我送来了喜芭。" 或者是，"我得到了喜芭，就像法老得到摩西宝宝一样。其他的你都不用知道了。"

梅西嬷嬷是辛西亚小姐和中校的厨子，她说服他们雇我做帮手。"我会教你他们爱吃什么，等到我做不动了你就可以接手。"

妈妈已经教我做一些菜，梅西嬷嬷可是最好的老师。不过辛西亚小姐脾气很大，特别在意一些小事。我搬水的时候只要洒了一滴、拔鸡毛的时候一丁点没弄干净，或者是剥玉米的时候一根玉米须还挂着，她会骂我，而且骂得可凶了。没多久我就像是猎人枪管下的小鸟，随时都可能会挨枪子。

中校跟辛西亚小姐一样严。他在自由战争中打过仗，因为在叛军监牢里受过罪，所以病得不轻。即便如此，他在对我或是梅西嬷嬷或是任何雇用的人下命令的时候，可以从他的声音里听到鞭子响。切，他宁可跟最坏的叛军做朋友，也不会理会最好的黑人。

我那时候知道之前以为北方是幸福天堂、北佬是天使真是太蠢了。我也知道爹为什么说，"到处的人都一样，有好人也有坏人。"

"耶稣保佑让他们心软一点，"每次辛西亚小姐和中校大吵大闹的时候梅西嬷嬷会这么说。但是他们根本没变。我才变了，因为吉姆变了。

吉姆替中校做外面的活，他让我想起我爹。他的皮肤是姜汁蛋糕色，我爹是黑色，深黑色。在奴隶时代他的日子会好过些，我爹会很难过。不过吉姆像我爹一样，是心里面也自由的人。他像爹一样有双重力量，知道吧。他因为又高大又结实所以很强，他能够得到力量是因为有头脑，知道自己是什么人。

嘿，吉姆过日子就像他吃甘蔗一样，慢慢、好好嚼，连一滴甘蔗汁都不放过，吞下了甜甘蔗汁，吐掉渣滓。不管他是种树还是在葫芦提琴上拉小曲都能给人快乐。

切，他让我觉得自己很像是那首很老的圣歌，你知道的嘛，"我看着世界，世界看起来很新，我看着我的手，我的手也是，我看着我的腿，我的腿也是。"即便有辛西亚小姐和中校，我的精神也直往上冲，高到好像可以在云端里洗手呢。

大家都知道巫师是把灵魂卖给魔鬼的人。威廉老爷跟三K党跟松脂上尉是那么邪恶，我想他们一定是巫师，是每天晚上骑着我，跟我的梦中灵打仗的巫师。所以我养成这个习惯，睡觉的时候要把梅西嬷嬷的《圣经》放在我们枕头底下。

这样可真的把他们从我的脑子里赶走了，从我的脑子跑到我胸里。吓，他们在那儿又跳又坐，把我骑到咳得喘不过气来，咳到把我自己和梅西嬷嬷都吵醒了。

她紧紧抱住我，拍我的背。"不要烦。没事的。丢掉让你喘不过气来的东西。"

说实话，我从来没有丢掉他们。《圣经》没有用。把扫把横放在门口也没有用。放一盘硫黄在外面也没有用。即便是吉姆也没用。

记清楚啰，人家说走遍全世界也找不到像我爹妈那样完全不同的两个人。不打紧，他们两个还是爱到发昏。吓，他们一直都甜甜蜜蜜，甜蜜到说什么都不想跟别人换。

　　所以，没错，我只有十五岁，吉姆三十了。我看人生就像是一匹坏脾气的马，不像他看到的是甜滋滋的甘蔗。我的心很安静，只想待在家里，不像他追求玩乐。即便如此，我喜欢吉姆，他也喜欢我。

　　他用女孩子喜欢的方法追求我的时候，我的膝盖都软了。只要看到他我就高兴到扭屁股，衣服尾巴都翘起来了。

　　梅西嬷嬷也觉得他人品很好。"吉姆不是莽莽撞撞好高骛远的人，他是个好人。除了我那死去的老伴之外最好的了。愿上帝让他安息。"

　　妈妈也来说了同样的话。"吉姆没有什么家产，但是他不是没出息的人。"

　　我自己看得到，他说出来的话跟他的心里想的一模一样，所以我们求爱不到一年就跑去结婚了。

　　梅西嬷嬷选了一个星期三让吉姆和我开始同甘共苦，因为老一辈的说法是星期三是结婚最吉利的日子。

　　她用白棉布替我缝了一件很好的新娘衣，用蓝色线来缝，这样吉姆才会忠实。她在缝衣服的时候，吉姆和我呢，我们把要一起住的木屋墙壁用纸糊上；在大门两边种了罗勒，门框上还钉了一个马蹄铁求好运；我们还把院子扫干净，把院子的土弄得平平整整，让大家可以好好跳舞。

　　我们教堂里的每个女人都帮我们烤烤煮煮。我说啊，我们的餐桌上可是高高堆着比司吉、炸鸡、蛋糕，还有各式各样的好东西。

辛西亚小姐和中校让我们用他们的马车和一对马,把我们从教堂载回小屋。吉姆和我上床的时候,我就直接大胆告诉你了,我们做爱快活到我都快要炸开来了。

即便如此,我一睡着,那些巫师又来骑我了。

我告诉过吉姆那些害死我爹妈的恶魔。他看到这事一直压在我心上,也像马蒂阿姨在奴隶贩子带走苏嬷嬷的时候警告我妈妈那样提醒我。

吉姆安慰我的时候,或者是我们在打打闹闹、在一起笑、在呼喊仪式踱着脚的时候,我真的会忘了。但是有时候我用水试试火红的熨斗够不够热度的时候,那嘶嘶的声音会让我想起鞭子在空中划过,撕裂了我爹的皮肉。闻到松脂火把的烟味,那个松脂上尉会像阴魂一样跑出来。在桌上摆盐的时候,我会看到妈妈因为失去了爹一心求死。

那时候我心里面会闹哄哄的,吉姆会再告诉我一次,"放下了。我们有自己的日子要过。"

梅西嬷嬷特别看重故事。"故事就是我的书,里面有我们族人的学问。"她会说。

有个故事是讲古早以前一个非洲的孩子,她说给我听当做警告。

那孩子在河边走着,然后水神叫住他。"你想要帮你的族人吗?"

那孩子当然点头说对了。

所以水神说了，"那你就背对着河往前走，绝对不要回头。"

哪，那孩子像水神说的那样开始走。他听到背后有奇怪的吵闹声——怪得不得了——让他很想回头看看。但是他没有回头。没有。他抬头挺胸一直走。

那吵闹声很快变成跺脚声，轰隆声、然后是打雷声，雷声又大又猛，那孩子浑身发抖。但是他还是往前大步走。

不过等到地都在震动了，那孩子转过头，看到有一群牛从河里跑出来，跟着他。

"记清楚啰，那些牛是水神给那孩子族人的礼物，"梅西嬷嬷说，"但是这礼物不像水神原先想要给的那么大，因为那孩子一回头，牛就不再从河里出来了。"

她摇摇头，慢吞吞又悲切切的。"那些族人从没有过上如果那孩子没有回头的话会有的好日子。"

不过我是这样看的，如果那小孩没有回头，他会给背后追上来的牛踩死。

吉姆是往前看的，想要生一堆小萝卜头。我是看过去的，我办不到。

所以我到树林里找了黑荬蓬的根，特别注意到从黑荬蓬的北边和南边往下挖，这样才能交叉穿过世界。我也用同样的方法搞到一些红茎根。然后我把它们放在两个锅子里煮。

在煮黑荬蓬的时候，我丢一小块青石进去。红茎茶加了红辣椒还有一茶匙火药。我把两种药茶都滤过，放到大罐子里，小心藏起来不给吉姆看到。

每次月亮一变，我就从两个罐子里各喝一匙。

每次我的悲惨事又来了，我就闭上眼睛，这样才看不到悲伤的乌云遮住了吉姆的光芒。

芬妮

迪蓝,佛罗里达

1889

在信件里面,阿吕和我比他在生病之前更加亲密。他写信真的很诚实,我自认为他让我有这个荣幸可以做为他的思想与感情自由倾诉的对象,这是他以前只有在日记里才这么做的。但是我是经由菲比——她可以从辛查理那里得到消息——才知道阿吕订婚了。我很羞愧地承认,虽然我努力克制了对阿吕错误的感情,我在读他的来信时,眼睛还是不自觉地充满泪水,手指像风中的白杨那样颤抖着。然而,借由上主之助,我强迫自己的嘴巴说出,"愿你的旨意奉行。"

我那时候不知道的是在遥远黑暗的中国,当阿吕的父亲和母亲告诉他替他选了一个跟他素未谋面的异教徒做新娘时,他跟我一样沮丧,并且向《圣经》寻求指引。《圣经》出现的章节是《马太福音》第十章。

他认为他的拇指标记出来的是二十三节："有人在这城里压迫你们，就逃到那城里去。"

或者是前一节："你们要为我的名被众人恨恶，唯有忍耐到底的，必然得救。"

如果不是像阿吕这么谨慎的人，就会直接把他想要逃走的愿望当成是责任。但阿吕是一面反映真理与坚贞的镜子，所以他还是祷告请上主明示旨意。

日子一天又一天过去了，他写道，然而上主还是没有回答。最后，在我婚礼的前一天，我逃到蓝道尔先生的传道所，在那儿，经过长时间的斋戒和祈祷，我听到神的声音。

是的，芬妮小姐。我们的天父跟我说话了。不是经由植物。不是经由我祖母和侄子。而是直接跟我说。他不要我为了扩张他在中国的王国而奉献生命。他在这儿的工作会由其他人以他的方法和他所决定的时间执行。我的工作是植物。

以前很多对我来说是黑暗不明的事情现在都清楚了，其中很重要的是精神、情感和需求的连结比血缘更深。是的，我的母亲给我肉体生命，但是你给我知性的生命。我拥有她肉体上的特征，但是我承继的是你的思想，你的信仰。哦，芬妮妈妈，带我回去跟你一起做我该做的工作，待在我该在的地方。

我把阿吕的信贴近自己，低声说道，"好的。喔，好的，上帝。好的。"

我最希望的也是阿吕回到我身边。天啊，我从来就没有要他离开。但是排华法律禁止他回来。

　　然而这法律对我来说是极不光荣的。我为何要遵守这种法律？就像当一个女性逃奴闯进我家厨房，哭着说，"以上帝之名，救救我吧！"那时候我母亲也不遵从奴隶制度那些可耻的规定。

　　我只有五岁。我看过的几个有色人种都是自由之身。但是我从在教堂的祷告和《旧约》的故事知道什么是奴隶制度，所以我马上就知道那跟我母亲求助的可怜人是奴隶。就像我从一张犹太人在埃及遭到鞭打强迫工作的画片里面看到的一个女人一样，她的脸上有一道十分丑恶的鞭痕。还有她的下唇破裂，手臂上从一道可怕的伤口流出一滴滴的鲜血。

　　妈妈很快把盖着辛西亚的披肩——她那时候只是个小婴儿——给了那个在喘气的逃犯，好止住伤口的血，并且引导那个女人离开厨房和我们家，还一面命令菲比和我闩好门，除了她之外对谁都不能开门。

　　我想要跟母亲一起跑走。但是因为太兴奋太害怕而动弹不得。我守在窗边，无助地看着两个追赶奴隶的人跟随着踪迹来到我们家。

　　菲比在我后面，闩上了门，从后门的窗户那儿大声报告母亲的进度。母亲和那奴隶到了在河边花园最里面的那座父亲的工厂。父亲用他的斗篷盖住那个奴隶。母亲跑回来。父亲和那个奴隶消失了。辛西亚在大哭。

　　她的哭声掩盖住菲比打开门闩让母亲进来所发出的尖锐

金属摩擦声。母亲刚进后门，追捕奴隶的猎人就在敲前门，跟我们要黑女人，说他们看见她走进我们家。母亲上气不接下气，紧紧抱着辛西亚，把菲比和我拉到她身边，打开门，很大胆地邀请那些人进来，说道，"你们把她找出来吧！"

地窖、阁楼、柴房，到处都搜遍了——而且很彻底。但是找不到那个黑人女子。

母亲拯救了逃奴，难道我不能拯救阿吕吗？

威廉跟一些南方的庄园主人一起设法想要废止排华法案，这样他们才能引进中国劳工来取代获得自由之后越来越自大的黑人。"排华法案并不是滴水不漏的，"他解释，"它准许外交官、老师、学生、商人和旅客进来。"

我玩弄着随身不离的网袋，阿吕的信都在里面。"这些例外能帮阿吕什么忙？"

"因为他可以假装是其中的一个啊。"辛西亚笑着说。

当然啰！不能是外交官，他拿不出关防。他也不能装成老师，因为他从未正式上学，所以没有学位证书。更何况，威廉说法律禁止以前曾经来当过劳工的支那佬再回来，所以阿吕要装成是第一次来的人。

"学生或是旅客呢？"辛西亚建议。但是阿吕没有骗人的天赋，威廉说所有的中国人在入关所在都要经过非常严格的盘查。

我摇摇头。"我很怀疑阿吕编得出令人满意的答案。"

"让他装成商人。"威廉说。

"对，"我决定了。"有商品替他说话，风险就最小。"

仔细想想，他们脑子里出现成千上百个问题。阿吕购买了所需要的漆器盒、刺绣丝披肩和围巾、檀香木和象牙雕刻的扇子、玉饰与瓷器——那些在辛查理的店里卖的珍奇玩意——可是他要运到哪去？

威廉自知死期不远，要去跟他的家人道别。为了想要协助辛西亚，我已经安排陪同他们一起回到北方。但是从菲比的信看来，似乎冬天依然酷寒，而阿吕只有一个肺。他要怎么撑下去？除非我留在迪蓝，就像阿吕和我以前梦想的那样。威廉向辛西亚建议留下他们的产业做为投资，吉姆也已经答应留下来管理果园。我问辛西亚是否可以让我自由进出她家，她说，"乐意如此。"喜芭也很高兴可以留下，不用再找需要离开吉姆的新工作。

这件事定了下来，还有另一个更难解决的复杂问题。虽然奴隶解放已经超过二十年了，各个层面与奴隶制度的教条相关的想法情绪依然并未消失。而且南方人显然视支那佬为有色人种，只配做劳工。如果大家看不出来阿吕跟其他中国人有何不同，足以在社会上、在我身边有一席之地怎么办？种族情绪会剥夺我们共处一屋的计划。

我们应该尝试不顾礼俗吗？我不用问也知道如果是辛西亚一定会这么做。但是，不是正因如此所以全知的上帝才要把威廉从她身边带走吗？就因为她胆敢想要在世间创造天堂吗？我心里苦痛，脑子混乱，向上主提问我心中的负担，像阿吕一样。

他给我《以赛亚书》四十一章十三节，"因为我耶和华你的神，必搀扶你的右手，对你说，不要害怕，我必帮助你。"

我将我们的未来交付上帝之手，寄给阿吕资金购买需要的货物，要他把货物运到北亚当斯，但是人来迪蓝。经过上主指引，一个邻居同意卖给我五英亩的地，加上一栋两间房放鸟枪的小屋，很适合阿吕居住，我认为这些代表他所赐予的恩典。

我在等待阿吕安全着陆的消息时，像佛罗里达诡异的圆锥头蟋蟀一般丑陋的疑虑在我脑海中掠过。

如果菲比认为阿吕弃责任于不顾，向当局检举他怎么办？或者如果蓝道尔先生不赞成我的计谋，背叛了阿吕呢？或者是阿吕自己的正直揭穿了他的伪装？

不。阿吕会成功的。不正是全知的上帝命令他回来的吗？我不是有他的承诺吗？

我想到查尔斯·盖兹，他是北亚当斯的一个小孩，不顾父母的反对而去从军，一天清早在带领牛只去吃草的时候就这样消失不见了。三年以后，他在傍晚放牧的时间再度出现，把牛赶回家。或许阿吕想要给我惊喜，已经坐上开往佛罗里达的火车了。

我每次听到马车或是敲门的声音都会跳起来。

我都快把路给看穿了。

但是他还是没来。

心珠

台山, 中国

1889

爱玲像一个老婆应当做的那样哀悼金功。她问金功最喜欢的食物是什么，好做这些菜来祭他。她自己不吃不喝，日夜啼哭，直到她的眼睛肿得跟红萝卜一样，眼睛小得跟芝麻粒一样，口吐白沫，嗓子也没了。

因为再怎么搜寻都找不到他的尸体，我们没法帮他好好下葬，让他安息。为了不让金功的鬼魂晃来晃去找寻可以寄居的身体——就像很久以前爷爷的魂魄受到打扰，附身到我身上一样——我们付钱给庙祝做一些特别的仪式。

庙祝手里拿着铜柄上挂着两个铃铛的三面刃去刺那些可能会害我们儿子鬼魂的魂魄。然后他立起了一棵祭祀用的树，在四根没有叶子的树枝上放了蜡烛，一面念经一面领着我们一个个绕着树走一圈，其他的家人站在后面哭号。他烧了纸扎的东西：一艘纸船帮助金功到黄泉，给他带来好运的蝙蝠，成亲用的大碗，代表百年好合。

但是大家抱怨光是保护他们不被金功的鬼魂打扰是不够的，他们还是有危险。大哥领了一群来自龙安附近七个村子的人走进我们家。

他们说是来商量事情的，但是脸像外面的夜色一样黑漆漆的，也没打招呼，也不讲礼数。他们进门的时候，满荷和爱玲带着孩子躲进厨房。维灼和学仪正要站起来——我也不知道他们要干什么。我轻轻提醒，"小心。"他们又坐回板凳上。

我挤出一个笑脸，拿酒给大哥，那些人全都围了过来。他们就像不知道要演哪出戏的戏子，等着大哥教他们。他用凶狠的眼神对他们说不，很傲慢地挥挥手推掉我给他的酒。

然后他清清嗓子，拉起衣袖，宣布，"我代表这里所有的人说话。"然后开始一长串骂金功、耶稣神和洋鬼子的话。然后又再一次怪学仪和维灼把妖精带到龙安来，说他们打扰了住在我们山坡地果园下面的龙，要我们把树砍掉来赶走怪物。

他说的每个字都让我觉得抽走了我的气、我的命。学仪脸上失去更多的血色，就像我们穿的丧服那样惨白。维灼从凳子上站了起来。哼，如果那些人不是靠得那么近，他会把桌椅都给掀了。

"毁掉我们的果园？"

大哥嘴巴撅了起来，吐出一声满意的"对"。

那些挤进我们家的人一起说，"对，把树砍了。"

那些挤在门口和巷子里的人也一起鼓噪。

学仪抓住桌子，站了起来。"我们破土之前已经安抚过龙了，"他大叫好盖过那些吵闹声，"果园收成这么好就证明他赞成……"

大哥打断他，"龙生气了。所以他把金功给吞了。"

"守夜的人说是蓝狐狸，"维灼骂回去。

"是龙派来的蓝狐狸。就像他派了狐狸精来攻击你老婆。"大哥找到我们邻居，"那怪物也带走你儿子。"

"不，"我想要大喊，"那是大嫂那个狐狸精的错。"

但是话哽在我喉头。我要怎样揭发她而又不会暴露我自己呢？

***

在我们出钱帮忙盖的祠堂里，长老们赞成金功给妖精杀了是证明它们的出现都要怪我们。他们责怪我们对祖先不敬。

他们把学仪当成小孩而不是爷爷一样责骂，告诉他不应该用新东西代替旧的，下令要毁掉鬼子机器和果园好找回安宁。

我们的椪柑树上结实累累，马上就要成熟，这些果子已经卖出去来付爱玲的聘金和金功的喜宴——后来变成是丧宴。

"至少通融我们一点时间好收成椪柑。"学仪请求。

大哥像闪电一样快，"你为了要装满荷包，就要全村的人都担惊受怕？"

长老们赞成再有人受攻击这个威胁太大了，又教训学仪要尽本分，下令立刻砍树。

当然，要砍树也有风险，因为树精会生气。学仪和维灼举起斧头之前，向我们的果树道歉，要求它们原谅所遭受的痛苦。

但是树干像人的颈子那么粗，很不容易砍断。我觉得每一斧头都像是砍在我的颈子上一样。

我们的山坡地不能种东西，也卖不出去。谁会买呢？但是我们还要交地税。我们还要为了被迫毁掉的果子赔钱，付工资给守卫和工人，还有金功的葬礼。俗话说得好，成功有如乌龟爬高山，失败就像流水下山坡。

不，我们没有挨饿。但是我们在那几年好日子所买下的田地大部分都卖掉了。

维灼和学仪像大哥一样认为都是金功的错：如果金功没有乱说话惹人生气，大哥就没法煽风点火，让大家的嫉妒变成毁掉我们果园的台风。

我也不是不赞成这样的想法。

可是。

可是晚上躺着睡不着，我像农夫耕田一样把金功说的话翻过来反过去地想，心里有些疑惑。他是真的像我们想的那样犯了错吗？或者他是往上游跳跃的金鲤鱼，鳞片在阳光下闪闪发光，而我们其他的人只是鲶鱼，心甘情愿地在河底的泥地打滚？

"把耳朵打开好好听吧，"他是这么说的，"你们责怪洋鬼子对我们的同胞不好。但是我们的同胞在这儿受的苦呢？在我们自己的国家。我们在自己的国家给地主官吏的铁蹄踩在脚底下，所以我们除非离开家跟你们所痛恨的鬼子一起住、替他们做工，不然养活不了家人。"

那不是我爷爷说过的话吗？爷爷说过，"无论我们再怎么辛苦工作，我们能过好日子的机会就跟瞎子抓到鳗鱼一样。"

这就是为什么我们有这么多同胞给卖猪仔的害了，为什么他们还要去海外。因为，事实上，从我们家种茶叶但是爷爷还是给逼着喝白开水那个时候到现在，什么都没变。

芝麻说，在学校里每次有学生不听话，他的老师会打开一张我们国家的地图。

"看啊，"他会说，"看看每年我们国家给洋鬼子抢走越多的地，颜色就变得越多。如果我们要有救，就要把他们赶走。我们要怎样才办得到呢？"

"要遵守传统德性，"学校里的每个学生都得要这么回答，"只要听话，不要发问。"

金功的主张刚好相反。"我们不但能改变，还必须改变。我们应该把收成多的时候赚的钱，还有你们现在花在婚丧喜庆上的钱，拿去买肥料和更好的种子，还要改良工具好有所进步。"

当然，花在婚丧喜庆上的钱不是浪费，是我们应当做的。但是收成多的时候赚的钱呢？除了把多的收成变成铜钱好埋起来,大家应该、大家可以真正做些什么别的事吗?或者这只是另外一个很蠢的鬼子想法?还是这个想法鬼子行得通但是我们不行?

可能像金功说的,在金山的房子即使是外墙也有眼睛高度的大窗子,我们只能有高到盗贼攀不到的小窗子。金山的收成可以不用看守就安然成熟,我们的同胞要用刀子棍子武装起来,在田里保护他们的谷物水果,不让邻居还有陌生人偷走,一直到收成结束。这不正是我们为什么要在果园建瞭望塔和雇用守卫吗?即使如此,塔和枪都救不了果园。

不,只有埋起来的铜钱才安全。其他的东西都会给偷走。只要是像大哥这样的人有权势的话就会一直这样。当有人遭到不公平的对待,除了忍受又能如何?

喜芭
迪蓝，佛罗里达
1883—1889

　　如果我说穿上围裙会让别人看不见你，但是却能让你看到和听到大大小小的事，这可不是在上帝面前撒谎喔。如果不信，就去问那些厨子、仆人还有洗衣妇，是什么颜色没关系，她们都会说一样的话：没有一句话逃得过我们的耳朵，而且我们也很会用舌头呢。

　　刚开始我是梅西嬷嬷的帮手。不过辛西亚小姐看到我做事很有条理，就让我进屋里做其他的事——像是伺候用餐，擦亮铜器和银器和铺床。

　　她们有个仆人叫莎拉。不过她很钝，我很机灵。实话说了吧，一天早上打扫的时候，我听到辛西亚小姐跟中校说她一定要让莎拉走路。只是莎拉抢先一步自己先走了。

　　莎拉很气辛西亚小姐的火爆脾气，又只那一丁点薪水。知道吧？辛西亚小姐可真的很小气。她让我代替莎拉，又还是要帮梅西嬷嬷忙，却没有多给我一分钱。

　　梅西嬷嬷的风湿严重到没法煮饭的时候，辛西亚小姐把我叫去说要我取代她，还说要给我全薪。即便如此，那是一份工作的全薪，不是两份的。

　　我回到厨房，破口大骂，"辛西亚小姐在试探我的耐心，她一定是。我真想要一走了之。"

　　"想要找更好的是没用的，越换越糟。"梅西嬷嬷提醒我。

　　如果不是我想留在吉姆身边，我真会拿出勇气就离开了。

　　反正，那屋子里所有的事都要我做，我看到的可多了，听到的更多。

　　像是辛西亚小姐的爹和她姐姐菲比小姐，他们从没来过。可是我可以告诉你她爹一天到晚都在担心天要塌在他头顶上了。菲比小姐呢，她想要当天使。

　　或者是黑男人可以投票这件事。我可以告诉你辛西亚小姐和中校恨死这件事了：辛西亚小姐自己想要投票，而且想死了；中校呢，因为这事他认为黑男人太看得起自己了。

　　记清楚啰，中校跟其他人一起想要改法律，好让我们族人出不了头。不但是给黑男人投票权的法律，还有不让农夫从中国运一堆中国人来的法律。

　　对这件事梅西嬷嬷笑到肚子痛又流眼泪。"还有比这个更滑稽的吗？"她大声说。

自由战争一过，知道吧，很多族人们脚痒的时候，她的老主人也搞了一堆支那佬来。

"他对他们就跟对我们一样坏。切，他对驴子都好多了。不过支那佬跟非洲人一样。不，他们长相一点都不一样。他们支那佬又小又黄，他们的头发长到可以像女人一样编成辫子。

"即便如此，支那佬就像非洲来的族人，因为他们也会飞。老主人带来的支那佬不到一个月就不见了，全都不见了，老主人因为他们飞了，嗓子都吼到哑了。"

不过吉姆和我，我们没笑。如果有不能飞的非洲人留下来做奴隶，那一定也有支那佬没有这种能力，白佬会用他们来让我们出不了头的。

*　*　*

辛西亚小姐呢，说她姐姐芬妮小姐训练了一个支那佬。从她的话我看得出来芬妮小姐很看重他——就像奴隶时代的时候吉姆的亚历士老爷很看重吉姆一样。

吉姆是给亚历士老爷抵债的。亚历士老爷自己的儿子耐吉少爷跟吉姆身材差不多，他们那时候都还是两个在爬的小宝宝，睡在同一个房间，在同一张桌子吃饭。只是耐吉少爷睡在羽毛床垫上，而吉姆就只有一个硬草垫；耐吉坐在桌上，而吉姆蹲在地上像宠物小狗似的等剩菜。

　　"我是我那些白佬的宠物，"吉姆告诉我，"一个宠物黑鬼。"

　　耐吉少爷不肯亚历士老爷让吉姆和其他小萝卜头一样做工，又挑柴火又挑水，还要喂牲口。他要吉姆做玩伴，在院子里爬树打弹珠，在小溪里钓鱼。不过耐吉少爷决定他们玩什么，如果耐吉少爷摔跤了或是生气不高兴，就怪在吉姆头上。所以吉姆认为他还是在做工。他做的工就是让耐吉少爷安全又高兴。

　　耐吉少爷要玩的时候，他可不管自己是在哪儿哩。他也用不着知道。可是没有路条，吉姆是不能跟他一起走出庄园的。所以亚历士老爷在吉姆的帽子上别上一个字条：少惹这个黑鬼，不然要你好看。

　　自由的日子来的时候，吉姆大概十二岁，不到十三岁。耐吉少爷和亚历士老爷都要他留下住在大屋里。可是吉姆想要自由很久了，不会这么简单就放弃。所以他告诉他们不要，他要走了。

　　芬妮小姐的支那佬阿吕也走了。芬妮小姐失去他真是伤心得不得了，所以南下来迪蓝跟妹妹在一起。

　　辛西亚小姐和中校知道他活不久了，就在猫头鹰要来给他叫魂之前，他们决定要回北方去，把屋子给关了，然后要吉姆做果园的工头。

　　吓，吉姆一开始就在做工头的事，现在他们只是给了他一个名号。是他雇人清理土地然后种上那些橘子树。是他每天在打理事情，让果子长得好，替中校和辛西亚小姐赚了一大笔现钞，他们可是一点都不想把钱分给别人呢。

　　可是狐狸总是想要知道兔子在干什么。所以芬妮小姐说要留下来，辛西亚小姐和中校可是乐翻了。我也很乐。

　　我现在很想要个宝宝，知道吧，而且想死了。可能我跟其他女人一样生下来就会想要孩子，只是给害怕压下去了，深到我都不知道有这个想法。或许是因为吉姆这么爱我所以我才想的。实话说了吧，我想要孩子的心窜了出来，变得很强，就像吉姆想要孩子那样强。

　　注意了，我还是在喝那些让我怀不上孩子的药茶。想要孩子的心还赢不了害怕。但是记清楚啰，想要的心跟害怕两个打来打去，把我的喉咙都给封起来了，让我都快喝不下去那些药茶了。我的悲惨事来的时候，我跟吉姆一样很伤心。

吉姆看我伤心，带回家一桶水，是洗过新出生的宝宝的。"巫师说我们要像乳液一样用这水——我涂在你身上，你涂在我身上。这样我们就能怀上孩子了。"

我听过我妈妈和其他女人说悄悄话，知道我喝的那些药茶不只是不让人怀上孩子，还会把在妈妈肚子里长大的孩子给冲掉。即便如此，我的手指头沾到那水，然后往吉姆身上抹的时候，想要孩子的心让我相信我们正在制造一个宝宝。当吉姆开始抚摸我的时候，我拉着他深深进入我，深到我可感觉到他就在我的心脏下面，像是个正在长大的宝宝。

"巫师说他得要见你一面。"吉姆在我的悲惨事又来了之后的星期天这样告诉我。

我们坐在自己小屋的桌子旁边。我假装没听见，推开椅子，强迫我的腿走到炉子旁，我的手去搅那锅玉米粥，这样我才能藏起我的脸，藏起我对巫师的害怕，怕他用巫毒可以看到吉姆看不见的事情。

"那水没有用让他觉得很奇怪。"吉姆说。

我发抖得很厉害，我勉强挤出，"巫术也没能救得了我爹。"

吉姆跳起来，用他强壮的手臂紧紧抱住我，一直抱到我不再发抖为止。"这个世界上总有些事会失败的。但是不试的话就是放弃了希望，那就跟死人没两样。"

我去见了巫师，不是因为希望，而是害怕，害怕如果我说不，会让吉姆失望，会失去吉姆。

巫师反正不知道我的秘密。他出生的时候没有包着胎膜，所以就算会巫毒也看不透我的心。他给我的那个挂在脖子上的符呢？那个符没办法不让我看过去，所以又怎么能帮我做宝宝？

然后芬妮小姐收到阿吕的信，里面说他从自己家人那儿逃跑了，说她是他妈妈。我说啊，芬妮小姐她一下子像是在高山顶，再一下子又像是在山谷底。

她很高兴做他妈妈，知道吧。只是她要他在身边。那不让农夫从中国运一堆中国人来的法律呢？那个法律让她得不到她想要的。

我拖着脚慢慢跟吉姆走回家。"芬妮小姐为了那个阿吕可伤心了。"

"你别替她瞎操心，"吉姆说，"白佬总要什么就有什么。"

"不是总是。中校一直在想法子毁掉那个关于支那佬的法律，可是他还没成功。"

"赞美耶稣。"

我捏一捏吉姆的手当做阿门，"芬妮小姐不是想把黑人拉下来。她是想把阿吕捧上去。"

"记得乔治叔叔吗？"

月光从云里跑出来，我看到吉姆在笑，表示他知道我没有忘记那个在奴隶时代对他很好的人，表示他心情特好。

"哪，在叛军投降之后乔治叔叔给亚历士老爷做佃农，结果三K党来找碴。"

一谈到白帽党人我就膝盖发软，跟跄了一下。"为什么？"

吉姆扶住我。"没有理由。你也知道他们从来不需要理由，就因为他们有权力，也要让人家看到他们有这个权力。"

我支使自己的脚继续走路，以免吉姆担心。

"反正呢，乔治叔叔在他们来的前一天晚上梦见了银洋，所以他知道会有麻烦。那个老头啊，一头白发苍苍像棉花似的，但是他可有勇气了。等到近晚上的时候，他拿起他打猎用的毛瑟枪和口嚼烟草，跑到他房子的屋顶上，舒舒服服等在烟囱旁边，然后在那儿等着。果然，天一黑他就听到马蹄声。"

我的心跳得像那些马一样大声。我转过去面对吉姆，把脸埋在他胸前。他停下来，替我按摩颈子和背，一面继续说。

"乔治叔叔呢，他看到白帽党人吵吵闹闹冲了过来。他吐掉嘴里嚼的烟草，大声告诉他们赶快转头，不然他就要开枪，而且开枪就要人命。可是他们不相信他。他们太习惯吓人、为所欲为。即便他把领队的从马上轰下来，他们还是继续过来。而且他们也开始开枪。只是乔治叔叔人在高处，占了上风。他们全没打到他。他又打下来一个三K党，他们这才转头四处逃跑，还一面像卡住的猪那样大声喊叫。"

吉姆笑得一塌糊涂，说到乔治叔叔赶忙去亚历士老爷家解释他做了什么。"吓，亚历士老爷把事情都解决了，以后就再也没有三K党和执法人去烦他了。"

我把头抬起来看着吉姆，"他是怎么办到的？"

吉姆耸耸肩，"亚历士老爷在投降之前就有权有势，之后也是。他要什么就能得到什么。"

记清楚啰，芬妮小姐也得到她要的。是啊，她帮阿吕找到办法避开法律，就像亚历士老爷帮乔治叔叔那样。

我仔细想想，如果芬妮小姐知道怎样帮有色人打仗，而且还赢了，她也应该可以帮吉姆和我保住我们的小孩吧。

芬妮
迪蓝,佛罗里达
1889—1893

阿吕是否能够乔装成功这件事一直悬而未决,让我极度担忧。即使在我接到他送来写着"登陆"这个好消息的电报,而且知道他十天之后就会到达,我还是不能好好休息,因为我实在兴奋过度。当那美好的早晨终于来临时,早在阿吕预定到达时间之前,我就命令吉姆载我去车站。

火车到达的时间慢慢越来越接近,天气变得很热,我很后悔穿了最好的黑丝绸衣。然后车站里开始满满都是穿着雪白的亚麻和凉爽的印花棉布的男女老幼,这时候我变得很高兴,因为如果我的眼睛因为漫长无眠的长夜等待而过于疲倦,因此而找不到阿吕,他一定会注意到我。

他的火车终于进站时,我热切地眯着眼睛看着一扇扇的窗户呼啸而过。

　　"芬妮妈妈。"

　　我转向那呼叫的声音，以为我看到阿吕从最后一节车厢探出身体来。但是火车还在喷气冒烟，车轮还在转动，所以我不能确定。直到他很快从站在门边的车掌身后冒出来，跳下火车，向我跑过来，双手大大张开。

　　我挥着手，急忙向前走。但是在我们越来越近时，我开始注意到我们所引起的侧目与议论；我看到阿吕的脸上因为探出身体跟我打招呼而沾上煤灰，他的黑呢外衣又皱、又因为旅行中的脏污而发亮。

　　他又叫了一声"芬妮妈妈"时，我突然感到一阵羞愧，站在月台上动弹不得。我的手臂原来已经举起要拥抱他，现在改成拉拉我的帽子和衣裳，然后放下。阿吕也放下他张开的手臂，我们碰面时陷入尴尬的沉默。

　　"吕先生，您的行李呢？"吉姆很安静但有点迟疑地开始接管一切，他向阿吕自我介绍，又建议我在他们处理行李时到附近的椅子上休息。

　　阿吕点点头，在我看来他是松了一口气。我也是勇气全失，一切都听从吉姆的建议。

　　阿吕的小屋离辛西亚的房子不到五十码，我们跟以前一样一起用餐、度日——不过在车站时在我们之间骤然产生的不自在感依然存在。

　　我借着躲在举起的茶杯和报纸后面几度惊鸿，偷偷观察阿吕。他很消瘦，但是看起来很健康，剩下的一点点咳嗽显然因为热带的阳光而消失，这阳光也让他的肤色变成古铜色，闪耀着金色光辉。他的胡须——这是在他从村子逃走之后为了掩饰身份而养起来的——很适合他，他头发中的几缕灰白也很适合他，虽然他才刚过三十。

他的嘴形展现了勇气和决心——那正是我们在工厂的餐厅还是陌生人时我就发现到了而且相当赞许的勇气和决心。但是那时候他是个热切的学生，充满了光明的希望。现在他带着受伤的表情，而他的话语带着忧郁的节奏，像是在残酷战争中受创的老兵。

我早就知道没有一个经历过叛乱战争的老兵能够从杀戮中全身而退，即使是肢体无伤或是未曾染病的人也是如此，除了有共同经历的兄弟之外，他们也鲜少跟别人分享过往遭遇。阿吕也是一样，对于我提出有关中国、他的家人和未婚妻的问题一律沉默以对。

"你已经回到家了。"我一再告诉他。

"是的。"他会说。

但是他的脸上还是因为隐藏的悲伤而黯然。从他尴尬的举止上，还有他透着孤寂的感恩笑容里，我也找不出任何回家之感。

***

　　我当然知道阿吕是迪蓝唯一的支那佬。然而对于很多人来说，他也是第一个他们见过的支那佬。不论我们是驾着马车、购物或是做礼拜，我注意到男女老幼——本地还是外国出生的，主人还是仆人，白人还是有色人种——都瞠目结舌地盯着阿吕看。

　　我还记得自己最初与支那佬接触时的讶异着迷，所以不能怪别人会好奇。但是我觉得他们看待阿吕的方式好像他并不是拥有跟他们一样的血肉之躯，或是和他们一样是造物主送来世间的人。只要半个小时优雅高尚的谈话就足以证明阿吕是个有文化有品位之人，他的情感敏锐，判断正确，也跟质问他的人一样有自己喜好的兴趣，但是这些人还是表现得不相信一个支那佬可以如此有教养又有文化，这让我的心都燃烧起来。

　　从来没有人说过重话，甚至有过凶狠的脸色，只是当阿吕像个地位平等的人走进第一浸信会教堂做礼拜时，会遭逢冷漠不悦的气氛，或是我们在礼拜之后的社交时间接近人们时，谈话会突然终止，我向大家介绍他的时候，他们也只是勉强点头，好像在抵制他。

　　阿吕在这样不友善的对待之下失去了活力，我真的很懊悔在车站时没有拥抱他，以前又拒绝了这么多邀请，让我丧失了很多可以让他更加受到欢迎的机会。

为了让阿吕觉得他有自主权，我告诉他，我那五英亩地随他要怎样开发。我记得以前我有多讨厌必须要跟父亲请求金援，我是绝对不会让阿吕遭受同样的侮辱。

我在辛西亚饭厅的厨具柜里的一个罐子放了一百元，我向他保证，"随便你怎么花。这罐子绝对不会空掉。"

他没有滥用这个特权，他反而太节省了：他决定要把地开垦成橘子园，但是并没有雇用一批工人，而是自己做工，天还没有亮就起床，好在黎明之前的凉爽气候中工作。

以前这里只有小鸟和其他小动物的叫声，或者是偶尔有远处渡轮或是火车微弱的汽笛声。现在有阿吕在砍树时锯子锉木头和斧头劈过木材的声音，还有他在替我们的土地围上篱笆所发出的榔头回声，这篱笆是为了防止四处掠食的狐狸、鹿群、山猫、牛只和野猪跑进来。

我从甘蓝棕榈和龙鳞桐的背后听着、看着，很担心他身体刚恢复，这样会有危险。我如果收回成命，他已经动摇的信心会受到更大的伤害，如果直言则会造成误解，让我们之间彼此不安的情形更加恶化。

天啊，我不安到头都痛了。最后，我要吉姆发誓不会泄密，然后私下安排他去帮忙阿吕。

橘子树相当贪吃，一定要好好施肥。阿吕的改良方式是善用手边的自然物质，而不是用昂贵的工具和肥料。他和吉姆从附近的湖里捞出淤泥好做为种植用的土壤。他们用树叶、稻草和农场的废弃物做成堆肥，栽种黑眼豆和藜豆作为绿色肥料。

虽然表面的土地很松，下面却都是沙黏土和石灰岩，无论是哪一种形式的劳动都会累垮人。可是微风吹过打开的窗户时，往往会带来一阵阵大笑声：阿吕的，吉姆的，有时还有喜芭的。

但是跟我在一起的时候，阿吕仍然是带着忧愁保持严肃。我们似乎也无法恢复他在中国时紧紧连系着我们的亲密，或是他生病之前我们之间的自在相处。

在处理父亲的遗产时，辛西亚、菲比和我都同意我们会共享父亲的房子。所以当佛罗里达夏天的热气和降雨就像它的居民一样让人难以忍受时，阿吕和我回到北亚当斯，留下吉姆和喜芭照顾果园和房子。

我们住在以前的房间里。辛西亚在失去威廉之后，住进了父亲的房间，对阿吕不太理睬。菲比虽然没有责怪他放弃在中国的工作，却无法隐藏她的失望。因为她们冷漠的对待，阿吕似乎更退缩到自己的世界，离我也更远。

但是显然跟阿吕最难以相处的还是他自己的同胞，因为他们丝毫不隐藏对他的不屑。我跟菲比提起这件事的时候，她解释说在中国人的圈子里有好几个人从他们在中国的亲戚那里听说阿吕死了，在他结婚的那天早上神秘死亡，他们很气他欺骗家人，还有跟他订婚的女人。

我知道阿吕太沮丧了，无法为自己辩护。所以我尝试着帮他从那些自己选择妻子的支那佬汤姆士·阿南和辛查理那里争取一些同情。他们很有礼貌地听我诉说。但是汤姆士为庆祝他儿子诞生办了一个晚宴时，他故意不请阿吕。查理也不肯贩卖阿吕买回来的货物。

菲比已经打开那些箱子，客厅里的橱柜充斥了各式各样的珍奇玩意。阿吕为了想要回收我付出的资金，在每件东西上都贴了价钱，邀请访客购买。但是他太大方了所以无法成功：他们喜欢什么就送什么，一件也没有卖掉。

我根本一点都不在乎阿吕是不是能够赚回我为了让他归来所花费的任何一分钱，要我用掉全部的遗产都可以。最折磨我的是他的不快乐，还有我们之间的距离。

阿吕对我的称呼——芬妮妈妈——挂在每个人的嘴上。做为他在蓝道尔先生的传教所写信给我时所使用的称谓,这本来很令人高兴。但是听到人们用这个来开玩笑,我承认我几乎要求阿吕改口再叫我芬妮小姐。我没有这样做,反而下定决心要证明我当得起这个头衔。

我最大的目标是避免阿吕又给强制送回到他所逃离的那些残酷的异教徒手里。北亚当斯任何一个支那佬都可能出卖他,向官方泄露他是违法入境,只要阿吕还是中国公民,他可能——事实上一定会——遭到递解出境。但是排华法律禁止阿吕变成公民。也根本没有希望废止这个法律。根据报载,西部各州的政客还在对国会施压,要通过更多对付中国人的限制法令。

但是我已经有一次成功地避过这个法律的经验。为什么我不能藉由我两个姊妹的帮忙再做一次呢?

菲比同意排华是不公平的。然而,她不愿意破坏法律。辛西亚之前虽然很愿意帮助我想办法让阿吕回来，却强烈反对他变成公民，就像威廉以前反对黑人拥有投票权。

"我们都没有投票权，阿吕凭什么有？"她追问着。

我吞下想要说出的愤怒言词，差点被噎到，然后很平静地说，"我不是在帮支那佬争取投票权。我只是要确定阿吕可以留在我身边。"

我伸出手越过菲比和我的椅子之间的小桌子，用我的手盖住她的。"申请公民需要两个有关他人品的见证。我所要求的只是你为实情作证——你已经认识阿吕五年多了，他人格高尚，而且遵守宪法的原则。"

我转身面对坐在我另一边的辛西亚。"我需要一个跟我们站在一起的法官，可以接受我们的证词，然后宣布阿吕是公民。威廉告诉我他部队的长官是个强力的废奴者，我听说他现在是波士顿高等法院的法官。你能不能跟他帮阿吕说句话——就一句话？"

辛西亚还没有来得及回答，菲比说，"我们来问上主。"

她们低下头；我双膝跪下。她们在寻求上主的指引；我向他请求要提醒她们是上帝亲自命令阿吕回到美国。

祷告结束时，菲比和辛西亚在努力沟通不同的意见之后，同意支持阿吕。

为了不让计划失败，我没有告诉阿吕有关我们替他申请的事情，当邮差送上他的公民证书时，他难以置信地瞪着那张纸。

我微笑，"是真的。"

当菲比、辛西亚和我解释我们做了什么时，阿吕一只手拉着胡子，用另一只手摸着证书上的字——不只是一次，而是一再摸着。每读一次，我觉得他看起来背更挺直，他的头抬得更高。最后，他勉强让眼睛离开那张纸，设法发声好说出他的感谢。他发誓，"我会用我的选票让你们可以投票。"

阿吕注册成为共和党人，热心地参加政党大会和干部会议；在他的怂恿之下，我延后回迪蓝的行程，好让他行使投票权。真希望他的公民权也可以为他赢得在社会上合理的地位。

* * *

我还在北亚当斯时，我注意到阿吕的举止好像他还是父亲的雇工。在社交场合，他很不自在地在外围盘旋，不是帮忙送食物就是收桌子，协助年长者，娱乐小朋友，或是做些其他的服务。除非有人直接问他问题，他不会说话。然后，他会避开私人、政治或是教条方面的谈话，仅只说些一般的客套话。

回到迪蓝之后，他就更加退却了。这也难怪！他的出现不再引起无礼的注视，但是人们还是继续不屑地对他嗤之以鼻，那种冷漠的礼貌让他不得不感到自己是遭到轻视。

我认为即使他叫我芬妮妈妈，人们会轻视阿吕是因为他们误以为他是我的仆人。他在开发的土地是我的，阿吕总是那么善心，经常在橘子园帮助吉姆，在喜芭的菜园帮她，这些都让他的地位更加混淆。

我很小心地向阿吕解释如果他希望人们以绅士的方式接纳他，他就一定要像个绅士。"你不能再邀请吉姆和喜芭一起抽烟、喝冷饮或是到你的屋子做客。你一定让他们再度称呼你是吕先生。"

我才刚一开始，阿吕的眉头就因为过于苦恼而皱了起来，让我的良心受到谴责。但是如果心软，我就没有尽到作为他母亲和守护者的责任。我拿出他的信，让阿吕看看他写过什么。芬妮妈妈，你的建议总是对的。然后，在这世上我会服从你，就像我服从我们天上的父。

我一步一步地说服阿吕按照我的指示行事。吉姆和喜芭也了解他们跨越了仆人应守的份际，丝毫没有抱怨；他们两个都再次称呼阿吕是老爷。喜芭在伺候我们用餐时，也对他表现出对待我一样的尊重。虽然阿吕好像除了温和的建议之外还无法去指挥吉姆，吉姆对他却完全服从，继续用湖里挖出来的淤泥来替果树做肥料，种植肥沃田地的作物做为绿色肥料。

在阿吕的指挥之下，辛西亚的每棵果树出产了七箱橘子——比其他果农一般的收成多出一箱。果子也比以前更吸引人，果皮更光滑。

阿吕要求吉姆在每个箱子的每一边都做上标志，不同于一般标准作业只在箱子上写一个运送地址，这样到处都看得到地址，可以防止因为箱子被粗鲁地翻来翻去而使得水果受损。辛西亚接到我寄过去的一箱水果，还有她收入增加的完整报告，这让她非常高兴，所以我很轻易地就说服她让阿吕取代吉姆取得经理的头衔。

阿吕害怕即使吉姆能够保有薪水，还是会对这个改变不高兴。我坚持这样的职位调整有所必要，这样才能镇压住人们不断耳语说阿吕不但是仆人，还在黑人手下工作。

正如我所预期，吉姆没有异议就放弃头衔。

但是，人们还是拒绝承认阿吕跟他们是平等的。

我真的很灰心，但是在阿吕面前还是做出高兴的脸色。我拿出他生病之前我们所研拟的计划，建议他回去研究改良品种。

他回来之后第一次眼睛发出火花。但是他对我拿出来的计划书摇摇头，说道，"我有新的想法。"

他的声音带着兴奋，解释说道因为要开垦和种橘子，佛罗里达北部高大的松树林遭到大量砍伐，他相信这会影响到气候，会变得越来越冷。

我感觉到心跳加快。"所以你要制造更耐寒的橘子。"

"正是如此。"他开心地笑着，"可以抗霜害的橘子。"

他以往的实验证明了达尔文先生认为混种植物优于自我受精植物的法则。我们讨论附近各种品种的特性——哪些是培养出来的，还有哪些野生的——他可以尝试做哪些不同的混种，还有可能的结果。

　　天啊，我们这么专注讨论着，当喜芭宣布晚餐已经准备好了，我们并未停下来，在吃饭时仍然继续我们的谈话。在月亮早就高挂在甘蓝棕榈之后，我们还在谈话。

　　喔，我的心是何等欢畅啊！

　　阿吕并不是唯一在寻找改良品种的人。《佛罗里达农艺家》的编辑古俊顿先生种植了一个拥有五十多种柑橘品种的果园，好观察这些品种的相对优点，他的报纸刊载了许多业余自然学家和园艺爱好者的实验——有些很重要，还有许多很逗趣。但是即使是在佛州住了很久的人也只记得有一次寒害严重到损害水果，更何况在那之后很少降霜，而且那几次降霜也不严重。所以人们嘲笑阿吕想要开发抗霜橘子的提案，包括那些来自北亚当斯、知道阿吕在植物方面的天分和技术的人们也一样。

　　当然，想要发明对于人类有益事物的人经常会遭到抨击。我告诉过阿吕，本杰明·富兰克林想要从云层抽取电力的想法也曾经遭到学者嘲笑，认为他用风筝做实验是儿戏，然而，他依然坚持不变。

　　阿吕也不顾别人对他的嘲弄，将辛西亚的果园里最具活力的两种橘子加以混种：用佛罗里达一般季末最常栽种的哈特晚期橘，跟地中海甜橘混种。

　　当这一批混种橘子逐渐成熟时，阿吕和我检查它们的大小、口感和味道。因为如果我尝了太多酸口味的水果会犯胃酸，所以阿吕会先选一个橘子品尝。如果他觉得很喜欢就会切一片给我，我们再一起讨论这水果的好坏之处。

　　良好的判断力是植物育种的主要关键，而阿吕天资聪颖，加上想象力丰富，又有推理能力——再经过多年的仔细观察以及我们持续交换心得的琢磨——使得他几乎有预言的能力。经过一连串热烈讨论，他选择一个橘子，取出十八颗种子种在平地。

　　我们一起观察和辩论各个种苗的特点，一直都很注意哪些特点足以显示各株植物最终的价值。阿吕从中选了十二株来移植以及培养，等到这些果树的高度足以容许割取芽条时，他就决定要砍下小树枝，把它们嫁接到较为年长的果树上，这样他就可以在一两年之内取得果实，而不需要等待六七年。

　　那些果树当时正在冬眠，树干过于坚硬紧密，即使最细的芽条都无法插进去。阿吕不畏艰难，把根部附近的土壤挖开，因为根部那里还有足够的汁液，容许他剥开树皮插入芽条，而不至于损伤到果树和芽条。一般在枝干上嫁接橘子芽条时，会用上了蜡的布包住切口，保护它不会干掉。阿吕用图钉和纸在根部插入芽条，然后用土壤包住。有些反对者悲观地预言结果会一塌糊涂，但是恰好相反，这些接枝不但成功，还比嫁接在树干上的芽条长得更快。

　　早上的时候，阿吕会手脚并用在地上爬行检查嫩枝，寻找树干或树叶是否有任何衰弱的迹象，我会跟喜芭一起讨论菜单以及跟吉姆对账。

　　阿吕急于要更进一步改良果园，所以建议我们在乡间四处搜寻更多改良的品种。下午较晚之时，我们会快乐地驾着马车穿过松木林和橘子园，经过铁兰覆盖的橡树和藤蔓垂吊的楝树之下，路过波光嶙峋的小湖、棕榈和开着花的树丛。如果下雨，我们会留在室内写信，享受雨点打在屋顶上噼里啪啦的声音。

　　在有凉意的傍晚，阿吕会在辛西亚的客厅生火，我们会倾听木柴清脆的爆裂声，一面享受着温暖，一面大声为对方朗读科学刊物、历史、纽约来的报纸和杰克森维尔的报纸《守护者》。我们更经常做的是在日落之后还久久徘徊于屋外回廊，不愿意离开盛开着花朵的树丛与树木所传来的各种浓郁花香。

　　最令人感到心满意足的是我们的谈话，在其中可以分享思想萌芽又自由发展的兴奋，还有目的相同所造成的亲密。因为话题有趣，我们可以像以前一样轻松谈话，经常忘记时间。阿吕不只一次在极度兴奋之下兴高采烈地说，"就是这个，这是为什么上帝把我带回到你身边。"我感觉彼此之间的局促慢慢瓦解，我们曾经有过的亲密也逐渐恢复。

然后，在我们晚上道别之后过了很久的时间，阿吕烟斗发出的烟味会飘过我们之间相隔的那五十尺空间。或者，如果我们在北亚当斯，我们的房间紧邻，我可以听到他在床上辗转反侧。

他从未告诉我他无法入睡的原因。我也从未告诉他我睡着时一再出现的梦境。

迪蓝就像卡路丹一样，有如彩带的铁兰挂在橡树长满节瘤的树枝上。

"那是什么？"我问约翰舅舅。

他举手摘下几缕送给我。"很久以前一个新娘和她的爱人在婚礼当天遇害死亡，埋在橡树之下。根据当时的习俗，要剪下新娘的头发，挂在坟墓上方的树枝上。人们说年复一年，头发由黑转灰，从一棵树传到另一棵，变成了铁兰。"

我内心深受感动，把那些刺人又纠结在一起的灰绿色植物镶在我睡床上方一个玻璃展示盒里。多年之后，在我埋葬对于阿吕错误的情感那段漫长又艰苦的岁月里，我躺在床上，苍白、僵硬又冰冷，盯着那些易碎的须蔓，就好像我是那个死去的新娘。

现在，在我的梦里，阿吕是那个死去的爱人，挂在他的坟墓上方树枝上的是他的辫子。

喜芭
迪蓝，佛罗里达
1889—1892

　　我马上就停了让自己不能怀胎的药茶，而且放任自己去喜欢小萝卜头，一有机会就宠宠他们。切，我会向妈妈们借宝宝来抱抱，就只是为了感受一下他们在我手里抱着、坐在我腰上的滋味。

　　我一面把一个小娃儿放上肩头，一面想起马蒂阿姨是怎么劝我爹妈的，"总有一天篱笆最底下的横杆也会变成最顶上的。"妈妈就拿这句话来安慰自己，爹呢，用这句话当成天上的星星，做为他的目标。爹把我一把从他头顶翻过去，一面唱着"你已经是顶上的横杆啦"的时候，我的心飙得高高的，好像会飞的非洲人。

　　回到我们的小屋，我大声向吉姆说出我的梦想，"我要我们的小萝卜头做顶上的横杆。"

吉姆在我身边的板凳坐了下来。"没有最底下的横杆就没有在上面的,这样的日子过得会不舒坦。"

"除非你是最上面的横杆。"

吉姆摇摇头。"你知道在奴隶时代我做的工很轻松,每天吃肉而不是骨头,穿漂亮衣服而不是肥料袋——所有奴隶宿舍里面大人小孩想要啥我都有。他们以为我是上面的横杆了,就为了这一点恨我。如果不是乔治叔叔,我会寂寞死了。"

我伸手抓住他的手。"那些人是因为奴隶制度变得很坏。"

"他们是因为嫉妒变得很坏,嫉妒是来自有篱笆,还有上面的横杆和下面的横杆。"吉姆握住我的双手。他笑着把我拉到他的膝盖上坐着,"我呢,要我们的小萝卜头快快乐乐又有爱心。"

阿吕啊,对芬妮小姐来说,他可是打包票的就是最顶上的横杆了。他快回到她身边的时候,她在辛西亚小姐的土地旁边买一块地,就只是为了他。他决定要把那块地清理干净变成橘子园的时候呢,芬妮小姐不忍心看他把肺都给搞坏了。除了辛西亚小姐的薪水,她还塞给吉姆钱要他帮阿吕的忙。

有这些现钞我们可乐了。吉姆喜欢每个月替我们想要的小萝卜头存一点钱,知道吧。但是我们还在养梅西嬷嬷,这当然也是我们该做的,但是因为好一阵子没有加薪,还真的很难凑合着过日子。

可是吉姆可不是那种有了钱才会帮别人忙的人。打从一开始他就跳进去帮阿吕的忙。只是芬妮小姐啊，她从来不知道。她一天到晚待在屋子里，看不到的东西可多了呢。阿吕也没对她吭声。实话说了吧，除了说说植物的事情，她和阿吕在一起可真是安静。

记清楚啰，阿吕最爱的就是植物，他还请吉姆教他黑人辨认天气的方法。他看到我把树林子里的东西摸得一清二楚，就像他把书摸透了一样，他也请我教他。

吉姆一点一滴教他认识从前乔治叔叔告诉他的那些辨认天气的方法。我就教阿吕要怎样去选出好吃的草根、莓子和香草——就像马蒂阿姨教给我妈妈，她再教给我那样。

吓，阿吕学这些东西可是狼吞虎咽，就像其他人抢着吃饭一样。注意啰，他可不是那种人家告诉他什么就接受什么的人。他绝不会在黑夜种马铃薯，或是用泻盐来清理树木。可是他会等到听到北美夜鹰呜呜叫之后，才会在芬妮小姐的蔬菜农场种豆子，还会等到山茱萸开花才去种玉米。

我说啊，他行到可以像吉姆一样预言天气：露水重是大晴天，夕阳大红是有寒流，旋风就是干季。可是当阿吕预言会有很冷的冬天要来的时候，那可是他自己料想出来的，不是看天气的征候。

吉姆和我嘛，我们还没决定要怎么看待阿吕的预言。芬妮小姐呢，她告诉阿吕他聪明透顶。他想要造出更好的橘子的时候——那种就算是冷得不得了也不会受伤的橘子——她扬扬得意大呼小叫说阿吕就像是他的名字中国话的意思一样：金功，双倍光明。

她是唯一称赞他的人。农夫嘲笑阿吕脑子有问题。还不只农夫呢，那些雪鸟，穷白佬，还有黑人，他们都叫阿吕是傻子。因为他们从他到迪蓝来的头一天就瞧他不顺眼。

是吉姆载芬妮小姐去车站接阿吕。所以吉姆亲眼看到那些人是怎么张大了眼睛看着阿吕从火车上跳下来，嘴里叫着，"芬妮妈妈"。还有莎拉，她离开辛西亚小姐之后就成了芬妮小姐牧师的佣人，她说白佬看到一个支那佬叫白女人妈妈都气坏了。小葛、鲁思和敏蒂，她们的白人老板怪阿吕。她们——我是说小葛、鲁思和敏蒂——也怪他。吓，她们又嗡嗡叫又乱刺人的，比蜜蜂还厉害。

"那个支那佬自以为了不起。"

"他还真的自以为是高高在上呢。"

"让阿吕给捧得高高在上的是我们的习俗，非洲习俗，"我插了进去，"他对我们很尊敬的。"

吉姆扯起嗓子叫那些跟他和阿吕一起流血流汗的雇工。"内特、杰斯罗、班，你们亲眼看到阿吕是怎样的人啊！"

"他太了不起了，都不跟我们一起吃饭。"

"他说话像白佬。"

"行为也像。"

"那只是因为他读过书。"吉姆替他辩驳。

"他一点都不像老主人带来的支那佬，"梅西嬷嬷说。

"阿吕跟他们一样又小又黄。但是他没有他们的自由精神。"

跟梅西嬷嬷在奴隶时代就在一起的罗鄂拉不屑地吸了吸她的牙齿，"也许他剪头发的时候一起剪掉了。"

大家都很势利，而且势利得不得了。可是阿吕一次也没说过他们的坏话。没对芬妮小姐说。也没对吉姆和我说。阿吕根本没有那个抱怨的心眼，知道吧。他把感觉吞下去了，就像他吞书那样。即便如此，他的脸上还是到处写着他很难受。

芬妮小姐呢，她就会跪在地上，要上帝帮忙让白佬对阿吕好一点。白佬还是那么坏的时候，她告诉阿吕白佬瞧不起他是因为他跟吉姆和我太亲近了。她告诉阿吕他应该做吉姆的监工，甚至还跟辛西亚小姐决定了这件事。

她开始说这事的时候，我正在替阿吕和芬妮小姐倒咖啡。我告诉你啊，我真的很气她敢看轻吉姆。阿吕看到我抿起了嘴，就拿起他的餐巾。但是芬妮小姐还是继续逼他，因为阿吕对吉姆的关照而把他当做箭靶子。

因为阿吕是不支薪的，所以他什么都没有。他要依靠芬妮小姐才能有机会造出他的橘子，还有其他大大小小的事。但是他还是替吉姆说话。

他说话那么轻声，我都快听不到他说的话了。芬妮小姐却还是大发脾气。她不要听别人反对她的话，不管是轻声还是大声。不行，即便是阿吕也不行。

他马上就搞清楚了，向她屈服。

吉姆记得在奴隶时代人家有多恨他，所以不让阿吕为了他给降职这件事太难过。他耸耸肩说，"这就是白佬啊。"

阿吕还是低下头看着地，拖着脚慢慢走了。我的眼睛呢，就开始淹大水。

"好了，"吉姆说，"没什么改变的呀。"

可是，实话说了吧，我看出来芬妮小姐除了阿吕之外对其他人没感情，我看出来她是不会为了吉姆和我保护小萝卜头的安全。

心珠

台山，中国

1889—1893

　　有哪个做娘的会忘记教女儿有男人走过的时候眼睛要看着地上呢？即使如此，我们说适合婚嫁年纪的姑娘就像私盐一样，会危及家族的太平。但是那些年纪轻轻又柔弱的女人，因为丈夫死了，或是丈夫去了金山还是遇上其他灾难，她们呢？她们是不是也一样危险？

　　虽然对红杏出墙的女人的惩罚是要把她慢慢绞死，可是谁没有听过大家私下说哪家的寡妇因为孤枕难眠，找男人一起盖棉被呢？这些女人肚子大了，事迹败露，就自取性命，把肚子里的性命也一起带走。所以在大家都看出来碧云是在做活寡妇的时候，大嫂逼她勒紧胸部，而且要穿宽松的衣服。

　　后来妈的鬼魂不让维燃再打他的寡妇老婆，碧云的脸也不再鼻青脸肿，才让人家看出来她是个美人。大嫂要她不准再修眉毛和挽面，可是她太害怕妈的鬼魂，所以也不敢明目张胆地命令她。

碧云因为她婆婆害怕而变得胆子大了起来，不但拒绝大嫂的命令，还用刨木屑的树脂擦在头发上，然后一直梳头，直到头发像缎子一般发亮。她也不再跟丈夫一起睡，而是在地上替她自己和芝麻铺了个草垫。说书的人经过时，提到在顺德有姑娘们拒绝成亲，变成结拜姊妹，一起住在姑婆屋，就是不出嫁的姑娘住的地方。碧云问了很多问题，这让不只一个爱开玩笑的人大声跟维燃说"小心啰"。但是碧云仍然继续尽力伺候大哥大嫂、维燃和芝麻，在乡里之间大家都称赞她是孝顺的媳妇、好老婆跟好妈妈。

我也希望我那个鬼儿子的老婆爱玲也能够得到同样的认可，这样也可以让我们家稍微可以抬得起头，好弥补金功在家的那几个月所带来的耻辱。

我没忘记自己在做新娘的时候会偷看丈夫下田时裤管卷到膝盖之上露出来的脚。爱玲会拉高她的裤子，让裤边悬在她的脚踝之上。她用芬芳的白兰花装饰她黑亮的发髻，还把金牙擦得闪亮。哼，她经过的时候，不论是老的、病的或是在忙的男人都会转头看她。她呢，倒是似乎没有注意到他们。

爱玲自知她在我们家地位是在满荷之下，公鸡还没啼就起床生火，洗米煮饭。她把我们的脏衣服带到河边清洗，然后带回家，晾在院子里的竹竿上晒干。她会去喂我们的水牛还有猪和鸡。

春天她帮忙播种，秋天她帮忙收成。如果她自己没有下田，一天下来她一定会给学仪和维灼准备好热开水。

我们听她的建议，用一块好的稻田换了几亩贫地，在上面种麻。我们把麻漂白、清洗然后纺成细线，再织成麻布。学仪到市场上卖这些麻布，替家里增加收入，我们也用麻布给自己做衣服。爱玲很会剪裁，所以其他女人——就连大嫂也是——会来我们家请她帮忙。

爱玲做事的时候也不会拉长脸。她说在女仔屋的时候，那些姑娘会一面说故事或是唱歌，一面缝衣纺织，她也用从她们那儿学来的故事和歌让我们晚上过得更有趣，或是她会朗读书里面的故事。

但是她最喜欢的故事是《木鱼歌》，这些歌曲哀叹远在金山的丈夫和情人，警告年轻女人孤独是大部分金山老婆的命运。她在念这些悲伤的故事时，双胞胎其中一个或是两个一起会在木鱼上敲出节奏，在我看来，那木槌敲在木鱼上嘟—嘟—嘟的空洞声音正好是爱玲内心空虚的回响。

当她以为没人看到的时候——像是她在厨房替炉灶添柴火或是倒猪食喂猪的时候——有时我会看到她擦擦眼睛鼻子。但是她不会因为满荷有丈夫孩子很好命而吃醋。

爱玲进门之后做的第一件东西就是替满荷做了一个漂亮的腰包，是精巧的莲蓬形状，用五彩线刺绣，有二三十个小小密密麻麻的纽扣。还有双胞胎大到不方便跟爸妈住在一起时，她也很乐意地让那两个小姑娘跟她睡一张床。

这本来是我这个做奶奶的责任。但是那样学仪跟我就要分开睡，而我们无法忍受要分开。

如果我现在五十五了还不想跟丈夫分开，当四弟说金功可能没死的时候，我的心怎么不会为了爱玲的幸福而很雀跃呢？如果四弟说金功避开了妖精或山贼，现在正要回家，我还可以因为儿子的失而复得而高兴。但是四弟店里那个从金山回来的客人捎来的消息是金功骗了我们——他自己的家人和同胞——回去跟洋鬼子住在一起。

我很困难地吞下口水。"他一定是搞错了。洋鬼子不是对我们同胞关上大门了吗？"

四弟不安地在板凳上挪了挪身子。"你们也知道总有其他方法可行。"

"但是金功既不会骗人，又没有钱。他是怎么办到的？为什么呢？"

"一定是那个什么灵，他身体里面的鬼。"学仪说。

维灼鄙视地哼了一声。"更有可能是他的鬼子老师成了把他拉走的绳子。"

但是如果金功想要回到他的鬼子老师身边，那他一定会拒绝定亲。他会吗？金功还是孩子的时候是绝对不会让一个女人嫁给鬼丈夫的。那孩子曾经把人家逮住的鸟给放了。但是他现在变成的鬼子男人是没有心、没有道德的，是个什么事都可以做得出来的陌生人。

我心里极为不安，想向庙里的天母求个答案。我拿起两个竹筊，两个都是一边是平的，一边是圆的，我把两个筊杯在供桌上冉冉上升、温热芳香的檀木线香的烟雾中绕了绕，然后跪下，在王母面前掷出筊杯。它们转了一下子，然后轻轻砰的一声落了地。

在供桌昏暗的烛光下，我看好像两个筊杯都是落在同一面，这让我松了口气，又再度悲伤起来：金功真的死了，他没有羞辱家人。

等我去捡起筊杯时，我看出来是一个圆的而一个是平面的：天母没有回答我的问题，而是把问题丢回来给我，像是枯井里的回声一样。

天母没有多管闲事，但是人们可不是如此。四弟店里听来的话很快就传来我们这个地区，金功成了街头巷尾人们闲话咬舌根的对象。

其中大哥大嫂是最快嘴、最长舌的。

大嫂会一再说，"如果金功娶了鬼子老婆，生个鬼子儿子怎么办？他会让祖上蒙羞啊。"

然后大哥会幸灾乐祸地说，"他已经让祖上蒙羞了，族谱里的行为规范写得很清楚：'任何男嗣如若严重违反族规，必将其从族谱除名。'"

任谁听到他这番威胁的话都会吃了一惊，然后自以为是地点头赞成。如果金功被从家谱除名，他会永远都成了外人，像是村里池塘飘飘荡荡的无根浮萍，一个没有名字的人，一个饥饿的鬼魂。

在我们的床帷之外，学仪热切地替我们的鬼儿子辩护，也赢得了吕氏宗亲的长老的支持，决定金功不应该因为这样的闲话而遭到责难。首先必须要有亲眼看过他的证人，可以拿出具体证明他是蓄意犯错。

但是我们单独在一起的时候，学仪和我都承认那天守夜人在大雾中看到的蓝狐狸很可能是我们的鬼儿子蹲下来，沿着地面在跑。金功可能真的是假死。

爱玲呢，她是怎么想的？她一样做她的事，还是在金功的石牌位前拈香和上供。但是等到满荷又给我们生了个孙子，我们建议爱玲收养这个孩子，好让金功的鬼魂有后代奉养，她却拒绝了。元宵节的时候，我看到想要生孩子的女人提着灯笼去庙里，灯上画着观音送子或是写着"赶紧"，我看到爱玲溜出去跟着她们。我就猜想她是去拜拜，祈求金功还活着，会回家生自己的儿子。我这个想法错得可真是太离谱了。

新年当然是最重要的节庆。但是我小的时候，庆祝牛郎织女的七夕好像更重要，因为这天晚上我娘和我会请求这对神仙情人帮我找个丈夫。

早在七月七日以前，我们就会开始准备，缝好七双小鞋子，用竹条编出七套小家具，用刺绣和芝麻做的精巧图案来装饰。靠近节日那天，我们会做小汤圆和糕点。

我们在做这些东西的时候，我娘会讲牛郎织女的故事，他们因为太相爱而忘记了在天庭的责任，所以神仙就拆散他们，把他们放在天河的两边——每年只有一次喜鹊会在河上搭起一座桥，好让他们见面。

"各地的母女都会祈求有个英俊的好丈夫，"她会提醒我，"所以我们准备的祭品一定要是最好的。"只要有一针绣得不平整，或是有一粒芝麻歪了，她会要我把整只鞋子或是椅子桌子拆掉重做。

就在那对情人见面的晚上，我们会跟大家一样在院子里搭起临时的供桌，上面摆着红烛和熏人的线香、我们准备的佳肴、糖果和水果，一个纸盘里放着我们做的鞋子和家具、纸花、一把梳子和扇子。我娘自夸说我们的祭品最好，所以我总是认为这是为什么牛郎织女赐给我学仪这样一个好丈夫。

然而爱玲说她们女仔屋里的姑娘不但会献上这些一般的祭品，还会在红缎子上绣出龙凤和缝上五彩珠和亮片，当成供桌的特别罩巾。她们用罚款收集起来的钱雇用木匠搭起戏台，让乐师和戏子表演，好让牛郎织女和整个村子的人都高兴。那么，为什么牛郎织女会给爱玲一个鬼丈夫呢？

是因为女仔屋的姑娘连织女其他的姊妹也一起祭拜，让织女嫉妒了？我甚至听过爱玲这样告诉满荷和碧云，"这些姊妹比织女幸运。她一年里只有一天幸福日子，她们是天天幸福。"

"怎么会呢？"满荷问道，"她们没有丈夫啊。"

"她们可以相依为命啊。"爱玲说。

"就像姑婆屋里的结拜姊妹。"碧云悄悄地说。

"正是如此。"

织女是让爱玲跟我们的鬼儿子配对来惩罚她吗？还是爱玲的命跟金功紧紧纠缠，即使是牛郎织女也无法改变天命？还是要怪我的鬼印记？

四弟告诉我们金功可能还活着之后的第二年，有两个从我们这个地方出去的金山客在家书中提出相同的指控。他们都曾经跟金功在皮鞋工厂一起做过工，所以他们不可能把陌生人误以为是他。但是一个人说我们儿子替他的鬼子老师做工，而且没有工钱，另一个则说金功像儿子一样跟她住在一起，还管她叫妈妈。

老实说，这些说法让学仪和我想起了金功抓周的时候，因为他什么都想要，抓起了妈放在他面前的笔、钱、算盘和稻穗，却打翻盘子，最后什么都没拿到。但是在族中长老面前，学仪还是坚持那些信只是谣言，太离奇、太矛盾了，不能证明金功还活着。所以长老们还是维持原议，再一次否决大哥要将金功从族里除名的想法。

显然，如果金功还活着，他也永远都不能回家了。我们也不会送他老婆去找他。因为我终于知道我们儿子会逃走就是因为我们替他定亲，但是知道的太迟了。

"还有什么是我没看出来的？"

"你不用责怪自己，"学仪安慰我，"我们都没看出来。"

"这只能怪金功。"维灼同意他父亲的话。

既然是因为大家认为金功是被妖精给抓走了，所以我们的果园才会受到责难，维灼说如果我们承认金功还活着，那长老会准许我们重开果园。

我的眼睛惊骇地睁得大大的。"然后让他从家谱除名？"

"有什么不可以？"维灼恨恨地说，"金功什么时候替我们着想过了？"

"就算是这样，为什么要让他变成没有名字的人？"学仪说，"无论如何，大哥已经毁掉鬼子机器，没有机器山坡地是没法耕种的。"

"我已经把机器重新组好了。"

"不可能。"学仪和我异口同声地说。

维灼发出几声毫无喜悦的干笑，"大伯和他的朋友去破坏机器的时候，芝麻也跟着他爷爷一起去。他告诉他妈零件埋在哪里。然后碧云、满荷和爱玲把它们挖出来，藏在她们挑的草堆里，一次带一点回来给我。"

在房间的另一边纺轮在转动着，织布机发出有规律的喀喀声。满荷和爱玲面无表情，完全没有表现出来她们在听我们谈话。不过她们也能够把一整部机器给藏了起来。

我想到碧云和芝麻。他们也像我媳妇一样很安静很小心。他们四个还有什么秘密？他们知道大嫂的、还有我的秘密吗？

学仪在我旁边把弄着烟管和烟草。但是当我起身去帮他拿火种的时候，他摇摇头，放下烟管和烟草，转向院子的大门。我顺着他的目光，看到远方我们的山坡地，在夕阳下荒废的土地从暗土黄色变得血红。

"自从我们被迫毁掉果园之后就没有妖精了，"他很沉重地说，"长老又为何要准许我们重新开始呢？"

"因为是大嫂那个狐狸精请了妖精到龙安来，然后又要它们走，"我应该这样说。但是我的秘密已经保守太久，想要打破沉默没有那么容易，虽然这些秘密像是犯人戴的枷压在我肩膀上，勒住我的颈子，我还是把这些话吞着口水咽下去。

好像过了很长一段时间，只听得到我们的呼吸、织布机和纺轮，还有孩子们在院墙外榕树下玩耍的声音。我的肩膀更往下垂了。为了保密，我已经牺牲了二儿子和三儿子的幸福，害死了两个孙子。但是如果维灼坚持要把金功从家谱上除名，那金功的来生也一样什么都没有，永生永世什么都没有了。那我还能沉默不说话吗？

我看着学仪饱受风霜的脸，眼角和嘴角都有皱纹。我闻到他混合着肥皂和烟草的特殊味道。没有他和我共枕，我……

维灼突然叹了口气，"你说得对。不可能再有果园了。大伯不会容许这事的。"

一阵突然的解脱涌上来，叫人头晕目眩，我闭上眼睛，悄悄向观音念经感谢他放过我，还有我的鬼儿子。我睁开眼的时候，学仪痛苦地皱着眉头。我不明就里，我看着维灼，这才知道他请我们准许他和满荷带着孩子去省城找四弟。他求我们说，"你们还看不出来吗？失去果园就像是水蛭上身，虽然断了，但是头还埋在我身体里面。也许要是我看不到那片空荡荡的山坡地，我就可以把它拔出来。"

庙祝选了一个黄道吉日让他们离开。那是在白日变得比较长的时候，天气也暖到可以让我们脱下棉袄。但是儿子孙子叫人牵肠挂肚，所以即使我跟学仪抱在一起还是觉得好冷。

我握住他粗糙又沾满污渍的手，说道，"我们家老大是个农夫，不是开店的。他不会离开太久的。"

我丈夫强颜欢笑。"我们的孙子也会回来。"

但是我们还是在打哆嗦。我们肚子里的那团火还是化成了灰烬。

芬妮

迪蓝，佛罗里达

1894—1895

　　阿吕的家人被他们自己信奉的异端邪说给蒙蔽了，看不到他的优点。北亚当斯的中国人只关切阿吕拒绝娶一个异教徒为妻，也持续排斥他。在迪蓝还有跳梁小丑不情愿认可阿吕是个独特的支那佬，应该在社会上占有一席之地。但是阿吕对于人们几乎毫无掩饰的轻慢态度持续以谦恭回报，所以激起真正的基督徒内心的良知，也逐渐赢得他们的尊重。

　　我们在迪蓝的第六年，大家在主日崇拜时会热切招呼他，就像在北亚当斯一样。我们驾车出去时，只有少数尖刻的目光和讽刺的嘲笑，更多的是热情的招手，邀请我们停车喝茶，或是玩一局槌球。在众人赞许的阳光下，阿吕像黎明的牵牛花般地绽放。

　　然而，他最光明、最温柔的目光，还是投射在他的种苗上。他坦承自己早晨第一个念头以及晚上最后的想法都是有关这些种苗。他最喜欢的就是讨论它们的成长，他所观察到的特性，还有他所进行的嫁接。天啊，他是以母亲照顾幼子的耐心温柔来抚育每棵树。不论是浇水，还是替它们的根部拨碎壤土，他都高兴得吹着口哨。虽然他不摆架子，但是在和访客炫耀这些树的时候，还是无法掩饰他的骄傲。

他从不偷懒，所以夏天我们在北方的时候，他开发了一种大而多汁又美味的史科普南绿葡萄。他改良了父亲的果树，因此我们的苹果比附近任何果树都早了三十天成熟，而且一直到感恩节菲比和辛西亚都可以享受温室出产的水蜜桃。

一个记者知道辛西亚的果园收获增加，送了一些湖里的淤泥到实验室化验，发现诚如阿吕所言，这些泥就像市售的肥料，有些成分甚至还更优质。这篇报导刺激了其他的果农开始用淤泥。有些人也仿效阿吕在他们橘子树周围插上烟草梗，不但防止虫害，更添加了必要的养分，让他们的橘子在市场上看起来更吸引人。

然而，人们——就像诺亚的邻居坚持不用方舟一样——还是不认为需要可以抗霜的橘子。然后，大寒害突然来袭。

十二月像春天，我们上主诞生的纪念日那一天天气又晴朗又温和，所以我告诉喜芭要在屋外回廊上进晚餐。

这些年来，阿吕改造了辛西亚的花园。在车道两边他种了两排粉红和白色的夹竹桃。屋子后面他创造了浓荫的树木。

在台阶的两侧，他种了我最喜爱的栀子花丛。房子的四边种了各种颜色的玫瑰。回廊的栏杆上缠绕着忍冬藤蔓，当我们进餐时，我们的感官因为花朵美妙的香味以及喜芭准备了多汁美味的火鸡和副餐而感到欢愉。

餐后，阿吕和我驾车出去。沙地上盖满松针，双人四轮马车轮下压伤的松针散发着扑鼻香气既新鲜又浓烈。从开着的窗户中传来笑声和音乐。喋喋不休的蝉鸣迎接黄昏的到来。那天夜里相当温暖，月亮又如此明亮，我还不止一次让模仿鸟突然的歌声给吵醒。

但是夜里一阵寒冷的西北风像贼一样地吹过来。到了星期五下午，前门边的温度计降到华氏四十度以下，因此我们知道寒流来了。

我们无法召回那些出去过节的工人。所以像男人一样又高大又强壮的喜芭帮忙阿吕和吉姆在一排排树木之间铺上树枝和松树，这时候我——跟刺痛了我双眼、吹起毯子、棉被、我的裙子、绳子，又把一切都纠缠在一起的寒风搏斗——把阿吕那些长得几乎跟我一样高的宝贝种苗给包裹起来。

到了十一点，温度骤降到二十度以下。但是火堆吐出充满颗粒、令人窒息的黑烟，形成浓密的烟柱，包裹住果树而给予它们保命的温暖。在天上，夜空中被风吹开的云层像闪闪发亮的火炬迎风开展。月光一闪而过，从温暖舒适的客厅，我看到阿吕和吉姆因为疲惫而脚步踉跄，拖来更多松树，喜芭则一直为饥饿的火焰添加柴火。

我很希望加入他们，有用一点。但是我因为包裹种苗而太过疲劳。天啊，我的四肢好像中风一样直发抖，心脏叽叽嘎嘎又砰砰作响，像渡轮一般吵闹，呼吸时胸部和喉咙就会产生痛苦的摩擦感。

夜晚的时间一点一滴过去，我因为疲惫而头昏目眩。但是我睡不着。狂风怒号，把烟雾从窗户的细缝吹了进来，我的鼻子因为恶臭皱了起来，我的眼睛不断流泪。即使用围巾包住头部，还是阻挡不住烟雾的侵袭，还有冻成像子弹一样的橘子持续砰砰落地的声音。

到了早上我的肺部烧到快得肺炎。我起不了床，咳出来的都是大块大块难看又掺着血丝的黑痰，身体两侧还有胸部都感到尖锐的疼痛，又高烧不退。

我唯一担心的是那些种苗是否可以存活。给烟熏成像喜芭一样黑的阿吕向我保证它们活下来了。然而，我也只得到短暂的快慰。几天内它们——如同这个地区很多树一样——树叶几乎完全掉光了。

我病得太重乃至于没有胃口。阿吕因为担心他的种苗还有辛西亚以及我的果园，也丧失食欲。但是喜芭大吼大叫说道，"你们不吃怎么会好？怎么工作？"——她坚持要把星期天的晚餐送到我的房间来。

我玩弄着盘子里的水煮鹌鹑，想办法分散阿吕的注意力。"道尔牧师今天还好吗？"

"他说我们就像刚学步的小鸡。我们成功了几次，就对于自己的能力过于自信，想要自己走，忘了我们是依赖天父的可怜东西。所以他要降下寒害，提醒我们他才是上主。"阿吕叹了口气，把盘子推开，不再假装进餐。"祈祷上帝他下手轻一点。"

这之后的几天乃至于几个星期，我们的天父似乎回应了阿吕的祷告。辛西亚的收成有一部分无法上市——我的果园还没有结果——但是他的种苗或是辛西亚和我的果树都没有伤到木质部。阿吕和吉姆仅仅稍微修剪了一下，等到天气变得又温暖又潮湿，就会再度生出幼嫩的树枝。

当然，有些果农的果树受到更严重的损伤，必须砍到树干部分。但是一旦树皮的形成层充溢着树汁，这些树也开始萌发出充满活力的新芽。

我就没那么有弹性了。虽然我退烧了，也没有得肺炎，但是我的肺部还是十分阻塞，除非坐着无法呼吸。呼吸不顺也使得我的心脏发出奇异又不规则的敲击声。我也无法恢复体力。等到二月温度又降下来的时候，我还是卧病在床。

我虚弱到没人倚靠就无法走到窗边，只能在怒号的风声和我怦怦的心跳声中倾听阿吕的脚步声。他会尽量抽出时间，像是被风吹进来一样的冲进我房间，帮我添加柴火，并且做极为简短的报告。

"我雇用了更多人。"

"我们来不及拖更多的松木来好让火堆稳定燃烧。"

"辛西亚小姐果园里较老的果树还好,被防风林遮蔽住的也是。"

"年轻的果树,你的果树,损失惨重。"

连续三天温度都没有超过华氏二十度。阿吕在严寒中马不停蹄地奋战好拯救果树。等到一切都结束了,他跌坐在我床边的椅子里面,用因为疲倦而绷紧的声音和难以掩饰的哀愁开始胪列我们遭受的损害。

蔬菜作物立刻就全毁了。冻得发麻的大龟漂浮在河面上。许多鱼群也冻僵了给冲上岸,数量多到必须埋在深沟里。果树正在全力重新生长因而冒出的汁液结成了冰,使得树皮裂开,将树干包围在死亡的掌握之中。

"你看。"

阿吕铁青着脸,扶我起床,走过房间到窗边。我惊骇地哑口无言,瞪着辛西亚的果园,还有我的:每棵树全部的树干都树皮爆裂,又黑又树叶全无又憔悴不堪,旁边的地面都是金澄澄落下的橘子。

"这些果子的果肉像是皮革一样,又没有味道,必须要像那些鱼一样给埋起来。"阿吕咬着嘴唇,无法继续说下去,无法回答我大胆提出的问题。

"种苗呢?"最后我用沙哑的声音悄悄再提醒他我的问题。

"全死了。我培养的接枝也一样。"

喜芭
迪蓝，佛罗里达
1892—1895

　　吉姆跟我从来没有因为芬妮小姐做的事怪过阿吕。阿吕呢，他也不会像黑奴监工那样耀武扬威或是霸凌我们。梅西嬷嬷身体糟透了我又想下午回家陪她的时候，阿吕就载着芬妮小姐到很远的地方去好放我自由。我告诉他梅西嬷嬷快不行了，他就想了办法让他和芬妮小姐在海伦湖待一个星期。

　　不过阿吕改不了芬妮小姐的本性。我一看到她就想起我肚子到现在还是空空荡荡的。所以帮普得曼烧饭的莎蒂一说她北方的儿子要她去，我赶紧把握机会就要跟芬妮小姐辞职。

　　"那个旅馆一直都需要外场的人手，"我告诉吉姆，"我们可以一起去。"

　　他从炉子旁边的架子上拿了一节甘蔗，我在地上铺上报纸好接削下来的皮。

"你忘了梅西嬷嬷说的，想要找更好的是没用的，越换越糟吗？"吉姆问我，他削甘蔗的刀又快又准，"在这儿你只要煮饭给两个人吃，阿吕还教了我一大堆要怎么种橘子。"

我在那些噼噼啪啪掉在报纸上的紫色甘蔗皮擦擦脚，"你学的只会让芬妮小姐更有钱。"

吉姆靠过来，"不管我们是到普得曼去，还是给芬妮小姐或是辛西亚小姐和中校做事，我们都是做奴才。我们应该要做的是想办法自立。"

"怎么做？"

吉姆咧开嘴笑着，切下一节甘蔗给他自己，一节给我，"弄一个我们自己的地方。"

他的话锁住我的喉咙，我无法嚼，只能抓着甘蔗。

"每个人这辈子都发生过一些放不下或忘不了的事，"吉姆温柔地说道，"但是你爹妈已经走了，我们自己要想办法活下去。"

吉姆吞下甜蜜蜜的甘蔗汁，把渣滓吐出来。"白佬让黑人就像还在奴隶时代出不了头的方法，就是让我们只为了今天活。我们一定要开始相信有明天，要为明天打拼，不然就永远没法自由。"

我呢是再也不相信什么了。但是吉姆，他可没有气馁。不，他不会放弃我们的小萝卜头可以不用像我们一样做奴才；我们只要一直替他们存钱，就可以买一小块地好让他开果园。以后我们要自己闯天下的时候，他现在跟阿吕学的都很重要,所以我们一定要待在芬妮小姐这里。

我不情不愿说好,吉姆就像当初我们刚开始求爱那样说我的好话,赞美我黑得好看,鼻子嘴巴和毛茸茸的头发都很丰满。嘿,他还拉起小提琴,又唱歌说我比所罗门王的喜芭还要俊俏。唱完这赞美的歌,接着他就跟我上床翻云覆雨。

我可不是为了跟他上床才说好的,是因为他的希望。

我断不了吉姆的希望。可是我也不认为他会得到他的梦想。

阿吕一把芬妮小姐的地清理好开了果园,她就不再给吉姆额外的工资,知道吧。替梅西嬷嬷治病还有帮她好好送终,把我们存的钱都耗得差不多了。所以我们几乎要从头开始。

反正也只有白佬能买地。注意啰,法律不是这么说的。只是事情就是这样。就像那些打过自由战争的黑人军人,他们建了伊顿维尔,就是不远的那个给黑人住的小镇嘛。他们有钱,可是没有人要卖给他们。如果不是一个北佬出来替他们买地,根本不会有这个小镇。

不过时局差的时候白佬是不会这么龟毛的。看看老夫人和朱利安少爷多快就把那块好地卖给我爹。迪蓝现在时局也很差。

记清楚啰,就像阿吕预言的,来了大寒害。把寒流带来的那风可强了,把所有的橘子、葡萄柚还有丹吉尔橘子都吹落到地上。每个果子都像牛皮一样没味道,全都没有救。大家日日夜夜在挖壕沟埋果子,但是还是赶不上它们烂得快,到处都臭气冲天。

那场寒害不但害死果子，还害死一堆果树，连根和树干都死了。没有在埋果子的人就在那儿砍树烧树。我说啊，那烟都让人没法呼吸了，就算是太阳高挂，天上还是像晚上那样黑漆漆的。

不管怎样，土地的价钱降到快一文不值。白佬啊，他们赶紧逃走，因为他们除了绿的其他颜色都见不得。吉姆呢，他想抓紧机会实现他的梦。

"如果我们在芬妮小姐的地旁边买一块，那我们就可以一面开果园，一面赚薪水好维持生计，付改良用的钱和地税。"他说。

不过就算是有一群雇来的工人，光是在辛西亚小姐的果园里挖沟、锯树还有烧树就让吉姆喘不过气来了。芬妮小姐又病得厉害，啰里啰唆的让我快累死了。

"我们怎么可能再挤出时间做自己的活？"我说。

"我们做得到，"吉姆说，"我们一定得做到。"

哪，你们知道我爹妈在奴隶时代都在做苦工，在奴隶宿舍有人说有个老非洲人带了个魔法锄头来，这锄头不用人碰就可以把田耕好。因为爹妈想要这锄头，他们就追问马蒂阿姨知道些什么。

她把爹妈还有所有归她照顾的小萝卜头都聚在一块儿。"在非洲老家啊，蜘蛛看到豪猪有把锄头帮他把所有田里的活儿都做了。豪猪只要站起来说，'金莎沃若娃，可土可，莎沃若娃，'然后坐在树下等锄头做完所有的工。

"蜘蛛就想要那把锄头啊。他太想要了，竟然偷了过来，一到手就马上去耕他自己的田，把锄头插在田里说，'金莎沃若娃，可土可，莎沃若娃。'

"蜘蛛嘴巴都还没闭上，那锄头就开始做工，这边砍那边挖，一畦又一畦，快到不一会儿工夫就耕好田了。

"所以蜘蛛就要锄头停下来。可是那锄头呢，它还是砍呀割的，因为蜘蛛不知道让它停下来的咒语。

"蜘蛛一把跳到锄头上。但是锄头还在耕地。蜘蛛喊出所有他想得到的咒语想让锄头停下来。可是没一个管用。

"锄头很快把蜘蛛留下来过冬的收成也给铲掉了。它还是不停。它一直没停，直到蜘蛛所有的东西都没有了。"

爹妈告诉我魔法锄头的故事时，总是说，"最好靠自己，像可怜的尺蠖那样慢慢往前，也不要想魔法。"

不过我可是直截了当、诚诚实实告诉你，在寒害之后吉姆一直想要买地的时候，我可是真心诚意祷告有个魔法锄头呢。

芬妮
迪蓝，佛罗里达
1896—1902

　　大寒害之后，没有人还会对于以后还有更多霜害的可能，或是需要抵抗力强的橘子品种再多加争议。等到原来那十二棵种苗种植的地方又发出新芽，我认为这个奇迹——伟大的创世主竟然仁慈地没有伤害种苗根部——证明了我一直以来的信仰，那就是阿吕的才气可以帮助他人。

　　但是我看不到那一天了。阿吕还要努力很多年，而我在这个世上的时间则是很有限。

　　在远离北方漫长冬季岁月那种不健康又空气不流通的景况，又呼吸到迪蓝温和又具疗效的空气，使得阿吕和我在大寒害之前都没有生过大病。而且，赞美上帝，阿吕剩下的肺也没有受到因为他遭遇到酷寒、漆黑的烟雾或是缺乏休息——

或是他像赫丘力斯一心要完成十二项劳动工作那样逼迫自己去复育果园——而有所影响。

然而，自从那天晚上我出面对抗寒害肆虐之后，身体就日渐衰弱。我的咳嗽从未停止，也无法恢复体力，即使第二年冬天很温和，我罹患呼吸道狭窄，呼吸急促，还有气喘发作，严重到医生宣布我晚上单独过夜会有危险。

喜芭以前在我生病时照顾过我，现在则可以看出来虽然她是个绝佳的厨子和管家，但是她缺乏一个称职的护士应有的同情心和教育程度，也不够优雅，难以作为一个令人愉悦的同伴。闹别扭的时候她会猛力关门又说话尖酸刻薄，舌头锐利得像剑一样。心情好的时候她又会开怀大笑，让我的神经都给刺激得烦躁不安。而且夜里她也不愿意留下来陪伴我。

如果说喜芭很唐突，阿吕就极度有耐心；她有多粗鲁，他就有多温柔；她很冷漠，他就很温暖和善。但是我不能让他不去工作。更何况，那时候已经有些让我比较舒服的事情是只有女性才能帮得上忙的。

我请医生推荐人选，他建议我雇用拉洁特·哈格斯东，一个从迪蓝温泉北边的瑞典人区皮尔森来的女孩。"她手脚利落又干净，也来自一个好家庭，在大寒害的时候他家只剩下一棵果树。他们需要这份薪水帮忙，而你也应该会很满意。"

拉洁特的确具有医生所言的优点，而且还不只如此。她虽然矮小，但很强壮。虽然天生丽质——蓝眼肤白，有着亚麻色的秀发，如同栀子花瓣那样柔嫩如凝脂的皮肤——却不会使奸巧手段或是矫揉造作。她非常明理、温柔贴心，脚步轻盈，善于朗读，歌声甜美，脾气又好。简而言之，她拥有阿吕所著称而喜芭全然缺乏的安静与耐心。

拉洁特成为家中一份子之后，过了几个星期，每次她走进房间时阿吕的脸就会发热发红，好像一个害羞的少年一样。即使她不在，他的举止也像是在做梦。虽然他们都没有说什么不得体的话，我承认我心里会闪过一些虽然不是嫉妒、但已经很接近嫉妒的感觉，让我有如刀割。

我感到十分羞愧，决定把这些反感从心中排除，把魔鬼所造成的疑虑从脑中去除，不但欢迎拉洁特，也欢迎她的家人来访。夏天我们回北方时，我在纽约短暂停留，让她可以如愿以偿看到她父母初次踏上美国土地的城堡公园，可以去爬自由女神像。到了北亚当斯——在那儿我的姊妹可以帮忙照料我——我也准许她跟阿吕一起去看马戏和扮装黑人的巡回歌舞表演。然而，当以往大部分都只有两人相伴，这样时时刻刻三人行的确不容易。

在我雇用拉洁特的那六年之中，我最快乐的时刻还是我跟阿吕两人单独在一起的时候。我也承认我们在北方的那几个夏天，我会鼓励她跟其他女孩做朋友，跟她们一起去著名的景点旅游；我们在南方过冬时，我也经常让她回家拜访家人。

阿吕——他四十而她二十——对她而言变成像是个叔叔，对我而言他是每个母亲所梦寐以求的儿子。我的身体还不错时，他会用披肩包住我，抱我出去观察他的种苗树和他所培育的新芽成长的状况。他知道即使是温暖的日子我还是会感到寒冷，就会关上门窗然后生火，为了我的舒适而牺牲拉洁特和他自己。他看到我只动动叉子不进餐，会要求喜芭准备特别的珍馐好促进我的食欲。他会收集落下的黄茉莉、橘子花或是忍冬花，还有玫瑰花瓣，然后洒满我的棉被上，像是芬芳的星辰。只要我稍微表现出有任何需求，他都随时准备达成。

阿吕从来没抱怨过我的年纪是他青春的负担。我们没有吵过一次架。每天我都感谢上帝阿吕带给我的安乐舒适。每天我都为阿吕的安乐舒适而祷告。

在进行植物相关的工作上，阿吕服膺了上帝的意旨。那是他全心全意在执行的责任，也是我希望在我走后能够为他确保的幸福。

他的种苗和接枝都在辛西亚的果园里。我有信心因为辛西亚对于阿吕经营她的产业十分满意，她是绝对不会把这些心血抢走的。但是要完成开发出强壮耐霜的橘子这个工作，阿吕不仅需要那些植物，还需要时间和免于金钱需求的困扰。所以我想把我的五英亩地和父亲的遗产留给他，让他成为有独立资产的人，我认为只要阿吕像使用罐子里的钱那样节省地用这些遗产——每年初花几块钱买本期刊、几样盥洗用具和果园的工具——他是绝对不会有匮乏之虑。

　　但是我也没有忘记他把我在父亲过世后还给他的积欠工资全都给了他的家人。虽然他逃走之后没有跟家人联络，我注意到每当有人偶然提到中国时，他脸上会闪过一丝阴影，好像他在跟某种强烈的冲动在做挣扎。那我又怎么能够确保他不会再做同样的蠢事呢？我要怎么防止这件事呢？

　　这是我向全能的神提出的问题。他经由阿吕自从知道种苗在大寒害里存活下来之后的每日祈祷文来回答我："上帝，原谅我缺乏信赖。请了解我已经学到教训，我过去信赖您，现在赞美您，未来也信赖您。"

　　我承认这个祈祷文是我听了很多年之后才听到全能的神要告诉我的话，而且不是在祈祷文中得知，而是有一年夏天在北亚当时菲比说的一些话才让我明白了一切。

　　我觉得自己身体不行了，比以前更加为了要如何保障阿吕的未来而感到苦恼。天啊，我罹患了极为严重的失眠，以前甘汞和戈佛雷氏甘露酒就能减轻我最糟的咳嗽，现在溴化物让我的神志不清，但是还是不能让我安眠。为了防止自己胡思乱想，我请菲比读书给我听。她选了路得记。

　　她读完时，我感慨地说，"阿吕紧守着我，就像路得对纳娥美一样。"

　　"是啊，他的确从卑贱的出身提升很多。他每晚的祷告都充满了对上帝诚挚又全心全意的信心。"

　　菲比说此话时，我全身的血液直冲脑门，我突然意识到虽然我是阿吕的老师，却应该向他学习：不用苦恼他的未来没有我，因为他不在——也从来不在——我的手中，而是在全能的神手里，他是一直能战胜黑暗的全知之神，他的仁慈处处可见。

那天晚上我酣睡如同婴儿。

但是我承认我很弱，阿吕很强。

我的头脑再次因为黑暗的思想而疼痛不已。

喔，我很害怕，很替阿吕害怕。

喜芭

迪蓝，佛罗里达

1895—1904

芬妮小姐从来没把吉姆或是我当人看。她那么看重阿吕，但是狗都比他自由。除了他在果园工作还有他们睡觉的时候，她一直把他绑在身边。如果她勾勾手，只要他慢了一丁点，她就撅起嘴让他走快点。

不过我相信人过了河就该感谢桥。所以我得告诉你芬妮小姐真的给阿吕一个机会随他怎么玩植物，她把他想要造出好橘子的愿望当成是自己的愿望，在他旁边费神看那些种树的书和文章，跟他一谈就好几个小时，一次试一样，然后再换着做下一样。

阿吕照顾那些种苗，就像妈妈对小萝卜头那么温柔。芬妮小姐对它们也一样小心。第一次寒害来的时候，她跑出去用毯子包住它们，好像它们是小孩似的。那些种苗在第二次寒害好像给害死的时候，她跟阿吕哭得一样大声。

她为了救那些种苗身体衰弱得不得了，连床都起不来。可是她可曾请上帝让她起床吗？没有。她大呼小叫请求他让阿吕的种苗站起来。阿吕呢，他也是这样请求的。

他每天都跪着看土地。那天早上他看到种苗的根又冒出新芽，他在整个果园跳舞，又一路跳上楼梯去看芬妮小姐。她拍着手唱着，"赞美耶稣"，就跟在大家参加呼喊仪式的时候一样。

记清楚啰，阿吕想要造出来的橘子对他们两个都像命一样珍贵。而自由对吉姆是最珍贵的。他为了追求自由从亚历士老爷那儿跑了。现在他还想要抓住自由，硬要买芬妮小姐果园另一边的一小块地。

我从来就不相信吉姆可以得到它。我是说自由，不是那块地。要卖那四亩地的人想要赶快跑掉。我也一心想跑。那块地上没一棵树是活的。我们要把每棵死树都挖出来，找来新的，再一棵棵种好，等到时间对了就要做嫁接。

"我们只有晚上做工怎么做得完？"我很烦恼，"再来一次寒流，我们种的新树也会死。"

"你要有信心，"阿吕插嘴说，"我们家在大旱灾的时候失去了土地。可是等我回去看他们的时候，他们已经有了一个上千棵树的果园。"

"依我看，魔鬼总是比上帝聪明。"我跟他辩。

吉姆还是让我向他的愿望屈服了，他在说话的时候，我的脸突然热了起来。起先我以为是妈妈在附近。然后我知道我感觉到的热是羞愧，我会羞愧是因为我对吉姆就像那些人因为我爹努力想要自由而骂他。妈妈说那些人是怕麻烦。我的身上也真的到处都紧紧交织着害怕，织得那么深，抛也抛不掉。即便如此，我还是壮起胆叫吉姆去买地。

嘿，吉姆乐得笑开了。阿吕呢，他说，"我会帮忙。"他也真的做到了。他就像是那个魔法锄头，为了我们弯着腰，不但是晚上我们在的时候，还有下午吉姆在辛西亚小姐的果园、我在芬妮小姐的厨房做工而芬妮小姐在睡觉的时候。

我们把一棵棵死树挖出来烧掉，再一棵棵从沼泽挖来酸橘的种苗种下去，再用从辛西亚小姐最好的果树切下来的枝条还有阿吕的特别种苗来做嫁接。我们还种了黑眼豆和藜豆当成绿肥；还种了豆子、西红柿和玉米好给我们带来现钱。

好多个晚上我们都累坏了，三个人连水桶或锄头都举不起来。当月亮不发光的时候，我们唯一能浇水的方法就是一棵一棵、一畦一畦摸索。可是阿吕啊，他可从来没动摇过。

在七个长长的年头之后第一次收成，这对吉姆和我是天大的事，所以我们办了个聚会分享我们的幸福。我煮了一顿大餐，吉姆拉他的提琴。我们整夜都又吃又跳舞又喊叫。

公鸡叫的时候，传道人打起鼓来。内特和杰斯罗摇着干葫芦。吉姆和我请大家向阿吕致敬。马上就有人抱怨。不过吉姆和我还是绕着阿吕转圈，一面摇着手一面跺着脚。大部分的人都加入了，喊叫着又踢起尘土。阿吕张开大嘴笑着，脸变得像刚升上来的太阳那样火红。

阿吕本来没法帮我们的，但是芬妮小姐从大寒害开始就在生病，一天到晚在睡，几乎没从她的床上起来过。

因为她老了，什么医生还是什么人都想不出法子。不过我本来可以用艾菊加蜂蜜来减轻她的咳嗽，用打碎的水蜜桃叶汁来降低她的发烧。我还可以用炒过的米和月桂叶煮的茶让她的胃好过些。只是她除了医生给的其他看都不看一眼。

总之，她身体坏到医生替她找了个看护，拉洁特小姐，好日日夜夜守着她。那个女娃是医生自己训练的，她也挺好的，芬妮小姐说话刺激人的时候也不会抱怨。

呐，芬妮小姐拖了好长一段时间。医生呢，他可还真是惊讶。我是这么看这事的，没有阿吕在，芬妮小姐就没有幸福天堂，所以她才跟死神对抗。

不过她太弱了，赢不了，等到她身体很不行了，拉洁特小姐很害怕晚上一个人跟她在一起，因为阿吕在他的木屋，而吉姆和我在我们自己的地方。所以她要她妹妹艾琳诺拉小姐来陪她。

拉洁特小姐派艾琳诺拉小姐下楼来告诉我，芬妮小姐坐了起来，还要吃我做的炸鸡和玉米面包，我就知道她的时候到了，所以把阿吕叫进来跟她说再见。

"芬妮小姐想吃是好事啊，"他笑着说，"我帮你抓只鸡来。"

"不。去看芬妮小姐。不是她要吃，是死神肚子饿了。"

到晚上她就死了。阿吕开始哭，好像芬妮小姐真是他的妈妈。可是我太气她了，悲伤不起来。吉姆也没替芬妮小姐掉一滴眼泪。注意了，他还是去跟果树说她死了，这样它们才不会烂掉。我叫拉洁特小姐和艾琳诺拉小姐去把屋子里所有的照片都翻过来面朝着墙，让所有的钟也停下来，这样它们才不会乱跑。然后我替她准备入棺。那是在替她洗身子的时候，我才看到她嘴角吐着白沫，就知道她还有话没说出来。

是啊，她一天到晚向上帝喊着，"照顾阿吕。照顾我的阿吕。"但是她也从来没有帮上帝一把，像是写个遗嘱还是什么的。实话说了吧，芬妮小姐根本没有照顾阿吕，就像我妈妈的老主人没有照顾苏嬷嬷。

马蒂阿姨说老主人答应放苏嬷嬷自由，知道吧。只是他从来没给别人看过什么东西证明他要这么做。马蒂阿姨说这大概是为什么大家会闻到老主人的鬼魂在庄园里飘来荡去，害得人家打冷战，比他在生的时候还更糟。因为上帝和魔鬼都不肯收他。

每一年开始的时候，阿吕会弄一本大笔记簿。很晚的时候——或者是一大清早——我会看到他在他屋子窗户前面的桌子拿着笔，一页又一页写了满满好几页。

我第一次看到他窝在那儿是他回到芬妮小姐身边的第二天。他看起来伤心得不得了，我用他带给她的茶叶泡了一壶茶端给他，还帮他倒了一杯。

阿吕双手握住杯子，好像很冷，还吸一吸茶发出来的蒸汽。

"你在写什么？"我没话找话说。

他说话的声音好轻，我只听到"倾吐心声"。我可搞不清楚那是什么意思。不过我从自己做坏梦的经验知道有什么恶魔在骑他。所以我就继续说，想把他从那寂寞谷拉出来，就像梅西嬷嬷把我拉出来一样。

他小口喝着茶，啥话也没说。过了一阵子，我看见芬妮小姐的灯亮了。如果我茶送晚了，她可不会安安静静在那儿等，所以我跑回厨房去。

　　阿吕的话一直在我脑子里转悠着，我知道如果要知道他心里最深处的想法，一定得要读他那些笔记簿才行，因为他根本不会跟人家说太多话，除了说关于那些植物的事。像是他一直想要造出来的橘子，不然就是他小的时候种的花园，或者是他们家用来耕田的水牛，不像我们用的是驴子。这些东西他可以活灵活现说上很久。

　　在吉姆和我跟他做朋友之后，有几次他还吐露了一些真心话。像是在我们种树的那次是吧？他不小心说出来他们家因为他而丢了一千棵树的果园，就是因为他逃走了。还有一次吉姆和我在那儿开玩笑，他看着我们发愁叹气，说他对不起那个他逃走了不要的女娃，说他家的人恨他像是恨毒药似的。可是我们一开始回应他的话，他就紧紧闭上嘴巴。

　　他也从来没说过关于芬妮小姐和她姊妹的真心话。一句也没有。所以我可以告诉你每年芬妮小姐过世的日子，阿吕会送她最喜欢的栀子花编成的毯子给辛西亚小姐和菲比小姐，好放在她的墓上，他还会送她们一箱他最好的橘子。可是他是为了表示即便她们对他糟糕透顶他还是很忠心，还是他从来没看穿她们，这我可就说不准了。

　　反正啊，阿吕和拉洁特小姐两人一起送芬妮小姐到北方下葬。送葬之后，拉杰特小姐认为她为芬妮小姐能做的服务也到此为止，所以就回到家人身边。阿吕留下来，就像每年夏天那样。

他给吉姆的信还是跟往常一样，询问一下马匹和他那些很特别的果树。可是拉洁特小姐告诉我，辛西亚小姐很气阿吕可以投票而她不能。还有替那个做鞋的山普森先生煮饭的莎莉，她也听到一些另一个姊妹菲比小姐的不满。她从来就没有放下阿吕回到芬妮小姐身边而没有坚持下去向他族人传道的这回事。

我知道只要是替那些从北亚当斯来的雪鸟工作的人都听说过芬妮小姐的姊妹不喜欢阿吕。那年冬天那些雪鸟回来的时候，那可是喊喊喳喳热闹哄哄的，说阿吕在卖——他们说是偷——那两姊妹的莓子和蔬菜。

吉姆看出来阿吕一定是缺现钱了，所以我们给他寄了点我们自己的钱，还说成是我们欠芬妮小姐的。阿吕的回信上说他很高兴有这笔钱，还有他会晚一点回来，因为有"正事"要处理。

我把这里听来的故事和那里听来的悄悄话凑起来，怀疑那"正事"是要继承芬妮小姐的产业。可是芬妮小姐已经死了，辛西亚小姐和菲比小姐也吐露了她们真正的想法，告诉阿吕他没权继承，因为他不是血亲。切，她们一定是把他逼急了，让他害怕他会失掉造橘子的机会，一切要从头开始。除此之外他没有理由要编故事，拿出他说是芬妮小姐的遗嘱给那两姊妹看。

注意了，阿吕和芬妮小姐的笔迹很像。但是辛西亚小姐很精明，又精明又无情。她一看就知道那是假的。那可让她心里烧起了一把无名火，马上叫她的表弟达比先生来赶阿吕走。

阿吕以前跟她们说话都很谦卑。这次他可不像她们预料的那样会偷偷逃走。他反而很大胆很强硬，跟她们说如果他不是血亲，那她们家欠他十五年的工资。

她们当然快气昏了，把芬妮小姐替他做的事一件件搬出来旧事重提。

"你从中国回来的船票呢？"

菲比小姐指着阿吕从中国带回来的东西，就是那些他该要卖掉却从没卖出去的东西，"你是用芬妮小姐的钱买这些货物的。"

"还有这么多年以来你受到的免费教育，"达比先生告诉他，"还有你的医疗费用。"

他们对他逼得可紧了。可是阿吕呢，他转过身去背对他们走到打开的窗户旁边，双手合起来祷告。

"上帝啊，"他说得很大声，所以街上的人都转过头来瞪着他，"上帝啊，你知道这些人不公不义。赞美耶稣我不像他们一样是罪人。"

辛西亚小姐快气炸了，要达比先生去找律师来。他一出门，那两姊妹说阿吕就拿着刀冲向她们。

嘿，阿吕那个人可温柔了，他不愿意把跑到他屋子下面生小猪、搞得跳蚤从木板缝里爬得到处都是的母山猪赶出来。他也从来不设陷阱抓老鼠。如果他在驾车而芬妮小姐的马停下来呢？他绝不会用鞭子。他会从四轮马车或是篷车或是那些马在拉着的车子上下来，喂它们吃糖，直到它们心甘情愿继续走。

你说，像这样的人会对两个老女人动刀吗？要是他真这么做了，那两个女人会给他迪蓝的产业外加一万两千元吗？

是啊，阿吕是赢得他要的东西——完成造出他橘子的机会。而吉姆和我呢，我们有了那两间房的小屋子，一个好果园，养了会生的母猪和一大堆鸡，所以我们以为终于可以像吉姆想要的那样按自己的想法过日子了。

可是，就像老人家说的，心想事成的时候就要小心了，猪要越养越肥可不是在交好运哦。

"工作，不论艰苦或轻松，就是奴隶的一生，"我爹是这么告诉我，"我们就是这样给训练长大的。可是很少奴隶知道如何自力更生。没有一个主人会教我们要怎么办到这个。"

记清楚啰，芬妮小姐也从来没有教过阿吕。她说什么他就做什么。除了他的植物，他从来没机会自己计划什么。他完全不适合独立生活。

就拿吉姆告诉我的这件事，就是阿吕葬了芬妮小姐回来之后发生的事来说好了。"我像以前一样在码头接他，他下船的时候有一万两千元。现在已经少了一千两百元。我们在银行停了一下，阿吕安排要他们寄五百元给他在中国的家人，三百五十元给他和芬妮小姐在北边一直去的教堂，也给这里的浸信会教堂寄了三百五十元。"

因为阿吕还在北方的时候那些风言风语，在迪蓝没有人——北佬、穷白佬或是黑人——不知道他是揣了一大笔钞票回来的。嘿，他回来还不到一星期，就有三个穷白鬼想要冒充大佬请阿吕一起开锯木厂。吉姆一看就知道他们只想要阿吕跟他的钱说再见，他也是这样跟阿吕说了。阿吕只是大笑，说吉姆太过操心。

实话说了吧，那些垃圾一拿到阿吕给他们的钱就跑得无影无踪。其他南方佬再来用办厂或者是饲料店还有其他胡诌的生意来烦他的时候，他会比较小心愿意听吉姆的劝告。可是如果那些恶魔舌头多滴下一些蜂蜜，即便有吉姆在旁边看着，他们还是可以骗到阿吕。

可是打击阿吕最厉害的是辛西亚小姐和芬妮小姐的北佬朋友。我想啊，他们是很气有色人比他们自己人聪明，所以他们说阿吕的坏话，就在采橘子季节之前向外放话说他们不许有人去替他做事。

北佬势力很大，因为迪蓝的劳工，不论是穷白人或是黑人，都要仰赖雪鸟冬天来的时候给的工资，好撑到夏天。所以没有人敢违背他们。

可是橘子是得要小心摘的。如果你直接从树枝上拔下来，可能会把果肉都扯掉，破掉的果子很容易就烂了；每个橘子切的时候得要留一小节枝子。然后还有分类、清洗、用光滑的特制纸把果子一个个包起来，再装箱。这些都做完了，还要修剪果树。这需要一大堆工人做两三个星期才行。

吉姆用不着跟我说，"阿吕一个人绝对办不到的。"我知道。可是如果我们违背北佬去帮助阿吕，我们会失去一切。就像我爹妈一样。

可是，我们现在这些的东西也是阿吕给的。很多人在大寒害之后买地，然后因为地税付不出来又丢了土地。还有很多人勉强撑了下来，却没有像我们用改良的方法。我们还能勉强凑合过日子，唯一原因就是阿吕帮了大忙。我们又怎么能不帮他呢？

你会说等一下。那些在对付阿吕的是北佬。所以你怕啥？北佬不像穷白佬一样会戴着白帽子乱搞啊。话是没错。可是一个人不用躲在帽子后面还是照样可以做坏事。那些造出种族隔离的人，他们可不是三K党。而且在迪蓝的北佬不也一样在命令我们吗？我告诉你啊，他们看我们可盯得紧，就像是公鸡在找虫子，让我紧张到问吉姆该怎么办的时候，是在说悄悄话，虽然我们俩是单独在我们自己的厨房里面说话。

"我想呢，我们要找像亚历士老爷那样的人来解决麻烦。"吉姆说。

"你知道我妈妈为了我爹也试过，"我在挑剔这个办法，"可是那个口口声声说愿意帮忙的上尉结果是个魔鬼。我们要怎样才能看清楚，好让我们找的人不会是另一个魔鬼呢？"

"因为我们要学乔治叔叔。我们要请我们认识的人帮我们。我们要找拉洁特小姐。"

我坐在自己的椅子上，仔细考虑吉姆的计划。拉洁特小姐是个小东西，比扫把高不了多少。嘿，她看起来像一碰就碎的漂亮瓷器——她的皮肤像山桃木灰那么白，她的头发像玉米须那样又细颜色又淡。可是啊，她可不是温室的花朵。不。

她爹是自由战争的时候联邦军带来挖煤矿的那些瑞典人里的一个，之后他成了家，在十英里外的皮尔森定居，这附近所有的瑞典人都住在那儿。

没有比地上长满塞润榈的土地更难开垦的了：叶子像剃刀一样利，树根长得歪歪扭扭缠在一起，卡在土壤里就活像是皮草上的毛刺。拉洁特小姐那时候才八岁，只是个小萝卜头，没法子像大人那样做锯树挖根的苦活儿。可是她爹说她不是在挑水或是堆柴火，就在帮她妈妈看宝宝。我自己也看过她一刻也不会闲着，还有家里的小萝卜头有多黏着她。

芬妮小姐雇用拉洁特小姐的时候，最小的亚斯少爷不过是个小娃娃，一直哭着要找他姊姊，所以他们的爹就载着他来家里看她。也不只是那个小男娃，还有三个大一点的男娃，两个女娃，还有妈妈，他们全都挤上一辆篷车，带来的食物多的都像是杀猪宴那种排场了。

芬妮小姐对陌生人和她没有邀请的人可是很挑剔。不过她知道没有拉洁特小姐她过不下去。拉洁特小姐的家人也不像别人那样看轻阿吕。他们人太好心了，成天笑嘻嘻又快快乐乐的，根本不会想要给谁白眼看。是啊，他们可真快活，让旁边的人都高兴，即便是芬妮小姐也一样。

他们也很尊重别人的感觉。芬妮小姐啊，她对待拉洁特小姐是把她当成地位相当的人，告诉她只要她想就可以请她的弟弟妹妹来玩。拉洁特小姐知道我没有说话的余地，虽然多出来的事情是要我来做。可是每次她都还会很有礼貌请我同意。

我当然同意啰。那些小萝卜头从来没有发野。他们很好管。亚斯少爷像只小狗似的一天到晚跟着阿吕。他那几个哥哥也是。爱黛尔小姐和艾琳诺拉小姐做起厨房里的事很利落，也很愿意帮忙。切，他们让我很高兴，她们让我们都很高兴。

他们可不是只有好事才上门的人。你瞧，芬妮小姐快死的时候，艾琳诺拉小姐一直待在拉洁特小姐身边。

所以我想吉姆是对的。拉洁特小姐会愿意帮阿吕的，就像亚历士老爷帮乔治叔叔那样。只是阿吕在逃避现实，就像躲在洞里的土拨鼠，一直跟吉姆说，"我会找到采收工人的。你等着看。他们只是现在太忙了。"我们有啥办法可以让他去搬救兵？

我跟吉姆说到这个问题的时候，他说，"你要去帮阿吕说。"

也是帮吉姆和我自己。

因为北佬在盯着看，我不能上皮尔森。可是拉洁特小姐有个舅舅。卡尔老爷是在迪蓝的大学教木工的老师。我给他送点我们的母鸡下的蛋或是自己种的菜是没有什么不寻常的。所以我拎了一篮子东西跑去，他像往常那样让我坐在走廊上谈话的时候，我让他知道因为阿吕所起的风风雨雨，他是怎样找不到工人替他摘果子和修果树，吉姆和我如果违背北佬帮了他的忙又会给我们自己带来怎样的麻烦。

卡尔老爷听懂了我的意思。还不到一个星期，拉洁特小姐和她全家的人都跑进阿吕的果园，一样一样把事情做好。嘿，阿吕先是跑到拉洁特小姐那儿，然后是她爹，她弟弟，她妈妈，她妹妹，反反复复谢谢他们。他赞美上帝，工作的时候像袋貂似的一直嘻嘻笑。

那些北佬呢，他们可是火冒三丈，像是给惹恼的大黄蜂一样生气。可是他们也没办法。不。拉洁特小姐家不像亚历士老爷是大人物。但是瑞典人依靠的是其他瑞典人，不是那些雪鸟。是啊，他们的女儿，像是拉洁特小姐，有时候会让北佬雇用。可是大部分的时候那些薪水是给她们自己用的，不是用来养家，等到她们一结婚就会辞掉工作。

拉洁特小姐和她家里的人帮阿吕全都打点好了。我告诉你啊，阿吕真是飞上云端了，他请我煮了一大锅甘蔗糖浆来拉糖。然后他请拉洁特小姐跟他成一对，预先抓了一大团糖浆好确保可以拉很长一段时间。

他们手指第一次碰到的时候，我也说不准是谁的脸比较红，是阿吕还是拉洁特小姐。即便如此，他们还是抢机会好让手指再多碰到几次。他们眼睛里面流露出来的感情是错不了的。切，他们俩把糖又揉又拉的就像是在谈恋爱似的。

心珠

台山，中国

1894—1904

　　人人都知道，女大不中留，但是儿子会一直留在身边承欢膝下。我们的儿子却像是给狂风吹散的云。

　　是啊，每年清明维灼都会回来，有时候过年和中秋也会回家。他在家的时候，会检查田地，和我们仔细谈着下雨的情形还有要怎样好好灌溉，怎么交替种作物，怎样付税金和租金。但是他从来没有提起要再拿起锄头。在离开龙安的第四年，他离开了四弟的店铺，开始自己的生意，就在省城外面开了一家客栈。

　　"我要不就是指挥小二，再不就是跟客人讨价还价。"他会这么抱怨。

　　"那就回家来吧。"学仪会劝他。

　　然后维灼会说，"我会的。"

但是他没有。

即使过了十年，维灼对于我们的损失所受到的打击就好像刚才发生一样，他害怕如果再回来种田还会有更多损失。

"你这是一朝被蛇咬，十年怕草绳，"学仪责备他，"现在你没有危险，我们都没有。"

我可不这么确定。只要大哥大嫂一直让大家相信是我们打扰了山坡的龙，让整个村子陷入危险；只要他们继续坚持要族里的长老把金功除名；只要我还有鬼印记，那我们就不安全。

但是学仪提议要我们的孙子希蔼留下来陪我们，不要回省城去，这时候我就先把自己的疑虑给压下去。维灼太孝顺了，不敢立刻拒绝，所以想要用一些话敷衍他爸爸，"等希蔼大一点的时候。"我就再逼紧一点，"他已经十二岁了。你爷爷让你给人做工的时候你还没这么大呢。"

"是吗？是啊，可是……"

我打断我儿子的话，"你一定注意到你爸爸现在即使没有扛东西也开始弯腰驼背，他的步子也变小变僵硬了，一天下来，他使锄头的时候都会有点抖。我也一样。爱玲没有抱怨过，但是我们越慢，她的负担就越重。"

当然，希蔼还是孩子，是个不知道怎么种田的城里小孩。维灼答应我们的时候，我知道他心里明白我们不是需要有人帮忙做事。不然他会提出要帮我们雇用一个工人的。

希蔼像是个长脖子、特大号的小鸭子，一天到晚不是唱歌就是在笑。他在村子里很受男孩子的欢迎，什么游戏都有他一份，他还把他们的工作变成了游戏：打水，除草，带水牛去吃草。

就像金功一样，希蔼很爱发问。他也像他叔叔一样对土地特别有感情，也同样有很好的判断力，那可是发自内心而不是学来的。他像他爸爸一样对工具很在行，把一个钉满钉子的盘子绑在竹竿上，就这样在田里拉过来扯过去，一下子就把跟稻子一起长出来的野草给连根拔起。

希蔼精力十足，很难在一个地方待上很久，就像阳光一样，一下子到处都看得到他，让我们的日子变得光明温暖起来。老实说，就这样过了一年之后，学仪和我都觉得我们的孙子把金功和维灼都带回到我们身边了，我们在他身上还有彼此身上得到深深的幸福。

然后，在十五年毫无音讯之后，金功寄了一封信给我们。信里没有解释他为何逃走，没有认错。信里也没有澄清任何谣言。信里只说这门亲事无效。

爱玲的手在发抖，所以信纸也噼里啪啦作响，她的声音好像是破掉的锣。"他说我会经由四叔的店铺收到五百金鹰洋。"她抬起头看着学仪和我，"没有别的了。"

我自己的手也在发抖，从爱玲手里接过信。"我们一定不能让人家知道金功丝毫没有悔意。"

"我们怎么掩遮得了呢？"学仪叹着气，"每个人都知道我们收到了信。大哥已经召开族里的长老明天要开会，命令我把信带去。"

"你会带着信去，可是不是这一封，"我说，用手把信给揉了，"爱玲，赶快，拿笔墨来。"

她的眉头很困惑地皱了起来，"我……"

"你一定要再写一封信。信里金功恳求大家原谅，而且把金鹰洋送给族里的长老，当做是他在赎罪，发誓要将功赎罪。"

"那些金子是我的，补偿我……"

"别担心，"我向她保证。"男人休妻的七出之条写得很清楚。妻子必须是不能生育、善妒或是生病，不然就是忤逆公婆，通奸，偷窃，或是爱逗口舌。金功没有理由休了你。"

"但是女人没有休夫的条例。而我想要自由。"

学仪和我目瞪口呆地看着我们媳妇，听她倾吐真心话，就像是多年旱灾之后突然发了大水。她根本不想成亲，只想象那些结拜姊妹一样住在姑婆屋里。

"这些女人不用遭受生育之苦，或是付起养育孩子的责任。她们的行动不会受到别人的控制或是限制。她们自己赚口饭吃，所以也自己管束自己。"

哼，爱玲的想法跟我们的鬼儿子一样奇怪。她还像他一样逃跑过。只是她的爸妈比学仪和我有警觉，抓到她，把她关了起来。然后媒婆骗她吃了订婚饼。

"我妈告诉我吃下的是什么的时候，我一直哭。我还能怎么办？然后我想起菩萨自己也不成亲，所以向观音祈求慈悲。他让我嫁了一个鬼，这时我才有了希望。所以我才不要收养儿子。现在金功放我自由了。他还给了我钱让我可以去顺德照我想要的方式过日子。我不要放弃。我不要。"

隔壁邻居的炊烟从我们的门窗飘了进来。但是爱玲和我都没有起身去生我们的灶火。学仪驼着背坐在我们中间，同样一动也不动，甚至没有伸手拿烟管。

"希蔼一会儿就要回来吃饭了，"我终于开口，"他不会拒绝写信的。"

爱玲倒抽了一口气。

我在等她的答复，觉得自己也呼吸困难。

最后，她垂下眼看着桌子，慢慢说，"一百鹰洋应该足够做我的盘缠和在姑婆屋里买一个地方。其他的钱可以用来说服族里的长老对金功仁慈一点。"

我用眼睛问学仪的意见。

他摇摇头。"如果爱玲让族里蒙羞，新的信甚至是金鹰洋都救不了金功。"

爱玲红了脸。"我们可以说我去找我丈夫了。"

"大家迟早会发现的，就像他们当初发现金功一样。除非你还像是他老婆一样跟我们在一起，他还是会被家谱除名。"

"我在家谱里吗？"她转身面对我，"你呢？"

"爱玲，你也知道女儿和老婆的名字从来不会记进家谱里。"学仪很安静地说，"也不需要记，因为她们出嫁前仰赖父母，出嫁后仰赖丈夫。但是如果金功给逐出族里，他死了之后不会有牌位，也没有人会给他祭祀。如果金功是个没名氏，一个饿鬼，你做为他老婆也是无名女人，也是个饿鬼。"

爱玲抓住桌子站了起来。"我会有名字。我的魂魄会有人祭祀。我的新家人，那些姑婆屋的结拜姊妹，会办到的。"

我也不知道是金功身体里的灵、我的鬼印记，是爱玲顽固的意志，总之我们留不住爱玲。没有她，我们救不了金功。

大哥大嫂为了他们的胜利扬扬得意。学仪和我悲伤羞愧地低下头。

但是希蔼说，"如果无名的婶婶可以在顺德找到魂魄的新家因此得救，或许无名的叔叔在金山也可以得救。说不定他已经得救了。"

虽然他爷爷和我骂他说了那些翻天覆地的傻话，希蔼的话还是在我们的心里种下了希望的种子。

喜芭

迪蓝，佛罗里达

1904—1915

上帝他一定是黑人。不然为什么他儿子皮肤是咖啡色的？还有上帝造的第一批人——亚当、夏娃、该隐、埃布尔——他们可都是黑漆漆的呢。对，他们是黑的。然后该隐用那只大棒子杀了他弟弟埃布尔。

"该隐啊，你弟埃布尔在哪里？"上帝问。

该隐撅起了嘴，"我不知道。你问我干吗？我又不负责看管我弟。"

这可让上帝生气了。真的气了。他一跺脚，大声叫，"该隐！就是你啊，该隐！你弟埃布尔在哪里？"

呐，该隐变成像漂白了的白麻布那样，所以他的小萝卜头和他们的小萝卜头就一直都是那颜色，直到今天。至少这是圣灵充满的黑人传的道。我也相信是这样。

可是我长大的时候，老一辈总是摇摇头，说话很忧伤，因为我像我爹一样很黑，不像我妈妈肤色很淡。因为啊，实话说了吧，大部分的人都偏爱恐惧和罪恶的色调，不是上帝的颜色。

白佬是有权力的那群人，知道吧。不用问是啥原因。他们就是有权。所以，对啊，吉姆和我是有了我们自己的一小块地，是自己独立了。可是穷白鬼还是会把我从行人道上挤到泥地里去。吉姆还是得跟鼻涕都还没擦干的小白佬敬礼，叫他们先生。我们还是得要全都挤在渡船下面的甲板，即便上面的甲板几乎是空的。然后，想要孩子的心会说，"你现在不用再做牛做马了。现在你可以让空空的肚子大起来，让你和吉姆空空的手臂有东西抱。"这时候害怕又来了。"你愿意让小萝卜头长大以后这么不安，这么给人瞧不起，不让人敬重吗？"

"你和吉姆可以用你们的爱包裹住他们，"想要孩子的心会回答。"你和吉姆可以帮他们往上爬。"

"嘿，"害怕会不屑地哼了一声。"瞧瞧阿吕吧。"

阿吕没有因为有一大堆钱就丢掉了他的锄头。他没有搬进大屋子去。他也没有因为赢过芬妮小姐的姊妹或是迪蓝的北佬而又唱又跳。

可是白佬还是不饶过他。没有一个白佬不压迫阿吕、不对阿吕乱发脾气。嘿，他们在街上完全不理阿吕，还把他土地上的水坑从圆池改名字叫支那。他们甚至把他从第一浸信会给赶走,那可是他跟芬妮小姐一起去了十五年的教会,也是他捐了那一大堆钱的教会。

阿吕试着去第一卫理堂。可是那些人跟浸信会的人一样,顶着宗教的派皮可是里面同样也没多少真的内馅。还有我们教会里的人呢,他们太嫉妒阿吕,虽然照理说应该要欢迎他,可是他们也没有。

阿吕对每件迫害都不放在心上。他在自己的果园给自己盖了一个祷告花园,那片林子用树干交织做屋顶,用树叶做墙壁,还用橘子箱摆成布道台。他还请牧师来布道。

第一卫理堂的牧师来了。他以前在中国传过教,告诉阿吕很想念支那佬。阿吕可是很乐的。可是那个牧师给阿吕讲的道不是强调谦卑的人会继承这个世界,再不然就是要有色人一直跪着向上帝祈祷。

"难道这是你要小萝卜头过的日子吗?"害怕嘶嘶在叫。

"不要,"我大叫,"不要。"

我吞下想要孩子的心。阿吕呢,他在追求他想要的。他不但想要更好的橘子,也要拉洁特小姐。

记清楚啰,他对她很深的感情在拉糖的那次表露出来之后,就没有再藏回去。没有。有些早上我到他的小屋送一盘玉米面包或是一锅玉米粥的时候,他早就在他那本笔记簿里写东西,我告诉你啊,我从来没有看过那种写法,以后也没有。

他用美洲商陆果的莓子、树根和树皮来做墨水,一面写一面又画花又画鸟的。任谁看到都知道阿吕恋爱了。爱情和想要的爱的心。这么深的爱情和想要的爱的心，把其他的东西都赶跑了，甚至是睡眠。

一夜又一夜，他会拿着一盏灯去大屋子，然后坐在拉洁特小姐的房间。吉姆和我紧紧抱着，从我们的小屋看着他。等到我真的睡着的时候，阿吕想要又得不到的心跟我想要又得不到的心混到一起。

先是阿吕的脸出现在我面前。他的眼睛流下眼泪。想要的眼泪。眼泪变成了眼睛。变成我每个月用药茶和我的悲惨事冲掉的宝宝的眼睛。

他们一个个大叫着要出生。他们一个个变回眼泪，像我的悲惨事一样红的眼泪，他们从我的眼睛里流出来，变成小溪、小河、洪水。因为想要的心变得滚烫的洪水，让我的皮肤裂开来，让宝宝掉了出来。

吉姆和我，我们的确是看出来阿吕想要的心，一想到他那个想要的心会给他自己还有迪蓝所有的黑人带来的麻烦，我们的膝盖都软了。因为那些喜欢调戏黑女人的白佬，他们呢只要黑人看了白女娃一眼就会闹得天翻地覆，所以他们把跨越种族结婚变成是违法的。

所以我煮了一堆阿吕爱吃的猪脚，吉姆叫他过来。吃完之后，我们坐在走廊上——阿吕抽着烟斗，吉姆嚼着烟草——我们看着月亮慢慢过来照到我们果树顶上，一面说着我们要留多少橘子，还有很快就要种玉米了。

吉姆和我慢慢讲到天气的征候，还有奴隶主人是如何想尽办法要除掉非洲的习俗。然后我们提到那些瑞典人总是跟他们自己人在一起，保存了语言、食物，还有他们国家的习俗，甚至还把这些教给他们的小萝卜头。这时候阿吕一直在笑、在点头，他说支那佬也是一样。

直到我说，"瑞典人只嫁他们自己人。"这时候阿吕才听懂我们在说啥。然后他像碎玉米粥那样涨了起来，说拉洁特小姐是生在美国的，又说到他是怎么把所有家乡的习俗——除了关于植物的——都扔掉了。

"喜芭和我，我们也只记得一点非洲习俗，"吉姆安安静静说着，"还是一样，我们有非洲人的颜色。就像拉洁特小姐有她族人的颜色而你有你族人的。颜色是丢不掉也躲不了的——钱啊，土地啊，什么东西都没有用。"

或许阿吕是给想要的心给弄瞎了眼。或许他是想在人身上找到更好的一面，就像是他对植物一样。总之呢，他说他想要和会得到拉洁特小姐的这桩事，就跟拉洁特小姐的爹想要而且也得到了她妈妈是没两样的。

古斯坦夫先生跟玛格丽特小姐是在老家的教堂遇见的，知道吧，他看她很聪明，而且就像蜂巢里的蜜糖一样甜。哪，教堂是用来赞美耶稣的，耶稣又是个木匠。可是古斯坦夫先生家里面的人告诉他不能娶玛格丽特小姐，因为他们家有地有钱，而她爹是跟耶稣同行的，配不上他们家。

注意了，他们从来没直说她配不上他。没有，他们净说些冠冕堂皇的话，就像一个人想要遮掩自己做了什么坏事那样。可是他们就是这个意思。只是古斯坦夫先生太喜欢玛格丽特小姐了，不愿放弃她。所以他离开了瑞典的家和舒服日子，把力气卖给一个北佬骗子，好到美国打一番天下。

古斯坦夫先生在矿坑里苦了十年，才还清北佬的船费，再买了一张船票给他的女人。可是这两人一直都很忠实。当古斯坦夫先生要玛格丽特小姐来的时候，她就飞奔而来。

大家都知道瑞典人比钱更重视土地，因为在他们家乡很少人有机会可以拥有土地。阿吕想要让古斯坦夫先生更瞧得起他，所以又买了一百亩地，即便是他连那十五亩地耕种起来都有问题，即便是吉姆跟他说了那些话。

然后阿吕坐火车上皮尔森去。这次拜访到底发生了啥事阿吕没说，谁也都不知道。可是他离开的时候看起来好像是在山顶上，拖拖拉拉回来的时候好像比跌到谷底还要深。

他一回来，就请吉姆帮忙把大屋子给钉死，就好像是钉棺材似的。他们在敲敲打打的时候，阿吕的脸上一直掉下眼泪，还在小声呻吟。我哭到围裙都湿透了。

　　阿吕受伤很重。可是他把悲伤压下去，全心投入工作，跟吉姆一起想出各种主意，就像以前跟芬妮小姐一样。

　　阿吕决定除了要造出他的橘子之外，还要造出更好的葡萄柚，那时候吉姆就在他身边。等到阿吕造出来他的橘子，吉姆笑着说，"你真的像你的中国名字一样，是双倍光明，说不定还是三倍呢。"

　　是啊，阿吕是造出他的橘子来了。他办到了。结果跟他梦想的一模一样。那果树跟一般的没什么大不同——树顶圆圆的，四散的树枝低低的。可是那果子，那果子完全是另一回事——个头大，充满果汁，而且味道好极了。这果子没有太多的籽，很好保存也很好运送，而且到季节很晚的时候才成熟，那时节橘子产量少，价钱又高。最好的是它抵抗力很强，挂在树上可以经过寒冷的冬天和多雨的夏天都不会受伤。

　　哪，苗圃的那些人总是到处在果园找新品种，其中有一个眼睛比别人都尖。嘿，他第一次看到阿吕的橘子的时候眼睛都快爆出来了。

"你给我芽条让我栽培,"那个苗圃老板说,"我会把这橘子命名为吕金功。我会让你在佛罗里达、在美国、在全世界都出名。名利双收。"

记清楚啰,那个苗圃老板一直说个不停,好像天上的月亮都可以摘下来。阿吕的眼睛闪闪发光,就像他跟拉杰特小姐拉糖的时候一样。他完全不让吉姆和我说什么反对的话。

"好,"阿吕答应那个苗圃老板,"好。"

那个苗圃老板还在培育吕金功果树的时候,把果子拿去参加一个很大的比赛。就在果树快要可以开始卖钱的时候,刚好赢了那个大奖,叫什么怀得当年度最佳新水果奖的。

那是一九一四年的事,我可不会轻易忘记这个日期。那个苗圃老板大肆宣传得奖的消息,报纸和杂志上到处都写了阿吕的名字。吉姆说只要看看那些写的东西,你就清清楚楚知道一般人也好,大果农也好,还有政府里有权有势的大官都为了这事吵得热闹哄哄。

我告诉你啊,他们叫那个橘子是个"奇迹","又稀有又好吃",说阿吕"是个天才"和"植物魔法师"那一类的。实话说了吧,他们这么一直夸大,让大家都想要吕金功,这想要的心传得比火还要快。

全世界的人都开始寄信给阿吕,他的果园到处都是来赞美他和他的橘子的人。那些游河的船家还把他住的地方也变成了一站。

阿吕放了一本书让来参观的人签名，吉姆数过，一年就超过两千人，还不包括小萝卜头哦——就是那些跟家里的人还是跟老师来的。

上帝啊，阿吕可真爱那些参观的人。长久以来，他除了吉姆和我、工人和无赖之外没见过别人。现在即便是那些北佬，那些看不起阿吕的人，现在也笑眯眯的，好像从来没有跟他有什么意见不合。

哪，我就直截了当、放心大胆说了吧，我现在还是很恨朱利安少爷、三K党和那个松脂上尉，因为他们对不起我爹。可是阿吕啊，他是个愿意原谅别人的人。那些北佬是那样折磨他的精神，就像鞭子把我爹的脚打得皮开肉绽一样，即便如此，阿吕跟他们说话还是很和善，他对每个人都很和善。

反正呢，阿吕很高兴大家来拜访他。我说啊，人家都还没按门铃他就早已经在门口欢迎他们了。

当然每个人都想要马上好好看看吕金功。可是阿吕会慢条斯理才走到母树那里去，他会停下来给大家看看他是怎么做嫁接的，或者他是怎么用棕榈根和砍下来的树枝当做肥料。如果有一堆小萝卜头，他会带他们到圆池去，让他们看看那些鱼是怎样跳起来吃他手上的东西。他会叫三月过来，就是那只他从老鹰爪子下面救出来的公鸡，现在成了他的宠物。他还会告诉他们他在中国是怎么长大的故事。

过了好一会儿，他会走到他的吕金功果树旁。可是他不会事先透露。不，他会先远远指着其他果树因为下雨或是寒冷而掉下来的橘子。然后他会提到他身边的树一个果子都没掉,再让自己站得又挺又直,开口说,"这就是吕金功。"

吕金功橘子在成熟之后还能够留在树上,然后果树可以继续开花结果。所以在同一棵树上阿吕就同时有一年、两年、三年的橘子。只有他知道这些橘子的年份,他会把每个年份的橘子摘下一个做样品,再把这些人带到他的"大教堂"去。

阿吕现在是那样叫他的祷告花园的,知道吧。他在南边篱笆种了野生的黄茉莉和金樱子,所以他祷告的地方充满香气。他让树木的枝干长得又粗又壮,除非下大雨都可以雨水不侵。吉姆做了些板凳,放在橘子箱做的布道台前,阿吕的访客呢,他们会在这些板凳上挤成一团,乖乖坐着,比在真的教堂还来得安静。

他们一坐好,阿吕会站在他的布道台上,带领大家做一场上好的祷告。然后他会叫六个人出来,让他们面对观众围成圆圈。他们站好之后,他会一次切一个吕金功橘子给那六个人品尝。

他们总是会微笑,然后大惊小怪,说橘子有多么多汁,又没有籽,又甜。他们总是会说最后那个最好吃。阿吕会随他们说一阵子,然后告诉他们最后那个在树上已经挂了三年,大家就会拍手,问他是怎么办到的。

阿吕就像是个传道的牧师,一开口就说起世界不同国家的人都到美国来找黄金。

是的,有人大声说。在她家乡的时候,她以为这里树叶都是金子做的，大家只要走进树林，就可以扯下大把金叶子来买他们要的东西。

马上会有别人说他也听人家说在美国只要用棍子敲石头就会有朗姆酒冒出来。

阿吕会慢慢回到原来的话题，说他想要的是学问，不是黄金或是朗姆酒或是其他人说的东西。他想用他的学问来做好事。这就是为什么他会梦想要造出他的橘子。"剩下来的就是工作了。很辛苦的工作。"

有时候有人会说出他们的梦想。有的梦实现了，有的放弃了。他们要知道，阿吕有没有失去勇气过。

有，他会告诉他们。可是他会请求上帝给他信心。上帝也响应了他的祷告，在他落魄的时候把他拉起来，引导他完成工作。

没错，阿吕是在传道。那些白佬啊，他说啥他们就信啥。这可真是奇观哪。他们对阿吕很钦佩，这在他身上造成的改变就像是冰雹遇到阳光。他内心充满骄傲。不过他从来不摆架子，注意喔。可是他全身都发着光，走路的时候有一种傲气。

不过那些访客太阳一下山又走了。他们从来没有请阿吕去他们的教堂做礼拜，也没有人请他去他们家。不过阿吕跟他们打招呼的时候，他们不会像以前那样掉头不理。没有会请他进家门坐，只有几个人会请他吃点点心，或是喝杯凉水。他们一般就是出来到走廊上说两句话。

阿吕就像是非洲来的巫师，知道吧，就是从乔治亚的奴隶主人逃走，然后在佛罗里达这儿加入了印第安人的那个。他日子过得也挺不错的——直到政府派士兵把印第安人从他们的土地上赶走。

当然巫师和印第安人会跟士兵打仗，打得又凶狠又聪明。但是士兵比印第安人多得多了。而且政府有权有势的，比印地安人和巫师有权势多了。

那些没给士兵杀死的让政府给赶出他们家和这个地区。除了巫师。

士兵来抓他的时候，风吹得可急了，月亮也暗摸摸的。巫师在阴影里跑进跑出，让士兵一直穷追。然后他变成鳄鱼，笑着滑进贝拉湖去。

不过过一阵子他就不笑了，因为有鳄鱼的形状并不是就真的成了鳄鱼，巫师很寂寞。他现在还是很寂寞。晚上你听湖上的风吹过来，就会听到他在哭。

阿吕在晚上也哭。

　　有这么多人喜欢吕金功橘子树，苗圃都赶不及栽培，大家都在求阿吕卖给他们母树上的芽条，给他出的价可以让他比那个苗圃老板答应他的更有钱。但是那个苗圃老板跟阿吕的合约定得死死的，只有他的苗圃可以卖果树，谁都不能卖芽条。

　　那纸合约真的一点都不公平。卖了好几千棵树，阿吕的那份加起来还不到两百元。苗圃老板还告诉阿吕以后苗圃卖的树都没有阿吕的份。这就像朱利安少爷偷走我爹的农场时我妈妈说的，"黑人工作，白人收获。"

　　阿吕不是爱花钱的人，只用点钱给他的马买饲料，还有给自己买书。他穿着很普通，就像吉姆——工作时穿衬衫和吊带裤，星期天最好的衣服就是棉布夹克和裤子。他吃的是我做的或者是他自己种的东西。

　　他也不是喜欢钱的人。芬妮小姐的姊妹给他的那一万两千元剩下的最后一点钱给一个假装是财务经理还是什么的人骗走的时候，阿吕只是耸耸肩。

　　不过他的植物是他唯一自己能够做主的地方，即便是芬妮小姐也不能指挥他。所以他不是因为损失了钱才会对苗圃老板的规定大怒。是因为那个苗圃对吕金功橘子所做的事。

吕金功果树很贵，知道吧，是那个苗圃卖得最贵的树。大家愿意付钱，因为那橘子很特别。他们一定要付钱，因为别的地方买不到。

哪，那个苗圃可赚饱了，还想要赚更多。可是大家都在怪阿吕，而不是那个苗圃。支那佬很滑头，他们说，就像他们的眼睛一样是歪歪斜斜的。

记清楚啰，我从来没有看到哪个人离开阿吕的果园的时候是空着手的，他总是给他们橘子当礼物，即便一年有四千多个参观的人也一样。他送的橘子又是最好的，不是次级品。你告诉我，像这样的人会去骗人吗？

总之，阿吕开始送给参观的人吕金功的芽条。这马上就逼迫苗圃降价，那个苗圃老板气得七窍生烟。可是在阿吕的合约里没有说不能送人，那个苗圃老板没法子阻止阿吕。没法子。

讲到植物，阿吕从来没有不在找其他的方法，从来没有不在找更好的品种。嘿，他混花粉和芽条就像我在厨房里面把材料混在一起做饭一样：在芬妮小姐房子旁边的那堆树丛里，有个玫瑰花丛，有十七种玫瑰共七种颜色，都是从同一条根长出来的；玫瑰丛旁边有棵果树，上面挂着葡萄柚、丹吉尔橘子，还有橘子。

没错，阿吕最爱的是植物。小萝卜头是吉姆和我最疼的。

即便如此，我从来没那个勇气生几个宝宝。吉姆还是一直抱着希望，直到我说我已经过了四十，悲惨事也没了。

可是我们想要宝宝的心还是烧得火热。每次吉姆抱着小娃儿把他晃得高高的时候，我在他的眼睛看得到那想要的心。我的呢，就在我的噩梦里骑着我，骑得我好辛苦。

当然有梦就有它的意思，我也在研究我的梦：那些没生下来的宝宝的哭声，那想要的心变成的滚烫河水，让我裂开来，那些掉出来的宝宝。我说啊，我把那些大大小小的东西在我脑子里一直转悠，一直到我找到是啥意思：那些掉出来的宝宝啊，他们是我的，只不过他们不是我生的。

***

凡是长了眼睛的人都看得到工人付不起钱请人看顾他们的小萝卜头，雪鸟会给那些小萝卜头一两分钱，叫他们表演吞生鸡蛋，参加吃派饼比赛或者是其他的蠢事，那些小萝卜头像野孩子一样长大。我想通了我的梦有啥意思之后，突然想到吉姆和我可以替他们爹妈看顾那些小萝卜头，好满足我们想要孩子的心。

"我们可以帮忙把他们养大。"我跟吉姆说。

"是啊，"吉姆笑着，"是啊。"

大家对我的想法都高兴得很。不一会儿工夫吉姆和我就有一堆小娃儿，大部分的是每天来，有的是每个星期来，有些是每个月来。那些小萝卜头啊，他们让我们很快活。是真的。

切，我们在一起的好日子可是没完没了哪。复活节的时候我们会画彩蛋来找。万圣节我们用铁兰假装成鬼。圣诞节吉姆打扮成圣诞老公公，送出很多小布袋装的蛋糕和花生。

那些小萝卜头最爱的呢还是故事。马蒂阿姨和梅西嬷嬷传下来的非洲故事。阿吕说的中国故事。也不只是我们的小萝卜头要听故事，还有那些跟家里的人和老师来阿吕果园的小萝卜头，他们后来会自己再回来，跟着他到了这儿。

我告诉你啊，那些仰起头要听故事的脸，就像阿吕造出来的花丛上那些玫瑰，有各种颜色，皮肤像花瓣一样嫩，闻起来一样甜。我看着他们，有了新的梦：梦到更好。不只是更好的植物，注意了，还有更好的人。是啊。

结语

　　吕金功在1925年过世之前，成功地发明出一种抵抗力极强的葡萄柚和香水葡萄柚。他的讣闻里指出他对于柑橘工业的贡献可以数百万元计算，他的成就也在1933年芝加哥世界博览会和1940年纽约世界博览会的佛罗里达馆受到推崇。

　　但是吕金功斯人在世或死后都未受到世人的认可。他众多的藏书遭到拍卖，私人文稿也大多被毁。即使是他的坟墓也一直并未立下墓碑，直到纽约史学学会的理事长乔治·瑟布拉丝基恰巧访问迪蓝，才安排替他竖立一个简单的纪念碑。

　　1980年末我听说吕金功还有一本日记留下来。但是就在我还在寻找其下落时，那本日记的持有人向一所大学图书馆献书。经告知那本日记毫无价值，此人就将其焚毁。

后记

我从1985年开始研究吕金功一生。我在报章杂志上发现许多有关他的文章。这些文章千篇一律都聚焦于他在迪蓝的日子，特别是他在园艺方面的成就，仅只有一两句提到他的中国出身，一两个段落提到他是怎么到北亚当斯，又是怎么引起芬妮·柏林格姆的注意。我想要知道的是吕金功从出生到逝世的一生。

透过历史学家麦礼谦，我取得中国报纸上有关吕金功的文章，他还引荐我认识这些文章的作者刘耀寰，这位先生写信介绍在龙安的亲戚给我认识。他的侄孙告诉我，那个村子自从吕金功出生之后没有太大变化，他们带着我在附近参观时，我得知村人所记得的吕金功是"无辫人"，没有辫子的人，是个受到轻视的人，因为他没有带金钱或新奇的科技回家，而是带了想法和书籍，是个严重犯了家规的人，乃至于他从族谱上给除去了名字。相反的，人们想起他的哥哥时则认为他是个模范金山客，带了一个汲水帮浦回家，让家人可以开垦出一大片橘子园——却给嫉妒的村人毁了。

我希望能够对于吕金功在美国的生活也发现同样丰富的信息，一直在挖掘他住在麻省的北亚当斯和佛罗里达的迪蓝时期的地方报纸。为了加强对于所搜集到的些许资料之了解，我研究了这两州的社会历史：把中国的罢工破坏者带到东岸的劳工情况，还有当时的园艺实务。然后我拜访了吕金功在这两个城镇以前住过的家，进行口头访谈，并且深入钻研地方档案。

从一开始进行研究，我就再三检查所得到的口头资料，就像我会检查铅字印出的"事实"是否真确。例如，每篇有关吕金功的文章都会提及芬妮·柏林格姆是签订1868年柏林格姆条约《蒲安臣条约》的那位外交官的表妹。有许多文章甚至将芬妮对于中国人同情的态度归功于她与这位"表哥"的关系。但是当我在罗得岛取得柏林格姆家族族谱时，我根本找不到这样的关联。

我也看到虽然芬妮自己没有子孙，但是还有几个她妹妹辛西亚结婚生子留下的后代。在北亚当斯我翻遍电话簿，直到我找到两个类似的后人之名。第一位在我打电话过去时说他跟他们没有亲戚关系。我想要坐车去找第二位叫山佛·蒲朗的人时，司机却迷路了。我们停在一家乡间小店问路，柜台后面的人问我想要找谁。"蒲朗先生，"我告诉他。"那就是我。"他回答说，他指引我去找他哥哥约翰，约翰给我详细记载他们家庭历史的文件，包括芬妮和她的亲戚因为吕金功而产生的严重分歧。

在迪蓝，还有人记得吕金功。他们是当地的柑橘果农和地方历史学会的成员，都对他盛赞有加。他们说他是个天才，是个优秀的基督教绅士，他的橘子对于佛罗里达州的柑橘事业贡献了数百万元。但是，我注意到吕金功在芬妮死后不再上教堂，而是在自己的产业上建立了一个祷告花园。还有，任何有关他的逸事都是在户外发生的。同样的，他的任何照片都是在户外拍的。还有其他的发现：他的产权说明书也让我了解他与拉洁特·哈格斯东的关系；他的《圣经》中特别志记的段落透露出他深深的寂寞。

从我探访出来的诸多信息，我写了两篇有关吕金功的素描。这些信息让我有机会记录他的生命，但是我觉得这些也仅只轻轻刮到表层。所以我开始写这本小说。

小说结构的灵感是来自吕金功日记遭到焚毁，以及他在龙安、北亚当斯和迪蓝所遭受到的不同看法和待遇。正如同他一直遭到消音噤声，我决定也不让吕金功发声，而是让不同的地理所在各自有人叙述他的故事。

心珠和芬妮是龙安和北亚当斯的不二人选。但是谁要来见证吕金功在迪蓝从抵达到入土、在芬妮家里，还有在小镇及周遭不同社群的生活呢？在研究初期，我得知在纽约的中国协会前任理事长孟治博士在吕金功过世前不久曾经参观过他的果园。不幸的是孟博士身体欠佳而无法回答我的问题。然而，后来孟夫人找到一箱他在迪蓝所做的笔记，寄给了我，我在其中发现了喜芭。

　　因为是在写小说，我的确混合了事实与虚构的部分。但是在我看来吕金功的一生最深层的真实性与神秘之处，不是在那些素描里，而是在他的沉默和那三个女性的故事——她们的《木鱼歌》——之中。